오신통 3

오신통 3

초판1쇄 인쇄 | 2019년 10월 16일
초판1쇄 발행 | 2019년 10월 21일

지은이 | 이원호
펴낸이 | 박연
펴낸곳 | 한결미디어

등록 | 2006년 7월 24일(제313-2006-000152호)
주소 | 서울시 마포구 모래내로 83 한올빌딩 6층
전화 | 02-704-3331
팩스 | 02-704-3360
이메일 | okpk@hanmail.net

ISBN 979-11-5916-123-0 979-11-5916-120-9(set) 04810

오신통

3. 제3의 신(神)

이원호 지음

한결미디어
HANGYEOL MEDIA

차례

1장
악당을 죽이는 악마

"오른쪽 모퉁이를 돌면 차가 있어."

문을 열고 나왔을 때 다시 귀에 울리는 목소리, 이제는 정미나도 조금 진정이 되어서 앞쪽을 향한 채 겨우 묻는다.

"누구세요?"

"누구긴."

사내의 목소리가 더 낮아졌다. 화가 났는가? 문 앞에 선 정미나의 귀에 사내 목소리가 파고들었다.

"악마다."

숨을 들이켠 정미나에게 사내가 다시 말한다.

"천천히 걸어라, 놀라지 말고, 오른쪽 모퉁이로."

한낮. 그러나 이르쿠츠크는 바이칼 호에서 불어오는 찬바람으로 하바로프스크보다 더 기온이 낮다. 지금도 영하 25도 가량. 정미나는 천천히 발을 떼어 건물 모퉁이로 다가간다. 낡은 시멘트 건물은 커서 길이가 1백 미터도 넘는 것 같다.

20미터쯤 걷고 모퉁이가 10미터쯤 남았을 때다. 사내 하나가 불쑥 모퉁이에서 나타났다. 놀란 정미나가 눈과 입을 짝 벌리면서 멈춰 섰을 때 사내도 놀랐다. 그러더니 주위를 둘러보더니 주머니에서 권총을 꺼내 쥐었다.

"뭐야?"

사내의 목소리가 빈 마당을 울렸다. 그 순간이다.

"으악!"

정미나의 비명소리가 울렸다. 사내의 목에서 분수처럼 피가 뿜어졌기 때문이다. 목이 절반쯤 잘린 사내는 성대까지 끊겨서 두 손으로 목을 감싼 채 비틀거렸다. 그때 정미나의 귀에 대고 사내가 말했다.

"자, 어서. 모퉁이를 돌아."

정신없이 사내 옆을 지나 모퉁이를 돌자 승용차 한 대가 세워져 있다. 이곳은 앞마당으로 정문 한쪽이 열려 있다.

"자, 차로 가."

사내가 말했을 때 운전석 문이 열리더니 사내 하나가 나왔다. 그도 놀란 듯 눈이 둥그렇게 커졌다, 거대한 체구. 이제는 정미나가 멈춰 서지 않고 사내에게로 다가갔다. 어디엔가 있을 '악마'를 믿기 때문이다. '악마'라고 해도 본인에게 이로우면 상관없는 천사보다 나은 법이다.

"옳지."

사내에게로 다가가는 정미나의 귀에 '악마'의 목소리가 울렸다. 이제는 감성이 섞인 목소리다. 그리고 귀에 익다.

"뭐라고?"

치차코프가 버럭 소리쳤다. 오후 3시 반, 치차코프성(城)이라 불리는 대저택 안. 눈을 부릅뜬 치차코프가 앞에 선 노보비치를 보았다. 둘러선 간부들, 그리고 레프까지 입을 다물고 있다. 노보비치가 말을 이었다.

"예. 폐공장 지하실에 잡아 놓았던 정미나는 탈출했습니다."

"탈출?"

치차코프의 얼굴이 일그러졌다.

"여덟 명을 몰살하고 말이냐?"

둘러선 간부들이 수군거리다가 치차코프가 고개를 든 순간 조용해졌다. 정미나를 납치, 감금하고 감시하던 8명이 모두 참혹하게 죽은 것이다. 그러고 나서 정미나가 승용차를 몰고 단지 입구를 빠져나가는 장면이 CCTV에 찍혔다. 정미나 혼자다, 혼자 운전하고 갔다.

"혼자 탈출했을 리가 없습니다."

숨을 몰아쉰 노보비치가 부하가 보낸 메신저 사진을 핸드폰에서 찾더니 치차코프 앞에 차례로 보여주었다. 지하실에 4명, 계단 입구에 2명, 모퉁이에 1명, 앞마당에 1명. 간이 큰 치차코프였지만 끔찍한 장면이 펼쳐지자 침을 두 번이나 삼켰다.

"공장 안에 CCTV는 없습니다."

노보비치가 한숨을 쉬고 나서 말을 이었다.

"공장 앞 도로 끝에서 찍혔기 때문에…."

"적어도 10여 명은 온 것 같습니다."

부하 하나가 심각한 표정으로 말했다.

"그런데 무기가 굉장히 위력적인 것 같습니다."

"이 개아들 놈아, 입 닥쳐."

치차코프가 잇새로 말했더니 방 안이 순식간에 조용해졌다.

"이놈들, 팩스코 지사 놈들이겠군."

치차코프가 말했지만 이번에는 아무도 맞장구를 치지 않는다. 어깨를 부풀린 치차코프가 고개를 돌려 끝 쪽에 선 부하를 보았다. 소냐클럽 지배인 볼스키다.

"CCTV 그림, 그놈들한테 보냈냐?"

"아직 안 보냈습니다."

"일단 그걸 경찰에 넘기기로 하자."

치차코프는 결단력과 순발력이 빠르다. 팩스코 지사 놈들이 소냐클럽에 일부러 행패를 부리러 온 것은 아니다. 오히려 이쪽이 먼저 시비를 걸었고 밖에서 기습을 했다가 당한 것이다. 그것을 빌미로 팩스코에서 보상금을 뜯어내고 정미나를 납치해서 보상금에 대한 담보로 삼을 작정이었는데 바꿀 수밖에 없게 되었다. 그때 옆방으로 달려갔던 소냐클럽 지배인 볼스키가 정신 나간 표정으로 들어왔다.

"저기, 회장님."

"뭐냐?"

치차코프가 버럭 소리쳐 물었을 때 볼스키는 뛰지도 않았는데 가쁜 숨을 몰아쉬며 대답했다.

"CCTV 영상이 다 지워졌습니다."

"10명도 더 죽었어요."

정미나가 이제는 소리치듯 말했다.

"누구냐고 물었더니 악마라고 했습니다."

"대답을 해?"

토머스가 묻고 나서 제이슨과 눈을 맞췄다.

"네. 분명히. 여러 번 말했어요. 나한테, 이리 가라, 저리 가라, 천천히…."

정미나가 열심히 말을 이었다.

"끔찍했어요. 다 죽였어요."

"어쨌든 그 악마가 정 과장을 그놈들한테서 살려준 거네, 그렇지?"

제이슨이 묻자 정미나가 고개를 끄덕였다. 이곳은 사무실 근처의 커피숍 안, 정미나는 길 건너편 도로에 차를 놔두고 이곳에서 토머스한테 연락을 한 것이다. 깜작 놀란 토머스가 제이슨을 데리고 달려와서 정미나의 '탈출기'를 듣는 중이다. 토머스가 길게 숨을 뱉고 나서 말했다.

"악당을 죽이는 악마군."

"그런 일이 어떻게 일어나죠? 귀신은 아니고."

정미나는 지금도 꿈속인지 현실인지 아직 진정이 안 된 상태다. 그때 토머스가 결론을 냈다.

"그놈들 10명이 죽었다면 보통 일이 아냐. 정 과장이 납치되었다고 해도 아주 귀찮게 될 수가 있어."

제이슨이 고개를 끄덕였고 토머스가 말을 이었다.

"지금 당장 공항으로 가. 내가 보디가드를 붙여줄 테니까 서울로 가 있는 것이 낫겠다."

사무실로 돌아온 토머스와 제이슨은 깜짝 놀랐다. 소파에 김승구가 앉아 있었기 때문이다.

"보스였습니까?"

토머스가 대뜸 물었기 때문에 김승구의 얼굴에 쓴웃음이 번졌다.

"뭐가 말이냐?"

"그, 악당들을 죽인 악마 말씀입니다."

"내가 악마라고?"

"정 과장한테 악마라고 말씀하지 않으셨습니까?"

"정 과장이 그래?"

"정 과장을 구해내신 게 보스 아니십니까?"

이번에는 제이슨이 확인하듯 묻자 김승구가 마침내 고개를 끄덕였다.

"할 수 없군. 내가 맞다."

"보스, 갑자기 이렇게 오시는 것도 무슨 요술입니까? 지난번 오셨을 때 잠깐 나가서 하바로프스크에 전화를 했는데 클라크 부사장이 보스께선 사무실에 계신다고 했습니다."

토머스가 열변을 이었다.

"귀신이셔야 비자금 처리하신 것까지 이해가 갑니다."

"맞다, 내가 귀신이다."

그래놓으니 이번에는 토머스와 제이슨이 어안이 벙벙해진다. 그것을 본 김승구가 입맛을 다시고 나서 정리를 했다.

"자, 세상에는 인간의 경험이나 상식에서 벗어난 일들이 일어날 수도 있다는 것으로 받아들이도록 해라."

일단 그렇게 이해시키는 수밖에 없다. 그랬더니 토머스와 제이슨이 동시에 고개를 끄덕였다. 그리고 토머스가 먼저 현실로 돌아와 말했다.

"보스, 정 과장은 구해냈지만 소냐클럽 사건이 걸립니다. 놈들이 CCTV 테이프를 확보했다는데요. 화면을 보낸다고 했습니다."

"못 보낼 거다."

김승구의 얼굴에 쓴웃음이 떠올랐다.

"내가 너희들 뒤치다꺼리 하느라고 좀 바빴어. CCTV 다 지워놓았다."

토머스와 제이슨은 숨만 쉬었다. 이제는 귀신이나 요술 이야기를 꺼낼 기분이 아닌 것이다. 그냥 받아들이는 것 같다.

"시체를 치워라."

치차코프가 외면한 채 말했다.

"바이칼 호에 넣어."

노보비치가 잠자코 몸을 돌렸다. 공장에서 피살된 시체 8구를 말한다. 경찰에 신고하면 일이 복잡하게 된다. 방에 레프와 둘이 남았을 때 치차코프가 고개를 기울였다.

"일이 꼬인다."

CCTV도 지워져서 지금은 속수무책이다. 그래서 아직 팩스코 측에 연락도 하지 않았다.

"아버님, 이상합니다."

다가선 레프가 정색하고 말을 이었다.

"CCTV 필름이 지워진 건 오작동 때문이 아니라는 겁니다. 잠깐 사이에 누가 방에 들어가지도 않았는데…."

"그 병신 같은 놈, 볼스키인가, 그놈의 관리 실수야."

더 이상 듣기 싫다는 듯이 치차코프가 손까지 내저었다.

"한 번 더 변명을 했다가는 아예 죽여서 그놈까지 바이칼 호에 넣는다고 해라."

이로써 이틀 동안 치차코프 가문의 병사가 9명 전사, 2명 중상을 입었다. 지금까지 치차코프 가문에서 이런 피해를 입어본 적이 없는 것이다. 숨을 고른 치차코프가 앞에 선 레프를 노려보았다.

"조만간 그 두 배로 갚아줄 테니까, 그 개아들 놈들한테."

정미나를 빼간 놈들도 팩스코 일당이 아니면 누구겠는가?

블라디보스토크에 도착한 이지현이 호텔방에서 전화를 했을 때는 오후 6시 반이다. 기다리고 있던 이용호가 금방 전화를 받았다.

"호텔이냐?"

"네, 아버지."

"내일 오전 11시 기차지?"

"네, 아버지."

이지현에게 이용호는 언제나 대범하고 부드러우며 믿음직한 아버지다. 어머니 강인선의 장례를 치른 지 오늘이 열흘째다. 강인선의 사인(死因)은 아직 수사 중이지만 경찰은 실족사로 방향을 잡는 것 같다. 강인선이 난간에 기대 몸을 기울였다가 떨어졌다는 것이다.

"특실이니까 안전할 거다."

이용호가 말을 이었다.

"내가 따라갔으면 좋을 텐데."

"아버지, 이르쿠츠크에서 이틀쯤 쉬면서 바이칼 호 구경도 하겠어요."

"어, 그래? 바이칼 호 좋지."

이용호도 바로 승낙했다. 구경하고 나서 다시 열차를 탈 수도 있는 것이다.

"그럼 내가 이르쿠츠크 호텔 예약을 해줄게."

"네, 2박으로 해주세요."

"그래. 알았다. 그럼 내일 아침에 내가 알려주마."

통화가 끝났을 때 이지현이 자리에서 일어나 베란다로 나갔다. 찬바람이 몰려왔지만 추위가 느껴지지 않는다.

김승구는 귀를 닫았다. 이용호와 이지현으로 향해 있던 천이통(天耳通)을 닫은 것이다. 이곳은 하바로프스크의 저택, 오늘은 일찍 퇴근해서 저택 2층의 응접실에 앉아 있다. 이지현이 이르쿠츠크에 이틀간 쉬려고 한 것도 김승구가 그렇게 만들어 놓았기 때문이다. 그때 옆에서 낮은 목소리가 울렸다.

"오늘 난방장치 수리한다고 두 사내가 이층에 와서 도청장치를 교환해 가져갔습니다."

고개를 끄덕인 김승구가 시선을 내렸다. 탁자 옆에 앉은 포메라니안 수놈이다. 4살, 이름은 '쭈쭈', 이틀 전에 김승구가 시내 애견 센터에서 데려왔다. '쭈쭈'가 검은 눈동자로 김승구를 올려다보았다.

"둘은 FSB 소속 장비반원입니다, 주인님."

"쭈쭈, 새로운 하녀장과 하녀는 어떠냐?"

"FSB 공작원은 아닙니다."

"아래층에도 내려가 보도록."

"예, 밥은 아래층에서 먹으니까요."

"내가 없을 때 네가 집을 지키는 거다."

"예, 주인님. 그런데…."

"뭐냐?"

"저한테 생선통조림은 주지 말라고 해주십쇼. 제가 생선 알레르기가 있습니다."

"그러지."

"정원사 모비포프가 하녀 미란다한테 집적거립니다. 아주 노골적인데요."

"왜 그래?"

"발정기가 온 것 같습니다."

"누가?"

"모비포프 말씀이죠."

"야, 인간은 너희들처럼 발정기가 따로 없어. 맨날 자."

"아, 그렇습니까?"

"그런데 어떻게 노골적이라는 거야?"

"미란다가 혼자 있을 때 막 덤빕니다. 우리하고 똑같습니다."

"그거 안 되겠군."

"저처럼 거세하시려고요?"

김승구가 이맛살을 찌푸렸다. 정원사 모비포프는 42세, 정문 옆 단층 집에 살면서 경비 업무까지 겸하고 있다. 착실하게 보였는데 '개'처럼 덤비다니. 한숨을 쉰 김승구가 '쭈쭈'를 칭찬했다.

"잘했다. 네가 말하지 않았다면 나도 모를 뻔했다."

그 시간에 연방보안국 FSB 국장 우르펜스키가 푸틴 대통령에게 보고를 하고 있다. 보고를 건성으로 듣는 것 같던 푸틴이 고개를 들고 우르펜스키를 보았다.

"이봐, 팩스코러시아 사장이 한국 놈이라고?"

"예, 각하."

우르펜스키가 바로 말을 이었다.

"김승구라고 합니다. 그런데…."

말을 이으려던 우르펜스키가 푸틴이 손바닥을 펴는 바람에 입을 딱 다물었다.

"김승구?"

러시아 대통령 '푸틴'의 입에서 '김승구' 이름이 처음 불리어졌다. 인연이 이때부터 드러난다.

오전 11시, 시베리아 횡단 열차가 서서히 블라디보스토크 역을 빠져나가기 시작했다. 창가의 의자에 기대앉아 창밖을 내다보는 이지현의 얼굴은 차분해져 있다. 수심은 지워졌지만 그림처럼 생기가 떠 있지 않다. 열차가 속력을 내기 시작하면서 곧 눈에 덮인 동토가 나타났다.

특실 안은 넓고 쾌적하다. 특실 중에서 '로얄 클래스'여서 27량의 긴 열차에서 4개밖에 없는 방이다. 비행기의 퍼스트 클래스보다 낫다. 욕실과 응접실, 침실까지 구분된 방인 것이다.

창밖으로는 이제 끝없는 설원이 이어지고 있다. 눈에 덮인 지평선이 보인다. 시베리아 대평원이다. 특실은 천장까지 반쯤 유리로 덮여서 평원 위쪽의 푸른 하늘도 드러났다. 하늘을 바라보던 이지현이 슬그머니 몸을 일으켰다. 그러고는 특실의 문을 열고 복도로 나왔다. 양탄자가 깔린 복도에 사내 하나가 서 있다.

김승구가 문을 열고 나오는 이지현을 보았다. '로얄급' 특실은 객차 1량에 방이 2개여서 이쪽 칸에는 승객이 김승구와 이지현 둘뿐이다. 이지현이 똑바로 김승구를 보았다. 그 순간 시선이 마주쳤고 김승구가 이지현의 사고(思考)를 싹 빨아들였다, '생각과 의지'의 모든 것을.

그러고 나서 확인하듯 입을 연다. 이지현은 김승구의 시선에 매달린 상태. 그러나 얼굴은 상기되었고 눈이 번들거린다. 습기 때문이겠지.

"네 어머니를 죽게 만든 건 네 아버지 이용호다. 이용호가 악업(惡業)을 쌓았기 때문이야."

김승구가 말하는 동안 이지현은 홀린 듯한 표정으로 받아들인다. 실제로 홀려 있는 거다. 김승구가 차륜의 진동음에 맞추듯이 한마디씩 말을 잇는다.

"너는 이용호를 볼 때마다 가슴을 찢어놓아야 개운해진다. 그것이 네 숙명이다."

"죽이나요?"

벌써부터 눈빛이 강해진 이지현이 묻자 김승구가 고개를 흔들었다.

"죽이는 건 너무 쉬워. 차라리 죽고 싶다, 제발 죽고 싶다는 생각이 사무치게 나도록 가슴에 상처를 줘라."

"그럴게요."

"네 원수다, 어머니를 죽인 원수."

"어머니는 자살했군요."

"그래, 그렇다."

그때 이지현의 눈동자에서 초점이 흐려졌다. 김승구가 주입시킨 사고(思考)가 자리 잡은 것이다.

"그렇군요. 김진숙 씨를 죽인 업보를 어머니가 받았군요."

"그래, 이용호가 죽였다."

"그래서 어머니는 김진숙 씨가 떨어진 그곳에서 강으로 떨어졌군요."

"맞다."

"그리고 김진숙 씨 시체가 걸려 있던 그 방파제에 어머니 시체가 걸렸고."

"그렇지."

그때 김승구의 시선을 받은 이지현이 물었다.

"난 어떻게 되죠?"

"내 종이 되는 거지."

"네, 주인님."

"네가 할 일이 많아."

"알고 있어요."

이지현의 얼굴에 웃음이 떠올랐다. 그림이 웃는다. 그러나 '모나리자의 웃음'보다 백배는 더 아름답다.

하바로프스크와 모스크바의 시차는 7시간이다. 오후 4시, 김승구가 사무실에서 전화를 받는다. 시베리아 열차에서 사무실로 옮겨와 일하고 있던 참이다. 지금 이지현은 이르쿠츠크를 향해 달려가고 있다.

모르는 번호였지만 전화 건 인간을 보았더니 단정한 용모의 40대, 넓은 사무실. 그런데 벽에 '푸틴' 대통령의 커다란 사진이 걸려 있다. 김승구도 놀라 숨을 들이켰다. '푸틴의 비서실'이구나.

"여보세요."

"예, 김승구 씨지요?"

유창한 영어, 그때 김승구가 '러시아어'로 대답했다. 역시 유창하다.

"예, 맞습니다. 누구십니까?"

"아, 여긴 '푸틴 대통령' 각하의 비서실입니다. 난 게오르기 세네핀이라고 합니다."

"아, 세네핀 비서님. 웬일이십니까?"

"푸틴 대통령 각하께서 통화를 원하십니다. 잠깐 기다리시죠."

세네핀은 통화가 괜찮겠느냐고 묻지도 않는다. 김승구는 심호흡부터 했다. '푸틴'이 전화를 해올 줄은 생각도 못 했다. 천안통(天眼通)으로 미래를 가볼 수는 있지만 전화 올 것까지 예측하면서는 못 산다. 차라리 미래로 가서 사는 것이 낫지 현재를 놔두고 냅다 뜀뛰기만 하고 살 수는 없지 않는가?

“여보세요.”

곧 수화기에서 다른 사내의 목소리, 푸틴이다. 이 목소리는 TV에서도 들었다. 김승구가 응답했다.

“예, 김승구입니다.”

“아, 김 사장, 나 푸틴이오.”

“각하, 영광입니다.”

“정말이야?”

푸틴의 목소리에 웃음이 띠어졌다.

“나도 당신 이야기 꽤 들었어. 열심히 한다는 칭찬이 많더군.”

“감사합니다, 각하.”

“내가 내일 이르쿠츠크로 갈 일이 있어. 그래서 나하고 거기서 만나지.”

“예, 각하.”

“5시에 제국호텔 로비에서 기다리고 있으면 누가 데리러 갈 거야.”

그래놓고 통화가 끊겼다. 핸드폰을 귀에서 뗀 김승구의 얼굴에 웃음이 떠올랐다.

오후 4시 반, 임하경이 방으로 들어서자 유스크 알렉세이가 고개를 들었다. 러시아백화점의 수입부장실이다.

“부장님, 안녕하세요.”

임하경이 인사를 했지만 유스크 알렉세이는 눈도 깜박이지 않는다. 창백한 얼굴, 잿빛 눈, 회색 머리칼은 숱이 없어서 머리 꼭대기는 대머리가 되어 있다. 임하경이 앞쪽 자리에 앉았을 때 유스크 알렉세이가 물었다.

"황자윤에 대해서 말할 것이 있다니, 그게 무슨 말이야?"

임하경이 소리죽여 숨을 뱉었다. 김승구가 시킨 대로 하고 있지만 불안한 것이다. 일단 첫 번째 단계는 성공했다. 유스크 알렉세이한테 베이징 TV의 황자윤 수출담당 이사에 대해서 말할 것이 있다고 했더니 전화상으로도 놀란 기색을 보이던 유스크 알렉세이가 면담을 정한 것이다.

지난번에 쫓아낼 때 얼음처럼 차갑고 냉혹했던 유스크 알렉세이가 '황자윤' 한 마디에 면담을 받아들였다. 임하경이 입을 열었다.

"황자윤 이사가 구속되었다는 건 거짓말입니다. 황자윤은 지금 구속되었다고 소문을 내고 태국 파타야에서 가족들하고 관광 중입니다."

유스크 알렉세이의 눈동자가 흐려졌다. 입이 반쯤 열렸다가 닫혔고 콧구멍이 벌름거렸다. 그때 임하경이 외운 대로 말을 잇는다.

"지금까지 황자윤이 입금해왔던 755만 불은 모두 황자윤이 출금해서 사장 왕보하고 둘이 나눴습니다."

"…."

"그리고 왕보는 곧 유스크 알렉세이 당신한테 협박 메일을 보낼 겁니다. 지금까지의 리베이트 내역을 모두 공개할 테니까 올해에는 3500만 불 물량의 가전제품을 가져가라는 내용이 될 겁니다."

"…."

"아마 가격도 엄청나게 올린 가격이 되겠지요. 제품은 불량품이고요."

"…."

"유스크 알렉세이, 당신이 청렴하고 원칙만 고수한다는 소문이 났지만 실제는 베이징 TV에서 8년 동안 리베이트를 챙기고 있었지요. 리베이트 관리를 황자윤에게 시키면서요."

"…."

"당신 큰일 났어요. 러시아 경찰은 아마 30년 형을 선고할 것 같은데요."

이것까지 모두 김승구가 말해준 내용이다. 머리가 좋은 임하경은 한 자도 빼놓지 않고 다 말했다. 중간에 유스크 알렉세이가 끊지 않아서 술술 잘 나왔다.

그 시간에 김승구는 클라크와 마주앉아 있었는데 방금 푸틴과의 통화 내용을 말한 후다.

"푸틴이…."

푸틴 이름이 나왔을 때부터 숨도 죽이고 있던 클라크가 겨우 입을 열었다.

"왜 그러지?"

"나하고 호흡이 맞는 거지."

"호흡이?"

클라크는 더욱 알 수 없다는 표정이 되었다.

"무슨 말이야?"

"푸틴은 나를 이용해서 시베리아 지역의 기반을 더 굳히려고 하는 거지."

"그럼 너는?"

"나도 푸틴과 함께 타야지."

"어디를 타?"

"푸틴 호에."

"이것도 예상하고 있었던 거야?"

"좀 빨리 온 거야."

김승구의 눈동자에 초점이 흐려졌다.

"아벨 저택 사건이 FSB국장 우르펜스키한테 이어졌고 바로 푸틴으로 연결이 된 거야."

"좋은 현상이겠지?"

"두고 봐야지."

"너도 모르는 일이 있나?"

"나 혼자만 있는 게 아니니까."

클라크에게는 알쏭달쏭한 말이었지만 더 묻지는 않았다.

"어쨌든."

클라크가 꿈에서 깨어난 표정을 짓고 말했다.

"토머스와 제이슨이 조금 전에 중국으로 떠났어. 그놈들이 잘 해내야 할 텐데."

베이징으로 날아가는 비행기 안, 토머스와 제이슨이 일등석에 나란히 앉아 있다. 룸서비스 식으로 주스를 받아든 제이슨이 토머스 쪽으로 상반신을 기울였다. 좌석이 넓은 데다 간격이 커서 이야기를 하기는 불편하다.

"이거, 워낙 스케일이 커서, 잘 될까 모르겠네요."

"무슨 소리야?"

토머스가 목소리를 높였다. 뒤쪽 좌석은 비었기 때문에 토머스가 거침없이 말을 잇는다.

"보스가 시킨 대로 하기만 해."

"보스가 오실까요?"

"오신다고 했어."

"비행기가…."

"보스가 비행기 타고 댕기냐?"

"아니, 그게…."

한숨을 쉰 제이슨이 토머스를 보았다.

"난 보스가 그랬으면 좋겠어요. 그래야 실감이 날 테니까 말이오."

토머스가 눈만 껌벅였더니 제이슨이 말을 잇는다.

"난 가끔 보스의 행동을 보면 내가 지금 현실에 살고 있는가 꿈속인가 하고 정신이 오락가락할 때가 있단 말이오."

"나도 그렇다."

마침내 토머스도 동의했다가 말을 잇는다.

"보스가 말한 적이 있지? 이 세상에는 우리가 겪지 못했고 생각도 못했던 일들이 일어날 수 있다고 말이야."

"그랬던가요?"

"난 정신이 오락가락할 때마다 그 말을 떠올려."

"나도 보스한테 기술 한 가지만 배우면 더 현실감을 느낄 텐데."

제이슨도 마침내 제 본심을 드러내었다.

"여자 꼬시는 방법이라도."

"아니, 쟤가 왜 밖으로 나왔어?"

깜짝 놀란 안나가 소리치자 미란다가 고개를 들었다.

"어머나!"

놀란 미란다도 주방문을 열었다. 찬바람이 몰려왔기 때문에 눈썹을 찌푸린 미란다가 소리쳤다.

"쭈쭈! 쭈쭈!"

저택의 뒷마당에서 미란다의 목소리가 울렸다. 뒤에 선 안나도 부른다.

"쭈쭈! 빨리 안 들어와?"

밖은 영하 30도다.

"아유, 기가 막혀! 쟤들이 마주보고 서 있는 것 좀 봐."

그 와중에도 안나가 웃음 띤 목소리로 소리쳤다. 쭈쭈는 저택 2층에서 '거주'하는 '포메'의 이름이다. 그런데 지금 쭈쭈가 마당 구석에서 제 몸보다 30배는 큰 '시베리안 허스키'하고 마주보고 서 있는 것이다. 둘이 코를 맞대듯이 붙이고 서 있는 모습이 가관이다.

"쭈쭈!"

미란다가 다시 부르자 쭈쭈가 고개를 이쪽으로 돌리더니 냅다 뛰어왔다. 시베리안 허스키도 몸을 돌린다.

뒷마당에서 미란다의 목소리를 들은 모비포프의 귀가 곤두섰다. 앞마당의 눈을 치우던 모비포프가 삽을 든 채로 뒷마당에 갔더니 아무도 보이지 않았다. 안으로 들어간 것이다. 쓴웃음을 지은 모비포프가 삽을 어깨에 메고 발길을 돌렸다.

나름대로 계획이 섰다. 거사일은 바로 내일이다. 내일은 오전 10시부터 오후 3시까지 5시간 동안 미란다가 아래층에 혼자 있는 것이다. 하녀장과 안나는 시장을 보러 가고 또 다른 하녀 쥬디스는 하루 휴가를 내었다. 그래서 하녀장이 시장을 보러 가는 5시간 동안 미란다를 덮치면 된다.

옆 마당의 바위 구석은 소변보기에 적당한 장소다. 눈밭이라 소변 구멍만 뚫릴 뿐이어서 모비포프는 바지 지퍼를 내렸다. 미란다의 풍만한 몸을 머릿속에 떠올리면서 모비포프는 다시 얼굴에 웃음을 띠었다. 뒤에서 덮칠 때마다 미란다는 몸을 비틀고 앙탈을 부렸지만 얼굴을 붉히면서 눈을 흘기는 모습에 교태가 들어가 있다.

오줌 줄기가 시원하게 뻗어나갔기 때문에 모비포프는 만족한 한숨을 쉬었다. 그 순간이다. 아랫도리가 떨어져나가는 것 같은 충격이 오더니 극심한 고통이 덮쳐왔다.

"으악!"

저도 모르게 비명을 지른 모비포프는 눈앞에 있는 '개'를 보았다. '시베리안 허스키'다. 그리고 그 개가 지금 입 안에 가득 자신의 '물건'을 물고 있는 것이다.

"으악!"

다시 모비포프가 비명을 지른 순간 사타구니에 격심한 고통이 전해졌다.

"으아아!"

모비포프는 털썩 땅바닥에 주저앉아 다리 사이를 감싸 쥐었다. 떼어졌다.

잠시 후에 저택 뒤쪽 숲에서 우렁찬 울음소리가 울렸다. '개' 짖는 소리다. 이미 옆 마당은 하녀들이 모두 나와 있었는데 모비포프는 반쯤 기절한 상태여서 체면을 잊고 있다.

"아이구, 저걸 어째! 빨리 신고를!"

하녀장이 소리쳤을 때 다시 '개' 짖는 소리가 들렸다. 그 소리를 쭈쭈만 듣는다. 그것을 '인간 말'로 번역하면 이렇다.

"내가 그놈 것 떼어냈어! 됐지?"

아까 뒷마당에서 쭈쭈가 '지시'를 한 것이다.

또 만났다.

다음 날 오전 9시 반, 임하경과 유스크 알렉세이가 오늘은 커피숍에서 마주보고 앉아 있다. 어제는 임하경의 말만 듣고 결론도 없이 헤어졌는데 오늘 아침에 유스크 알렉세이가 만나자고 연락을 한 것이다. 임하경이 오늘도 조수를 안 데려와서 혼자다. 유스크 알렉세이도 혼자다.

어제 임하경이 말할 때 유스크 알렉세이는 '그것이 아니다'라고 한 번도 한 적이 없다. 그렇다고 '성'을 내지도 않았다. 물론 '시인'도 안 했다. 그저 '뺑'한 얼굴로 듣다가 '알았다' 하고 헤어지고 나서 오늘 아침 8시 반에 출근하자마자 연락을 해온 것이다. 이윽고 유스크 알렉세이가 흐린 눈으로 임하경을 보면서 말했다.

"어제 저녁에, 그러니까 당신이 가고 나서 왕보한테서 메일이 왔어."

임하경이 듣기만 했고 유스크 알렉세이가 말을 잇는다.

"그래. 협박 메일이야. 지금까지 황자윤과 리베이트를 뗀 내역을 공개한다는군. 황자윤이 구속되었으니까 나도 책임을 져야 한다면서…."

"…."

"당신 예측이 맞아. 금액도 맞아. 공개하지 않는 조건으로 베이징 TV의 가전제품 3500만 불을 수입해가라는 거야."

유스크 알렉세이의 얼굴이 일그러졌다.

"품목도 저희들이 선정해준다면서. 강도 같은 놈들이지."

"…."

"그런데…."

유스크 알렉세이가 충혈된 눈으로 임하경을 보았다.

"그런데 당신은 어떻게 그렇게 잘 알고 있지? 이해가 안 가."

고개를 저은 유스크 알렉세이가 다시 묻는다.

"어떻게 아는 거야? 솔직히 나는 그놈들보다 당신이 더 소름끼쳐."

"그래서요?"

임하경이 눈썹을 모으고 유스크 알렉세이를 노려보았다.

"소름끼친다고 지난번처럼 날 쫓아낼 건가요? 어떻게 알게 되었는지 그 이유를 알기 전에는 만나지 않겠다는 건가요, 지금?"

"아니, 그게…."

"정신 차리세요, 유스크 알렉세이 씨. 지금 그럴 상황이 아니잖아요? 당신은 지금 수렁 속으로 빠져들고 있는 상황이라고요."

"그것이…."

"나, 그냥 가요?"

"…."

"내가 당신한테 해를 끼칠 사람 같아요? 그 강도 놈들하고 비교해 보세요."

그때 유스크 알렉세이가 어깨를 늘어뜨리면서 말했다.

"나, 어떻게 하면 되겠어?"

그 시간에 김승구는 출근 준비를 마치고 소파에 앉아 있다. 조금 전에 미레카가 학교 간다고 인사를 하고 내려갔기 때문에 이층에는 혼자뿐이다. 아니 둘이다, 쭈쭈하고. 쭈쭈가 막 김승구의 발밑으로 다가와 앉는다. 밖에 나갔다 왔기 때문에 혀를 내놓고 가쁜 숨을 뱉고 있다.

"주인, 허스키를 만나고 왔습니다."

시베리안 허스키를 말한다. 김승구가 쳐다만 보았고 쭈쭈가 말을 잇는다.

"먹었답니다."

"먹어?"

"예, 주인님."

쭈쭈의 고개가 숙여졌다.

"떼어서 입에 물고 가다가 갑자기 식욕을 참지 못하고…."

"드런 놈."

'개'의 본성을 잠깐 잊었다. 지금 둘은 어제 '시베리안 허스키'가 떼어간 모비포프의 '물건'을 말하는 것이다. 김승구가 입맛을 다셨다.

"뜯어서 눈밭에 버렸다면 지금이라도 찾아서 수술하면 붙일 수가 있을 텐데 말이야. 안됐다. 벌써 소화가 됐겠구나."

"죄송합니다. 저도 물어뜯으라고만 했지, 떼어서 먹을 줄은…."

"모비포프 그 놈이 일은 잘하는데 좀 과한 벌을 받았군."

자리에서 일어선 김승구가 쭈쭈에게 고개를 끄덕였다.

"어쨌든 너한테 시킨 일은 확실하게 처리한 셈이다. 잘했다."

이로써 모비포프는 오줌은 뒤로 싸게 되었다. 물론 퇴원을 하고 돌아와도 두 번 다시 미란다한테 치근거릴 수는 없게 될 것이다.

이르쿠츠크, 제국호텔 라운지에서는 시가지가 한눈에 보인다. 창가의 의자에 앉은 이지현이 무심한 표정으로 눈에 덮인 시가지를 내려다본다. 오전 11시 반, 시베리아 횡단 열차가 오전 9시 반에 이르쿠츠크에 도착한 것이다. 열차에서 내린 이지현은 이용호가 예약해놓은 이곳에 온 지 30분밖에 안 되었다.

그때 앞에서 들리는 인기척에 이지현이 고개를 들었다. 김승구가 막 앞쪽 자리에 앉다가 이지현의 시선을 받는다.

"아휴, 어디서 오는 길이에요?"

눈을 크게 뜬 이지현의 얼굴에 웃음이 떠올랐다.

"갑자기 그렇게 나타나면 놀라잖아?"

"그래?"

김승구도 따라 웃었다.

"그럼 앞으로는 예고를 하고 나타날까?"

"상관없어."

이지현은 어느새 자연스럽게 말을 놓고 있다. 종업원에게 커피를 시킨 김승구가 이지현을 보았다.

"본래 스케줄이 이르쿠츠크에 이틀 묵는 거였지?"

"응. 갑자기 그런 생각이 떠올라서."

"그건 내가 네 머릿속에 주입시킨 거야."

"그랬구나. 어쩐지."

이지현의 얼굴에 쓴웃음이 떠올랐다.

"얼어붙은 바이칼 호는 볼 것도 없는데 내가 왜 그랬나 했지."

"여기서 삼사 일 머물다가 하바로프스크로 가."

"가서 뭐하게?"

"너, 대양디자인의 기초설계실에서 근무하지?"

"전공이 그래. 설계과장이야."

이지현의 눈빛이 밝아졌다.

"내 실력으로 과장 된 거야. 난 작년에 박사 땄어."

"회사 그만두고 나한테 와."

"어디로?"

"킴스코"

"킴스코란 회사가 있어?"

"내가 차릴 회사야. 아직 조그만 해. 네가 그 창립 멤버가 되는 거다."

"무얼 하는 회산데?"

"디즈니월드를 시베리아 대평원에다 만드는 회사야. 네가 설계를 맡아."

"디즈니월드."

이지현의 눈동자가 대번에 흐려졌다. 꿈을 꾸는 것 같은 표정이다.

인연은 이어진다. 이지현이 기초설계전공이라는 것과 김승구가 곧 나타샤랜드를 건설할 것과 연결이 된다. 이지현의 머릿속에 씨가 뿌려진 것은 '시베리아 횡단 열차'에서 만났을 때다. 인간은 모든 일을 자기 위주로 합리화하는 '재주'를 갖고 있다. 이지현의 머릿속에는 김승구가 한 말이 심어졌고 시간이 지날수록 자랄 것이다. 그러면서 합리화된다.

특등실 복도에서 우연히 만난 장면부터 시작이 되지만 김승구가 주입한 '단어'는 다 잊어먹고 그 내용만 머릿속에서 무럭무럭 자라는 것이다. 그리고 이지현은 김승구에 대해서는 절대 '이용호'한테 말하지 않을 것이다. 컴퓨터의 '차단기능' 같다.

다시 유스크 알렉세이와 임하경, 둘은 또 자리를 옮겼다. 이곳은 유스크 알렉세이의 사무실 안, 둘이 나란히 앉아 컴퓨터를 쳐다보고 있다. 벽시계가 오전 11시 45분을 가리키고 있다.

"자, 보세요."

컴퓨터의 메일함을 펼친 임하경이 조금 옆으로 비켜 앉으면서 말했다. 임하경은 지금 자신의 메일함을 드러낸 것이다. 메일함에는 베이징 TV의 왕보 사장과 수출부장 황자윤 사이에 주고받은 메일이 모두 캡처되어 있다. 임하경의 메일함으로 끌어온 것이다. 눈을 치켜뜬 유스크 알렉세이가 그것을 읽기 시작했다. 둘의 '공작'이 생생하게 읽혀지고 있다. 그때 임하경이 유스크 알렉세이의 옆얼굴에 대고 말했다.

"또 어떻게란 말은 하지 마시죠. 현실을 인정하고 우리가 앞장서 가야 될 테니까요."

이렇게 만들려면 왕보와 황자윤의 메일 비밀번호, 둘의 사적 메일 주소까지 다 알아내야 하는 것이다. 그것을 어젯밤에 김승구가 보내주었다. 현대판 신(神)은 이쯤 되어야 한다.

"강도 새끼들."

둘의 주고받은 '공작'을 읽으면서 유스크 알렉세이가 잇새로 말했다. 어느덧 유스크 알렉세이는 '어떻게?'란 말은 쓰지 않는다. 그것은 조건 없는 '신뢰' 또는 '복종'을 의미하는 것이나 같지 않겠는가?

칭다오. 504 광장이 바라보이는 대륙호텔의 방 안, 토머스가 핸드폰을 귀에서 떼고 제이슨에게 말했다.

"레이나호는 이틀 후에 도착해, 오후 9시 반에."

예정 시간보다 3시간 정도 늦다. 태평양에서 폭풍을 만나 조금 우회했기 때문이다. 방금 토머스는 항만청에 확인을 한 것이다. 바하마 선적의 레이나호는 7만 5천 톤급 컨테이너선으로 콜롬비아에서 코스타리카, 멕시코를 거쳐 일본 요코하마에 들렀다가 칭다오로 온다.

토머스가 김승구한테서 받은 서류를 다시 보았다. 40피트짜리 컨테이너 2개에 현금 4억 5천만 불이 실려 있다. 컨테이너 번호는 KCS-1201, 1202. 화물은 멕시코산 커피. 화물주는 '칭다오 무역'이다. 컨테이너는 레이나호에서 하역된 후에 하역창 3번에 보관되었다가 다음 날 오후 3시쯤 서류 확인을 받고 세관 검사를 마친 후에 인도될 것이다. 그때 제이슨이 말했다.

"여긴 한국하고 완전히 다르군. 분위기가 살벌해요."

"당연하지."

쓴 웃음을 지은 토머스가 물었다.

"그놈들은 모두 몇 명이야?"

"한 10명 쯤. 킹스턴이 인수팀을 새로 뽑은 것 같습니다."

"얼마든지 전문가는 고를 수 있으니까."

토머스가 창가로 다가가 밖을 내다보며 말했다.

"우리 7명 갖고는 어림 턱도 없는 짓이야."

"공안까지 동원하고 있으니까 잘못 걸렸다가는 총에 맞을 겁니다."

제이슨이 말을 받는다. 지금 킹스턴이 보낸 '인수팀' 10명가량이 시내 산둥호텔에 투숙하고 있는 것이다. 그리고 그 인수팀과 공안 간부들이 수시로 접촉하고 있다. 아예 외출할 때는 공안의 차를 타고 다니는데 마치 외교사절 같다. 토머스가 손목시계를 보면서 말했다.

"어쨌든 보스가 오시기 전에 현장 답사를 다시 한 번 하지."

이번이 세 번째다. 매사에 신중한 토머스는 컨테이너 야드에서 시내로 이어지는 길이 6개나 된다는 것까지 알아내었다. 제이슨이 보기에는 쓸데없는 짓이다. '보스'가 '마술'을 한 번 쓰면 될 것을.

이르쿠츠크의 제국호텔 로비 라운지, 오후 4시 50분. 자리에 앉아 있던 김승구에게 사내 하나가 다가간다, 단정한 양복 차림. 김승구 앞으로 다가선 사내가 고개를 조금 숙여 보이면서 말했다.

"김 사장님, 푸틴 대통령 각하께서 기다리고 계십니다."

김승구가 자리에서 일어서자 사내가 비켜서면서 인사를 했다.

"제가 대통령 각하 비서관 세네핀입니다."

둘은 커피숍을 나와 현관 앞에 주차시킨 차에 올랐다. 그러나 아무도 둘을 주의 깊게 보지 않는다. 이곳은 고급차도 많고 요인들도 많이 오가는 곳이다.

20분쯤 후에 승용차는 경찰청 뒷마당에서 대기하고 있는 헬기 앞에서 멈췄고 둘은 헬기에 올랐다. 경호원까지 넷이 되었다. 헬기는 바로 하늘로 솟아올랐다.

40분쯤 후에 헬기는 바이칼 호 서쪽의 대통령 별장 뒷마당에 도착했다. 뒤쪽은 눈에 덮인 대평원, 좌우는 숲, 앞은 바이칼 호가 펼쳐진 궁전이다. 그러나 날씨가 추워지기 시작해서 눈보라가 흩날렸다. 김승구는 서둘러 궁전의 현관으로 들어섰다.

"오, 김 사장."

2층 응접실 소파에 앉아 있던 푸틴이 자리에서 일어나 김승구를 맞는다. 흰색 스웨터 차림으로 얼굴에 웃음을 띠우고 있다. 푸틴 옆에 있던 두 사내도 따라 일어선다, 둘 다 낯익은 얼굴.

"각하, 뵙게 되어서 영광입니다."

김승구가 러시아어로 인사를 했다.

"내가 반갑지."

푸틴이 김승구의 손을 힘주어 잡고 흔들더니 옆쪽 두 사내를 소개했다.

"이쪽은 FSB 국장 우르펜스키, 이쪽은 총리 메드베데프."

김승구가 그들과도 악수를 했다. 경황 중에도 총리보다 FSB 국장을 먼저 소개한 것이 기억에 남는다. 이곳까지 안내한 비서관 세네핀은 연기처럼 사라졌다. 응접실 소파에 넷이 편하게 둘러앉았을 때 푸틴이 웃음 띤 얼굴로 김승구를 보았다.

"잠깐 이야기 나누고 술 마시자고, 괜찮지?"

"예, 각하."

오후 6시 반이 되어가고 있다. 그때 앞에 놓인 물 잔을 쥔 푸틴이 김승구를 보았다. 옅은 청색 눈동자가 또렷했다.

"이봐, 김. 자네 레인저 출신이지?"

"예, 각하."

"상사였지?"

"예, 각하."

"무공훈장이 2개인가?"

"예, 각하."

"음. 레인저가 우리 스페르나츠보다는 질이 떨어지지만 M-16보다는 낫지."

예, 각하, 하려다가 참았다. 한국군 UDT는 모르나? 김승구가 마침내 타심통(他心通)으로 푸틴의 속을 드려다 보려고 작정했을 때다. 푸틴이 선수를 쳤다.

"자네, 나타샤랜드를 건설할 작정인가?"

놀란 김승구가 숨부터 들이켰다.

"예, 각하."

"그것 때문에 만나자고 했어."

푸틴의 얼굴에 은근한 웃음이 떠올랐고 그때서야 김승구가 타심통(他心通)을 발동시켰다. 아, 알았다.

'나타샤랜드를 푸틴랜드로 하면 엄청난 선전 효과가 나. 푸틴월드도

좋고.'

푸틴의 속마음이다.

'이놈이 팩스코의 비자금을 운용하는 모양인데 내가 통관 협조를 약속해 주면 관세 없이 수출입을 할 수 있을 테니 이득이겠지. 하지만….'

푸틴의 생각이 빛의 속도로 읽힌다. 1초도 안 걸린다.

'나타샤랜드, 아니 푸틴랜드는 수십억 불 공사야. 이놈한테 이름을 바꾸는 더 그럴듯한 명분을 줘야겠는데. 이놈이 벌써 나타샤하고 약속을 했겠지. 네 이름으로 해준다고. 아마 여러 번 같이 잤을 거야. 침대에서 벗고 하는 약속은 '짱'인데.'

그때 푸틴이 눈동자의 초점을 잡았다. 자, 이제 말한다.

"이봐, 김 사장, 내가 그 나타샤랜드 공사를 어떻게 도와주면 되겠나?"

우회 전법, 도와줄 테니 그 대가를 내놓으라는 방법. 아마 그 대가는 우르펜스키를 통해 알려줄 것이다, 푸틴랜드로 이름을 바꾸라고. 그때 김승구가 말했다.

"각하, 저는 나타샤랜드를 푸틴월드로 이름을 바꾸는 것이 낫겠다고 생각합니다."

순간 푸틴이 숨을 들이켰다. 우르펜스키는 눈을 크게 떴지만 메드베데프는 이쪽저쪽을 쳐다만 본다.

"어, 갑자기."

푸틴이 어깨를 내리면서 말했는데 감동한 표정이다.

"갑자기 무슨, 푸틴월드가 나오나?"

김승구가 똑바로 푸틴을 보았다. 최고의 '흥정'은 상대를 감동시키는 것이다. '아쉬운' 쪽이 먼저 말 꺼내기를 기다리는 흥정은 하수(下手)다.

김승구가 말을 이었다.

"각하께서 보자고 하셨을 때 선물로 뭘 드리나 고민을 하다가 나타샤 랜드가 떠올랐습니다. 당연히 시베리아에 건설되는 세계 최대의 '환상 도시'는 '푸틴월드'가 되어야 한다는 생각이 들었습니다."

"으음. 지금 '환상 도시'라고 했나?"

"푸틴월드라고도 말씀드렸습니다."

"그렇지."

푸틴이 커다랗게 고개를 끄덕이더니 메드베데프를 보았다. 푸틴의 얼굴은 상기되었다.

"이봐, 메드베데프."

"예, 각하."

"김 사장 사업체에는 앞으로 세금 부과하지 말도록, 알았나?"

"예, 각하."

"김 사장 회사의 물품 수출입은 세관 검사도 생략해."

"예, 각하."

그러고는 푸틴이 자리에서 일어섰다.

"자, 김 사장, 밥 먹으러 가지."

푸틴의 두 눈이 번들거리고 있다. 러시아의 뉴 차르(NEW TSAR), 즉 새 황제가 감동을 받은 것이다.

김승구가 제국호텔로 돌아왔을 때는 오후 10시 반이다. 기분이 좋은 푸틴이 보드카를 두 병이나 마셨기 때문에 김승구도 취한 상태. 술에 취한 푸틴이 별놈의 이야기를 다 했는데 한국의 국가대표 스케이트 선수 누구처럼 김승구도 러시아 국적을 취득하라고 권하기까지 했다.

그러다 지금처럼 미국 국적을 갖고 팩스코 사장이 되어 있는 것이 낫다고 했더니 바로 말을 바꿨다. 직선적이지만 순수한 성품이다. 타심통(他心通)으로 계속해서 속마음을 들여다봐도 겉과 속이 비슷하다. 호텔방에 들어 온 지 10분쯤 지났을 때 임하경한테서 전화가 왔다.

"저, 메일 보냈어요. 근대 아직 둘 다 연락이 안 와요. 보낸 지 3시간인데…."

임하경이 바로 말했다.

"지금 유스크 알렉세이하고 같이 있어요. 회신 기다리려고요."

"사무실이야?"

"저녁 같이 먹고 사무실로 돌아왔어요."

"같은 팀이 되었군."

웃음 띤 목소리로 말한 김승구가 말을 이었다.

"곧 읽고 나서 연락이 갈 거야."

침대로 들어가려던 베이징 TV 사장 왕보가 몸을 돌려 거실로 나왔다. 거실 책상에 앉은 왕보가 컴퓨터를 켜고 나서 메일을 보았다. 갑자기 메일을 보고 싶어졌기 때문이다.

메일 하나가 와 있다. 발신자를 본 왕보의 얼굴이 굳어졌다. 유스크 알렉세이다. 러시아백화점 수입부장 유스크 알렉세이인 것이다. 그자가 이 메일 주소를 어떻게 알았단 말인가? 이 메일은 황자윤과 둘이서만 주고받던 비밀 메일인 것이다. 심호흡을 한 왕보가 읽기 버튼을 클릭했다.

'왕보 사장, 당신이 황자윤과 주고받은 메일 내용을 그대로 전달해드릴 테니까 다시 확인하도록.'

처음 문장이 이렇다. 그러고는 왕보와 황자윤이 주고받은 수십 통의 메일이 그대로 옮겨와 있다. 첫 번째 메일을 읽고 난 왕보의 손가락이 벌벌 떨렸다. 이어서 클릭할 필요도 없는 것이다.

그 내용 중 하나.

'755만 불을 나누기 쉽게 55만 불은 별도 계좌로 넣고 700만 불을 반으로 나눠서 350만 불씩을 당신과 내가 가져가면 되겠지. 유스크 알렉세이 그놈은 입도 벙긋하지 못할 거야. 그리고 당신은 구속되었다고 할 테니까 당분간 공식석상에는 나타나지 마. 회사에서 유스크 알렉세이한테 알려주는 놈이 있을지도 모르니까. 그놈 비자금 가져온 건 별도로 하고 새 오더 3500만 불을 밀어 넣도록 하지. 불량품 넣어도 되고. 유스크 알렉세이는 불평하지 못해. 아마 자살할지도 몰라. ㅋㅋ.'

그때 왕보는 밑쪽에 붉은 글씨로 쓰인 문장을 보았다.

'이 내용을 모두 공안에 전달할 예정이다. 내가 너에게 보낸 것처럼 말이다. ㅋㅋ.'

그리고 이어졌다.

'너하고 같은 시간에 황자윤 메일함에도 이 메일이 들어가 있을 거다, 왕보. 다 읽고 황자윤하고 충분히 상의해 봐라. 황자윤, 그놈 지금 파타야 파라다이스호텔 1317호에 있지? 가족 셋하고 말이야. 이 글은 황자윤도 같이 보고 있다. ㅋㅋㅋ.'

유스크 알렉세이도 ㅋㅋㅋ를 자주 썼다. 붉은색의 ㅋㅋㅋ를 보니까 악마의 혀처럼 느껴졌다.

제국호텔에는 이지현도 투숙하고 있다. 밤 11시 45분, 이지현이 문으로 다가가 문을 열었다. 그러자 방문 앞에 서 있던 김승구가 잠자코 안으로 들어섰다. 마치 정부(情夫)가 소리 없이 집 안에 들어서는 것 같다. 벨도 누르지 않았고 연락도 안 했기 때문이다. 김승구가 문 앞에 섰을 때 소파에 앉아 있던 이지현이 일어나 문을 연 것이다.

"여기서 자고 갈 거야?"

소파에 앉는 김승구에게 이지현이 다가서며 물었다. 두 눈이 반짝였고 얼굴은 상기되었다. 이지현은 가운 차림이다. 그때 김승구가 쓴웃음을 지으며 물었다.

"왜?"

"그럴 때가 된 것 같아서."

"넌 많이 자봤어?"

"별로."

이지현의 얼굴이 더 붉어졌다.

"내가 왜 이러는지 모르겠네."

"네 업보지."

"널 좋아하는 것이?"

"그래."

"업보라는 것이 있어?"

"있어."

그때 이지현이 선반으로 다가가 위스키 병을 들고 와 앞에 놓았다. 정신이 산만해서 다시 돌아가 잔을 가져왔고 오다가 몸을 돌려 마른안주와 얼음까지 가득 들고 왔다.

"어떤 업보야?"

앞쪽에 앉은 이지현이 이제는 조금 가라앉은 표정으로 물었다.

"내가 널 좋아하게 되어 있어?"

"오늘 너하고의 대화는 네 기억 속에서 사라지겠지만."

김승구가 똑바로 이지현을 응시하면서 말을 이었다.

"넌 나를 이성으로 좋아하게 되는 거다. 하지만 너하고 나는 맺어질 수가 없는 관계지. 그건 너는 모르고 있어."

"무슨 관곈데?"

"네가 잊어먹겠지만 말하기 싫다."

"난 널 보면 가슴이 뛰고 달려가 안기고 싶어."

"그렇지만 결합할 수 없는 거지."

"그러다 죽나?"

"네 아버지의 죄를 대신 받는 거야. 그건 나중에 봐야겠다."

술병을 든 김승구가 잔에 술을 따르면서 말을 이었다.

"악마가 내 몸 안에 들어가 있어."

한 모금 술을 삼킨 김승구가 이를 드러내고 소리 없이 웃었다. 물기가 조금 배인 두 눈이 번들거렸기 때문에 섬뜩한 인상이 되어 있지만 이지현은 여전히 홀린 것 같은 표정이다.

"너, 하바로프스크에 들렀다가 한국으로 돌아가. 네가 할 일이 있어."

"뭔데?"

"나타샤랜드, 아니 푸틴월드가 되겠지만 그것 설계를 네가 주관하면서 한국에서 할 일이 있단 말이야."

"자기가 시킨 건 다 할게."

이지현이 번들거리는 눈으로 김승구를 보면서 말했다.

"자기 옆에만 있게 해주면 돼."

김승구는 한 모금에 술을 삼켰다. 이지현은 배다른 누나다. 짐승이 아닌 이상 가까워질 수가 없는 관계다. 불륜이라고 말할 수가 없는 폐륜이다. 김승구가 번들거리는 눈으로 이지현을 보았다. 악마의 시선이다.

그러나 함께 있는 부처의 힘이 악마를 누르고 있다. 치열한 싸움이 몸 안에서 일어나고 있다. 악마가 이기면 세상이 무너질 것이다, 짐승 세상이 될 테니까. 그때 김승구의 입이 열렸다.

"넌 고통 받다가 이 세상을 떠나서 악업에서 벗어날 때, 그때 나하고 만나든지."

"무슨 말이야?"

"그것이 이용호의 자식으로 태어난 네 업이야."

이지현의 뜨거운 시선을 받으면서 김승구는 자리에서 일어섰다. 심장 박동이 빨라졌고 몸이 뜨거워졌기 때문이다. 악마가 시험을 하고 있다. 떠나야 한다.

"앗, 보스."

깜짝 놀란 토머스가 소리쳤다. 냉장고에서 얼음을 꺼내던 제이슨도 고개를 돌리더니 들고 있던 맥주를 떨어뜨렸다. 어디냐고? 이곳은 칭다오의 대륙호텔 방 안이다. 김승구가 이지현의 방을 나와 이곳으로 옮겨온 것이다, 신족통(神足通). 이르쿠츠크와 칭다오는 같은 시간이다. 밤 12시 25분.

"오늘 오후에 배가 도착하지?"

소파에 앉으면서 김승구가 묻자 토머스가 대답했다.

"예. 오후 10시쯤 항구에 닿습니다. 내일 아침에 하역을 시작하면 오후 2시쯤 컨테이너 야드에 적재될 것입니다."

제이슨이 말을 잇는다.

"공안, 세관에 손을 썼으니까 컨테이너 야드에서 바로 밖으로 반출되겠지요."

고개를 끄덕인 김승구가 앞에 앉은 둘을 번갈아 보았다.

"어제 오후에 베이징 중국은행 본부에서 지시가 내려왔어. 컨테이너는 이곳에서 베이징까지 운송된다. 칭다오 공항으로 운반된 후에 화물기 2대에 실려 가는 거야."

"그렇군요."

토머스가 한숨을 쉬었다.

"정부에서 받는 것이라 대놓고 운반하는군요."

"그래서 작전 장소는 공항이다."

김승구가 웃음 띤 얼굴로 말을 이었다.

"공항에 컨테이너 도착 예정 시간은 오후 7시로 되어 있어."

탁자 위에 스케줄이 적힌 종이를 내려놓은 김승구가 웃었다.

"오후 6시에 공군 수송기 CH-14호, 18호가 공항에 도착할 예정이야. 그리고 7번 창고 앞에서 돈 상자가 수송기에 적재되지. 출발 예정 시간은 밤 12시. 목적지는 베이징 북쪽의 공군기지다."

"난 이 상황에서 베이징에 못 갑니다!"

황자윤의 목소리는 비명처럼 울렸다. 지금 황자윤은 왕보하고 통화 중이다.

"지금 난 가족하고 같이 있단 말입니다. 그놈이 내 가족까지 잡고 있는 것이나 같지 않습니까?"

"이거 왜 나한테 지랄이야?"

버럭 소리친 왕보가 주위를 둘러보았다. 이곳은 베이징 저택의 뒤쪽 창고 안이다. 유스크 알렉세이가 주문한 대로 둘이 상의하고 있는 것이다. 밤 12시 45분. 왕보가 헌 집기만 쌓인 창고를 둘러보고 나서 말을 이었다.

"이것이 공안이나 언론에 노출되면 너나 나나 다 죽는다. 여론이 들끓어서 아마 사형을 당할 수도 있어."

"나, 그냥 여기서 미국으로 갈 겁니다."

황자윤이 결심한 듯이 말했다.

"마침 가족도 같이 있겠다."

"그놈이 가만있을까? 네 방 번호까지 알고 있는데?"

"내일 아침 일찍 떠날 겁니다."

"그러다 그놈한테 걸리면…."

"방법이 없지 않습니까?"

"그놈이 네가 그렇게 나올 줄 예상하지 못할 것 같으냐? 병신 같은 놈아."

왕보가 다시 소리쳤다.

"우리한테 상의하라고 한 것은 타협하자는 뜻이야! 자, 어떻게 할 거냐!"

"난 그놈한테 끌려 다니기 싫습니다."

그러더니 통화가 끊겼다.

왕보가 망연자실한 얼굴로 창고의 다리 하나가 부서진 의자에 앉았다. 의자가 기울어져서 몸도 비스듬하게 눕혀졌다. 저절로 입에서 욕이 터졌다.

"개자식 같으니."

그때 핸드폰이 울리면서 메신저가 떴다. 다시 황자윤이다. 서둘러 핸드폰의 메시지를 누른 왕보가 숨을 들이켰다.

"히익."

숨 들이켜는 소리가 창고 안을 울렸다. 메시지 '사진'이 전송된 것이다. 황자윤의 사진이 떴다. 그런데 머리만 찍혔다. 왜냐하면 머리통이 몸과 분리되었기 때문이다. 분리된 머리통이 베란다의 탁자 위에 놓여 있는 것이다. 그다음에 사진 한 장이 또 올라왔다. 이번에는 몸통만 찍은 것이다. 머리통 옆, 베란다의 창살에 기대앉은 몸통이다. 그때서야 왕보가 손에 쥔 핸드폰을 내던졌다. 손이 벌벌 떨리고 있다.

"왕보한테서 메일이 왔어!"

오전 7시 반, 유스크 알렉세이의 목소리가 핸드폰에서 울렸다. 임하경은 아파트에서 전화를 받는다. 유스크 알렉세이의 목소리는 높고 말끝이 떨렸다. 흥분한 것이다.

"돈 돌려주겠다는 거야. 황자윤한테 간 돈도 몇만 불을 제외하고 다 보내겠다는데."

숨을 고른 유스크 알렉세이가 말을 잇는다.

"잘못했으니까 용서해 달래. 이번에 보낸 오더는 없는 것으로 하자면서…."

"잘됐군요."

임하경이 하품을 하면서 말했다.

"이제 원상태로 돌아온 셈인가요?"

"고마워. 모두 당신 덕분이야."

유스크 알렉세이의 목소리가 가라앉았다. 감동으로 감정의 기복이 심해진 때문이다.

"오늘 오전에 내 사무실로 와. CK TV 수입 건 상의를 하지."

"얼마나 가져가실 건데?"

임하경이 웃음 띤 목소리로 물었더니 유스크 알렉세이가 바로 대답했다.

"내 능력이 닿는 데까지."

"지현이냐?"

이용호의 목소리.

"네, 아버지."

"어제 이르쿠츠크 구경 잘 했어?"

"네."

"근데 컨디션 어떠냐?"

금방 분위기를 눈치챈 이용호가 물었다.

"피곤해?"

"좀 그래요."

"그럼 푹 쉬어라. 거긴 공기도 맑고…."

"알았어요."

"내일 다시 시베리아 열차를 탈 거지?"

"아뇨, 이 근처를 돌아다니려고 해요."

"어디?"

"내키는 대로요."

"그러든지."

"제가 연락드릴게요."

"알았다. 언제든지 연락하고…."

이지현은 먼저 통화를 끝냈다. 이런 경우는 처음이다. 그리고 이용호의 목소리도 듣기 싫어진 느낌도 처음 받는다.

10분쯤 후, 아래층 603호실에 투숙하고 있던 장영규는 이용호의 전화를 받는다. 이용호가 대뜸 말했다.

"내가 방금 전화했는데 시베리아 횡단 열차는 다시 안 타고 그 근처를 내키는 대로 돌아다니겠다는데…."

장영규는 긴장한 채 듣는다.

"별일 없지?"

"예, 회장님."

"그게 좋다면 놔둬야지. 하지만 안전에 신경을 쓰도록."

"예, 회장님."

"지현이가 감시받는 느낌이 들 테니까 눈치채지 않도록 하고."

"알겠습니다."

통화가 끊겼을 때 장영규가 옆쪽에 서 있는 조천수에게 말했다.

"라운지로 내려가 기다려. 이지현이가 근처를 돌아다닌다는 거야."

둘은 이용호가 비밀리에 배치시킨 경호원이다. 연락책 역할도 한다. 이지현은 한국 재벌그룹의 딸인 것이다. 혼자 러시아 여행을 보낼 수는 없다.

"푸틴이 무슨 일로 왔다 간 거야?"

치차코프가 물었지만 둘러앉은 간부들은 아무도 대답하지 못했다. 치차코프성(城) 안, 이곳에서 푸틴의 별장까지는 직선거리로 50킬로쯤 된다. 러시아에서 50킬로는 지척이다. 고개를 기울였던 치차코프의 시선이 노보비치에게로 옮겨졌다.

"지금 팩스코 지점장 놈은 어디 있지?"

"하바로프스크 출장 중이랍니다."

"이놈들이 우리가 노리고 있는 건 알겠지."

"예, 회장님. 하지만…."

숨을 들이켠 노보비치가 말을 이었다.

"모두 조심하고 있습니다. 업무시간이 끝나면 모두 숙소로 들어가 나오지 않습니다."

"병신들. 우리가 낮에는 활동 못하는 좀비냐?"

어깨를 부풀렸던 치차코프의 관심이 다시 푸틴에게로 옮겨졌다.

"푸틴이 갑자기 볼 것도 없는 겨울의 바이칼 별장에 날아왔다가 돌아간 이유가 있을 거야. 알아봐."

치차코프에게는 푸틴의 동향이 대단히 중요하다. 푸틴의 '한마디'에 '패가망신'한 재벌, 마피아가 한둘이 아니기 때문이다. 그때 말석에 서 있던 보리스가 말했다.

"회장님, 이르쿠츠크에 마약 공급이 끊기는 바람에 중국산 마약이 시장에 쏟아지고 있습니다."

치차코프가 눈썹만 모았고 보리스가 말을 이었다.

"발렌스키파에서도 로체프를 통해서 마약을 받는다는 소문이 들립니다."

"그런 개자식들."

치차코프가 눈을 부릅떴지만 곧 웃었다. 러시아 마피아는 소문에 민감하다. 소문은 '정보'와 통하지만 '작전'으로도 사용되는 것이다. 지난번 마약 중독사 사건 이후로 쌍방이 죽고 죽였지만 아직 해명이 되지 않았다.

그 사이에 마약 도매상 로체프를 통해 중국산 마약 수요가 늘어난 것이다. 하바로프스크의 최대 마피아 조직인 발렌스키파와 이르쿠츠크의 치차코프 가문이 연합했을 때는 별 문제가 없었지만 불화가 일어나자 질서가 문란해졌다. 그때 치차코프의 시선이 레프에게로 옮겨졌다.

"레프, 네가 유리를 만나고 와라. 그 병신 같은 놈한테 이러다가는 중국 놈들 좋은 일만 시켜주는 셈이라고 말해."

"예, 회장님."

간부들이 많았기 때문에 정색하고 레프가 대답하자 치차코프가 쓴웃음을 지었다.

"간 김에 팩스코 사장 김승구에 대해서도 알아보도록. 너한테 공부가 될 거다."

오후 7시 10분이 되었을 때 칭다오 공항 화물창 입구로 번쩍이는 경고등을 켠 공안 순찰차가 앞장서 들어왔다. 그 뒤를 2대의 공안 순찰차, 그 뒤로 40피트 컨테이너를 실은 2대의 트럭과 3대의 승용차, 그리고 맨 뒤쪽에 순찰차 2대로 이루어진 행렬이다. 위세가 당당해서 앞쪽 차량들은 서둘러 비켜났고, 대기하고 있던 군 수송기 2대 앞에 행렬이 멈춰 섰다.

수송기 2대는 이미 뒤쪽 화물창 입구를 활짝 열어놓은 상태다.

"박스가 모두 217개요."

수송기 옆에 팔짱을 끼고 선 중국은행 본점 외환부장 장무영이 말했다. 50대의 장무영은 이곳에서 기다리고 있었다.

"장 동지도 이 비행기로 가십니까?"

나란히 선 칭다오 공안부장 유수준이 묻자 장무영이 고개를 끄덕였다.

"큰 사업이니까 할 수 없지요."

장무영은 공산당 중앙위원회 재정부 위원이기도 한 것이다. 당 서열이 100위권이어서 유수준 같은 지방 공안부장에게는 하늘같은 존재다. 그 때 장무영이 턱으로 앞쪽을 가리켰다.

"이제 저기, 컨테이너를 수송해온 화물 공급자 측 인사들은 돌려보내시오."

"예, 부장 동지."

유수준이 바로 몸을 돌렸다.

"이제 신기만 하면 되는 거지."

트라스가 수송기의 열린 출입구를 바라보면서 말했다. C-140을 모방한 중국산 수송기다. 그러자 옆에 선 마이클이 웃음 띤 얼굴로 말했다.

"아유, 타고 갈 건 아니죠?"

"그래. 여기서 돌아가는 게 낫겠다."

트라스가 웃음 띤 얼굴로 말했다. 마이클과 같은 생각이었기 때문이다. C-140이라면 모를까 모방한 중국산 수송기에 타기는 싫은 것이다. 이미 컨테이너 야드에서 공안 입회하에 중앙은행 관계자에게 물품을 인수한 상태다. 그때 공안부장이 트라스에게 다가와 말했다.

"이봐요. 이제는 돌아가셔도 됩니다. 여긴 우리한테 맡기시고."

변신한 것이 아니다. 타심통(他心通)으로 장무영의 머릿속을 지배한 상황에서 천안통(天眼通)을 작용하여 멀리서 원격 조정을 하는 셈이지. 지금 김승구는 장무영이 되어서 이쪽으로 다가오는 토머스, 제이슨 일행을 바라보고 있다.

김승구의 몸은 어디에 있느냐고? 하바로프스크 저택 응접실 안, 본체

(本體)가 소파에 앉아 있다. 킹스턴이 보낸 물품 경비팀 트라스 일행이 홀가분한 표정들을 짓고 공항을 나간 지 20분쯤 되었을까? 이번에는 공항 안에서 토머스, 제이슨 일행 7명이 이쪽으로 오는 것이다.

"저거 누구야?"

이쪽으로 다가오는 서양인 일행을 본 공안부장 유수준이 소리쳤다. 오후 8시 반, 지금 컨테이너의 화물이 수송기로 실리고 있는 중이다.

"잡아!"

유수준이 다시 소리쳤을 때다.

"아니, 나하고 같이 갈 사람들이야."

장무영이 말했다.

"나하고 같이 비행기를 타고 갈 거요."

"아, 그렇습니까?"

놀란 유수준이 막 달려가려는 공안들을 제지했다.

"일행이 오신다는 말씀이 없어서."

"내가 그것까지 이야기해야 되오?"

"아, 아닙니다, 부장 동지."

당황한 유수준이 손까지 저었다. 그때 장무영이 손을 들고 다가오는 사내들에게 소리쳤다.

"어서 오시오!"

앞장서 오던 토머스와 제이슨은 앞쪽 동양인이 소리치자 오히려 발걸음이 늦춰졌다. 거리는 15미터 정도. 어둠이 덮였지만 주변의 등불 빛이 환해서 눈썹이 흔들리는 것까지 다 보인다.

"젠장, 긴장되네."

제이슨이 낮게 투덜거렸지만 표정은 태연하다. 역시 프로다운 자세.

뒤를 5명의 부하가 따른다. 그러나 앞쪽 공안부대는 50여 명 정도, 모두 수송기를 둘러싸고 있는 데다 손에 기관총을 쥐었다, 이쪽은 권총뿐. 그때 다시 사내가 소리쳤다.

"톰, 식사는 했소?"

톰은 토머스의 암호명이다. 그때서야 토머스의 어깨가 늘어졌다.

"보스가 손을 쓴 게군."

제이슨이 낮게 말했을 때 사내가 다시 소리쳤다.

"재크, 당신은 1번 기에 타고 가시오."

재크는 제이슨의 암호명. '공항에서 만날 때 중국은행 외환부장인 거물이 나올 텐데 그렇게 너희들을 부를 것이다.'라고 김승구가 말해주었던 것이다. 다가선 토머스와 제이슨을 장무영이 유수준에게 소개했다.

"공안부장, 이 사람들이 나하고 같이 일할 은행 관계자들이오. 이쪽은 재크, 이쪽은 톰. 둘 다 거물급이오."

유수준이 경례를 올려붙이고 나서 둘과 악수를 나눴다. 장무영의 일행이면 유수준에게는 상급자다.

유수준이 화물 적재량을 체크하러 갔을 때 장무영이 고개를 돌려 토머스와 제이슨을 보았다.

"긴장 풀어라. 내가 지금 이놈 몸속에 들어와 있다."

장무영의 목소리였기 때문에 둘은 더 긴장하고 있다. 그때 장무영이 말을 이었다.

"토머스, 너는 3명 데리고 2번 기를 타고 제이슨은 나머지를 데리고 나와 함께 1번 기에 탄다."

"공안도 탑니까?"

토머스가 마음먹고 묻자 장무영이 고개를 저었다.

"우리들뿐이야. 비행기는 이륙하자마자 항로를 이탈해서 하바로프스크로 날아간다."

"우리가 조종실을 점거해야 되겠군요?"

"그럴 필요 없어."

장무영의 얼굴에 쓴웃음이 번졌다.

"내가 이륙 전에 각 조종사에게 새 항로와 도착지를 알려줄 테니까. 너희들은 감시만 하면 된다."

"조종실에서 말 들을까요?"

"내 지시를 받게 되어 있어."

"항공 관제소에서 전투기로 추적해오면 어떻게 합니까?"

"항공본부 일직 사령이 놔두자고 할 거다."

그때서야 토머스가 똑바로 장무영을 응시하며 말했다.

"보스가 맞군요. 그런데 이런 몸집에 인상은 어울리지 않으십니다."

"나도 그렇다."

그러자 제이슨도 거들었다.

"목소리도 마음에 안 듭니다."

오후 10시 반, 화물 적재 작업이 끝나갈 무렵, 장무영에게 전화가 걸려왔다. 중국은행의 부행장 겸 당 중앙위 재정위 부위원장인 동성준이다. 당 서열 38위, 공산당 대표회의의 상임위원이기도 한 거물. 동성준도 지금 자택에서 거금 4억 5천만 불의 수송 작업을 수시로 보고받고 있는 것이다. 장무영이 응답했다.

"예, 부행장 동지. 장무영입니다."

"응. 지금 수송기에 다 실었나?"

"예, 부행장 동지. 다 끝나갑니다."

"그래. 곧장 베이징으로 와. 내가 공군기지에서 기다리고 있을 테니까."

"예, 부행장 동지."

"거기, 공안부 양 동무 있나?"

"배가 아프다고 화장실에 갔습니다. 곧 출발할 텐데 연락드리라고 하지요."

"알았어, 이따 보지."

"예, 부행장 동지."

핸드폰을 귀에서 뗀 장무영이 마침 옆에 서 있던 토머스에게 말했다.

"당 고위간부 동성준이야. 동성준이 이번 작업에 나하고 공안본부의 간부 '양 모'라는 놈하고 부하 넷을 보냈어."

토머스의 시선을 받은 장무영이 빙그레 웃었다.

"저기 공안부장 놈한테는 양 모하고 부하들이 컨테이너가 공항에 들어온 것을 확인하고 나서 돌아갔다고 했지만 지금 5명은 공항 육류 저장소의 냉동고 안에 들어가 있어. 아마 몇 년 후에야 발견될 거다."

장무영이 이를 드러내고 소리 없이 웃었기 때문에 토머스가 한 걸음 물러섰다.

"보스, 진짜 이 얼굴의 그런 웃음은 끔찍하군요."

"그렇다고 죽이지 마라. 지금은 이 몸뚱이가 네 보스다."

장무영이 차분한 표정을 짓고 대답했다.

화물이 수송기 2대에 다 실렸을 때 장무영은 조종사들에게 항로가 적힌 좌표와 도착지를 나눠주었다. 그러고는 정색하고 지시했다.

"당신들은 이대로만 가면 돼."

조종사들이 돌아가자 장무영이 공안부장 유수준에게 손을 내밀어 악수를 청했다.

"동무, 내가 기억하고 보고하겠소."

유수준에게는 출세가 보장된 멘트다.

40분 후 항공관제본부 일직 사령 공천주 소장이 일직 장교의 보고를 받았다.

"일직 사령 각하, 칭다오 공항을 이륙한 공군 수송기 2대의 항로가 예상과 다릅니다. 지금 반대 방향으로 향하고 있습니다."

일직 장교가 항로표를 보여주자 공천주가 고개를 끄덕였다.

"놔 둬. 특급 작전 수송기다."

공천주의 두 눈이 번들거리고 있다.

"앞쪽을 가로막는 모든 비행체 항로를 바꾸도록."

"예, 각하."

놀란 일직 장교가 서둘러 물러났다. 그것을 본 공천주의 눈빛이 가라앉았다.

2장

악마의 도시

하바로프스크 북쪽의 폐활주로에 수송기 2대가 착륙했을 때는 오전 3시 반, 이곳은 2차 세계 대전 때 소련군의 공군기지였지만 지금은 벌판의 눈 속에 파묻혀서 인적도 끊긴 오지다.

"자, 시작하지."

활주로 끝에서 대기하고 있던 배기남이 소리치자 사내들이 일제히 흩어졌다. 곧 어둠 속에서 엔진음이 울리면서 트럭들이 수송기를 향해 달려갔다. 배기남이 이번에도 현금 인수 작업을 맡은 것이다. 대기시킨 트럭은 4대. 작업 인원은 운전사를 포함해서 10명. 트럭 4대에 상자 217개를 싣는 작업이다. 눈보라를 흩날리며 달려가는 선두의 트럭에서 배기남이 활짝 웃는다.

"이번에는 비행기로 가져왔다."

그때 수송기의 뒷문이 열리면서 안에 가득 찬 상자가 드러났다. 돈 상자다.

러시아 영공으로 수송기가 들어갔지만 중국 방공본부의 레이더에는 수송기의 위치가 잡힌다. 일직 장교가 다시 일직 사령 공천주에게 보고했다.

"하바로프스크 서북방에 착륙했습니다. 공항은 아닙니다."

장교가 내민 좌표를 본 공천주의 눈썹이 치켜 올라갔다.

"군사위에 보고해야겠다. 이런 미친놈들이 있나? 도대체 무슨 짓이야?"

이때는 공천주의 머릿속에 김승구가 개입하지 않은 상황이다. 이제는 개입할 필요가 없기 때문이다.

같은 시간의 시베리아 방위군 사령부 당직 사령실 안, 당직 사령 쥬코프 소장은 전화기를 귀에 붙이고 당직 장교의 보고를 받는다.

"수송기 2대가 하바로프스크 서북방에 착륙했습니다."

장교가 불러준 좌표를 듣고 상황판을 응시하던 쥬코프의 두 눈이 번들거렸다.

"알았다. 계속 주시하도록."

"하바로프스크 지역 방위군에 통보할까요?"

"기다려, 내가 상부에 보고할 테니까."

"예, 알겠습니다."

전화기를 내려놓은 쥬코프는 의자에 등을 붙였다. 상부에 보고하지 않은 것이다. 벽시계가 오전 3시 40분을 가리키고 있다.

오전 4시 반, 상자를 모두 실은 트럭이 출발 준비를 마쳤을 때 토머스가 장무영에게 다가왔다.

"보스, 이제 가시지요."

"너희들이 먼저 가. 나는 이 수송기로 돌아가야 되니까."

"예? 아니, 그럼."

그때 장무영의 얼굴에 웃음이 떠올랐다.

"수송기가 베이징 북쪽 공군기지에 도착한 순간에 나는 장무영이 되어 있을 테니까."

토머스의 머리 회전은 빠른 편이지만 그 말을 이해하는 데 3초쯤 걸렸다. 3초 후에 토머스의 입에서 탄성이 터졌다.

"아!"

이해한 것이다.

"가라!"

장무영이 손을 젓자 토머스는 서둘러 몸을 돌렸다.

"자, 출발이다!"

트럭 대열이 사라지자 장무영이 조종사에게 소리쳤다.

"베이징 북쪽 공군기지로!"

"돌아갑니다! 중국 쪽으로 가는데요!"

당직 장교가 소리쳐 보고하자 쥬코프는 입맛부터 다셨다.

"알았어."

왔다 갔다 했지만 하늘에 금 그은 것이나 같다. 없던 일로 하자는 생각이 쥬코프의 머릿속을 채웠다. 있을 수가 없는 일이지만 어쩌겠는가? 쥬코프의 머릿속을 김승구가 타심통(他心通)으로 개입한 것을.

"돌아옵니다!"

일직 장교가 소리쳐 보고했을 때는 쥬코프보다 30분쯤 늦었다. 이곳은 중국 방공본부 일직 사령실, 일직 사령 공천주가 건성으로 고개를 끄덕였다.

"군사위에 보고했으니까 냅둬. 아마 고위층의 '비밀작전'인가 보다. 우리한테 나중에 연락 오겠지, 안 올지도 모르고."

'비밀작전'은 자주 있는 편이다. 예를 들어서 '당 고위층'이 군용기를 사적(私的)으로 이용할 때도 '비밀작전'에 들어간다. '누설'하면 강등, 또는 영창까지 간다. 일직 장교는 입을 딱 다물고 돌아갔다.

수송기 안, 이제는 텅 빈 뒤쪽 화물창의 자리에 앉아 꾸벅꾸벅 졸던 장무영이 덜컹거리는 진동음에 눈을 떴다. 수송기는 장무영의 지시대로 베이징 북쪽 공군기지로 돌아가는 중이다. 눈을 껌뻑였던 장무영이 화물칸을 보고는 고개를 기울였다.

"왜 비었지?"

김승구가 떠나갔다는 증거다.

레프가 다가가자 유리는 웃음 띤 얼굴로 일어섰다.

"레프, 오랜만이군."

"그렇군."

따라 웃은 레프가 유리의 내민 손을 잡았다. 둘은 어렸을 때부터 서너 번 만난 인연이 있다. 긴 이야기는 하지 않았지만 둘 다 가문의 후계자로 자랐기 때문에 숨기려 해도 '도련님' 기질이 드러난다.

이곳은 유리가 경영하는 사카로프클럽의 2층 응접실, 클럽과 분리된 구역이어서 소음도 들리지 않고 호텔 로비 같다. 레프는 수행원 셋을 데려왔고 유리도 방에 부하들과 함께 있었지만 서로 소개해 주지도 않았다. 상대방 부하들은 없는 것으로 치는 것이다. 소파에 마주보고 앉았을 때 수하들은 뒤쪽으로 물러가 서 있었다. 그때 유리가 먼저 입을 열었다.

"크라스나는 잘 있어? 아들 이름이 미카일이던가?"

"그래. 잘 있어."

레프의 얼굴에 웃음이 떠올랐다.

"크라스나한테 널 만난다고 했더니 안부 전하라더군."

크라스나는 레프가 재혼한 여자다. 부친이 전(前) 모스크바 시장을 지낸 로스토프 일리야킨이다. 고개를 끄덕인 유리가 거구를 소파에 붙였다. 유리는 35세지만 아직 미혼이다. 레프는 33세.

"레프, 여기 온 김에 나타샤도 한번 만나보지 그래? 내가 소문 안 낼 테니까."

웃음 띤 얼굴로 유리가 말을 이었다.

"나타샤가 요즘 뜨고 있거든. 디즈니 월드보다 수십 배 큰 나타샤랜드를 세운다는 말 들었어?"

"그래?"

"요양원도 거의 완공되었어. '나타샤요양원'이야."

유리가 눈을 가늘게 뜨고 말을 이었다.

"모두 팩스코의 김승구가 뒤를 봐주고 있지만 말이야."

"…."

"김승구가 나타샤하고 눈밭에서 떡치는 장면을 본 놈들이 많아."

"…."

"이곳은 좁아서 소문이 금방 퍼지거든."

"남색한다는 소문보다는 낫지."

불쑥 레프가 말했기 때문에 유리가 다시 웃었다.

"레프, 나한테 하는 말이냐?"

"그래. 네 말대로 이곳이 좁아서 소문이 다 났어."

"그래?"

"더러운 놈이라고 말이야."

"레프, 너 변했구나."

"너 같은 놈한테 휘둘릴 군번이 아니지."

이번에는 레프가 환하게 웃었다. 아버지 고르키 치차코프 앞에서 행동했던 것과는 전혀 다른 모습이다. 그때 둘의 뒤에서 각각 바샤와 노보비치가 한 걸음씩 나왔다.

"유리, 그만두시죠."

바샤가 말했을 때 노보비치가 거들었다.

"레프, 이쯤 하시면 됐습니다."

둘은 웃음 띤 얼굴이다.

이곳은 베이징 북쪽 제5공군기지, 장무영이 수송기 밖에서 전화를 받는다.

"부행장 동지, 장무영입니다."

"지금 어딘가?"

동성준이 소리치듯 물었다.

"왜 전화를 안 받아! 8시간 동안이나!"

"예, 지금 제5공군기지에 도착했습니다."

"도착했어?"

놀란 동성준이 서둘러 다시 물었다.

"지금?"

"예, 부행장 동지."

"왜 전화를 안 받은 거야?"

"비행 중이어서 아무래도…."

"10시간이 넘도록 비행을 해?"

칭다오에서 베이징까지는 수송기로 1시간 반 거리다. 그때 동성준이 다시 묻는다.

"물건은 이상 없지?"

"예?"

"상자는 제대로 다 가져왔느냐고!"

"아!"

"지금 트럭이 대기 중이야. 10시간이 넘도록 기다리고 있어! 지금 보내겠다!"

동성준이 다시 서두른다. 4억 5천만 불의 현금이다. 중국 정부는 그 검은 돈을 받아 세탁하는 조건으로 15퍼센트인 6,750만 불을 먹기로 했던 것이다. 그런데 실상은 다르다. 팩스코 회장 킹스턴 측과는 20퍼센트인 9천만 불을 떼기로 했다. 나머지 5퍼센트인 2,250만 불은? 당 중앙 재정위원이며 중국은행 부행장인 동성준이 따로 가져간다. 아마 고위층 몇 명에게 상납하겠지. 저도 조금 먹고. 그때 장무영이 말했다.

"부행장 동지, 트럭 보내실 필요가 없을 것 같습니다."

이것이 레프와 유리가 만나고 있을 때 베이징 북쪽에서 일어난 일이다.

세상은 돈다. 인연도 돈다. 돈도 돈다.

"다녀왔습니다."

하바로프스크의 팩스코러시아 사장실 안, 방으로 들어선 토머스와 제이슨이 어깨를 펴고 말했다. 자리에 앉아 있던 김승구가 웃음 띤 얼굴로 고개를 끄덕였다.

"수고했어."

"보스가 수고하셨죠."

앞쪽에 앉은 토머스가 정색하고 김승구를 보았다.

"그, 장무영은 지금 어떻게 되었을까요?"

"은행으로 돌아가서 동성준하고 이야기 중이야."

김승구가 눈을 가늘게 뜨고 먼 곳을 보는 표정으로 말했다.

"둘 다 귀신한테 홀린 것 같은 표정으로 한숨만 쉬고 있어."

"허, 참."

제이슨도 기가 막힌다는 표정을 짓는다.

"저도 지금 꿈인지 현실인지 분간이 안 가는데 그놈들은 오죽하겠습니까?"

"특히 장무영이 말씀이죠."

토머스가 말을 받더니 빤히 김승구를 보았다.

"그때 장무영의 몸속에 들어가 계셨던 겁니까?"

"아니, 난 여기 앉아 있었어."

김승구가 손바닥으로 소파를 두드렸다.

"앉아서 장무영의 눈으로 보고 입으로 말한 거다."

"으아!"

제이슨이 감동인지 비명인지 분간 못할 신음을 뱉고 나서 말했다.

"누가 그 말을 옆에서 들어도 이해를 하겠습니까? 직접 본 우리도 아직 멍한 상태인데요."

"그나저나 킹스턴은 또 벼락을 맞았습니다."

토머스가 한숨까지 쉬었다.

"지금쯤 보고를 받았겠지요?"

마이애미 동쪽의 '킹스턴아일랜드', 이곳은 현재 오후 8시. 초저녁부터 술에 취한 킹스턴이 풀장 가에서 전화를 받는다. 파티 중. 마이애미 주지사, 연방 하원의원이 둘, 상원의원 하나, 주 경찰청장, 연방법원 판사 등 1백여 명이 참석한 '불우 아동'을 위한 기부금 모금 파티다.

"회장님, 전화 받아보시지요."

비서실장 푸시킨이 말했다.

"중국 장무영 부장입니다."

"어. 그래."

킹스턴이 핸드폰을 귀에 붙이고 풀장이 내려다보이는 베란다 끝으로 다가섰다. 그때 수화구에서 장무영의 목소리가 울렸다.

"회장님, 돈이 증발했습니다."

장무영의 말이 그렇게 나왔다. '감'을 못 잡은 킹스턴이 핸드폰만 고쳐 쥐었고 장무영의 말이 이어졌다.

"칭다오에서 돈을 실은 수송기가 출발한 것은 사실입니다. 그런데 그 비행기가 러시아로 날아갔단 말입니다. 그런데…."

한 호흡 쉬고 난 장무영이 소리쳤다.

"조종사들 이야기가 내가 러시아로 가자고 했다는 겁니다. 내가 좌표를 줬다는데, 그 좌표가…."

"이봐요, 장 부장."

킹스턴이 말을 끊었다. 킹스턴에게는 돈 상자의 증발이 중요하다.

"돈이 어떻게 되었단 말이오?"

"없어졌습니다."

"없어졌어? 돈 상자가 없어졌단 말이오? 당신 지금 어디요? 어디에 있어?"

"베이징 북쪽 공군기지에…."

"수송기는?"

"같이 돌아왔는데요, 하바로프스크에서."

"돈은?"

"하바로프스크에서 없어졌습니다. 거기에 싣고 갔다는데…."

"누가?"

"제가 데리고 간 사람들이라는데…. 그놈들이 싣고…. 내가 싣고 가자고 했다는데…."

"이건 도무지…."

마침내 킹스턴이 소리쳤다.

"이놈, 미친놈 아냐!"

맞다. 그렇게 볼 수밖에 없다.

"나, 왔어."

방으로 들어선 이지현의 얼굴은 상기되었다. 눈도 반짝이고 있다. 조금 굳어진 얼굴, 눈동자가 이리저리 흔들린다. 이곳은 하바로프스크 팩스코 사장실, 이지현을 안내한 욜가가 물러가자 김승구가 앞쪽 자리를 권했다.

"앉아."

"자기가 여기 사장이라니, 꿈같아."

이지현의 목소리가 떨렸다.

"너무 놀라서 가슴이 엄청 뛰어."

"넌 킴스코 창립 멤버가 될 거야."

김승구가 정색하고 이지현을 보았다.

"킴스코가 푸틴월드를 기획, 설계할 테니까."

이지현을 킴스코에 감춰두고 푸틴월드 설계부터 시작하는 것이다. 이지현의 쓸모가 많다. 이지현이 커다랗게 고개를 끄덕였다.

"시키는 건 다 할게."

"토머스, 수송기가 하바로프스크에 착륙해서 비자금을 풀었다."

킹스턴이 잇새로 말했다.

"하바로프스크야. 너하고 제이슨이 가 있는 곳이란 말이야."

"예, 회장님. 저하고 제이슨은 이르쿠츠크에 있습니다만."

핸드폰을 귀에 붙인 토머스가 한숨을 쉬었다.

"하지만 신기한 일이군요. 세계에 수만 개 공항이 있는데 하바로프스크란 말입니까?"

"사실 공항이 활주로만 있는 곳이야. 벌판에 내렸을 수도 있어."

"찾아보겠습니다."

"여기서도 사람을 보내겠다."

그래놓고 킹스턴이 한숨을 쉬었다. 조사단이 몇 번째인가? 이번에 보내면 네 번째다.

"아직 킹스턴이 증거를 잡지는 못했지만 의심은 하고 있을 거야."

통화를 끝낸 토머스가 얼굴을 일그러뜨리며 웃었다.

"보스까지 하바로프스크에 있는 상황이니까. 2억 불은 하바로프스크에서 증발되었고 4억 5천만 불도 마찬가지가 되었어."

"예상하고 있던 일 아닙니까?"

제이슨이 웃음 띤 얼굴로 말을 이었다.

"공식 수사 의뢰는 못 합니다. 그리고 여긴 러시아란 말입니다. 우리는 보스만 믿고 있으면 됩니다."

"우리야 모른 척하면 넘어가겠지만 보스가 잔뜩 의심을 받겠군."

그때 제이슨이 방 안을 둘러보는 시늉을 했다. 이곳은 이르쿠츠크의 사무실이다.

"이때 뭐, 상관없다, 하고 나타나셔야 하는데 지금 딴 데 가신 것 같네요."

맞다. 지금 김승구는 유리의 옆에 서 있다. 물론 신족통(神足通)으로 옮겨왔기 때문에 본체는 저택 응접실에 모셔 놓았다. 오후 4시 반, 오늘은 일찍 저택으로 돌아온 셈이다. 이곳은 사카로프클럽의 사무실 안, 유리가 바샤와 도르카 등 간부급 네 명을 모아놓고 말했다.

"레프 그놈이 마약 이야기는 아직 꺼내지 않았지만 그쪽도 급한 건 우리하고 마찬가지야. 오늘 밤에 이야기 하겠지."

"그렇겠지요."

도르카가 대답했다.

"레프가 왔다는 소문이 퍼졌을 테니까 로체프 일당이 긴장하고 있을 겁니다."

레프와 수행원들은 시내 아무르호텔에 투숙한 것이다. 아무르호텔은 초특급 호텔이다. 그때 유리가 말했다.

"그렇다고 지난번에 내 부하들이 당한 원한이 풀린 건 아니라고."

물론 치차코프 가문에서 보낸 해결사들도 죽었지만 그 원인이 무엇인가? 불순물이 섞인 마약 중독사 때문이다. 어깨를 부풀린 유리가 말을 이었다.

"오늘 밤 결과를 봐서 해결하자고."

오늘 밤 10시에 만나기로 한 것이다. 듣고 있던 김승구가 벽에 붙였던 등을 떼었다. 이번에는 레프에게 가볼까?

"이따 만날 때 분명한 '룰'을 정하시지요."

노보비치가 레프에게 말했다.

"지난번 사고도 확실한 '룰'이 없었기 때문에 일어난 일입니다."

"내가 마약쟁이 놈한테 끌려든 것 같은데. 난 마약 사업을 추진하라는 지시를 받지 않았어."

레프가 투덜거리자 노보비치는 빙그레 웃었다.

"회장님은 이제 일일이 지시를 내리시지 않습니다. 레프 님이 후계자로 자연스럽게 닥친 일을 처리하도록 하신 겁니다."

"그럴까?"

"처리하고 보고하시지요."

"제기랄, 부담되는군."

"안토노프가 죽기 전까지 회장님의 직접 지시를 받았지요. 그것이 우리 측 문제였던 겁니다."

"왜?"

"회장님이 직접 처리하다 보니까 결정은 빨라지지만 사고가 났을 때도 바로 충격이 옵니다. 이건 큰 조직에서 바람직한 일이 아니죠."

레프가 고개를 끄덕였다.

"그렇군. 이해가 간다."

이번에도 호텔 응접실 벽에 기대선 김승구도 고개를 끄덕였다.

세상 사람들은 모두가 스승이다.

그동안 바쁜 일이 많아서 본성(本性)을 채우지 못했다. 열심히 일을 하느라고 끼니를 거른 것이나 같다. 오후 9시, 김승구는 하바로프스크 시내의 마리온클럽 옆쪽 주차장에 서 있다. 이곳 시베리아에는 동토의 특징이 있다. 땅이 넓어서 주차장이 대부분 야외에 만들어져 있다는 것이다.

이곳 마리온클럽은 젊은이 전용의 클럽이다. 입장료가 5,000루블이나 되지만 언제나 미어터진다. 5층 건물의 지하 1층에서 2층까지 클럽이 사용하고 3층에서 5층까지는 호텔이다. 이곳이 하바로프스크의 제3위 마피아 조직인 표도르파의 본거지다. 하룻밤 입장객이 항상 1천 명이 넘기 때문에 하루 매출액이 1천만 루블, 한화로 2억 가깝게 된다. 거기에다 마약 수익금은 따로다. 아마 클럽 매출액만큼은 될 것이다.

김승구가 벽에 기대서 있는 동안 수십 명의 남녀가 앞을 지났고 서너 명이 옆에서 떠들다가 클럽으로 들어갔다. 김승구가 주차장으로 옮겨온 것이다.

"1봉지에 1만 루블이야, 최고급품이지."

문득 앞에서 사내 목소리가 들렸다. 슈바로 몸을 감싼 사내들 셋이 다가왔다. 김승구 옆쪽에 멈춰 선 사내 하나가 말을 이었다.

"1만 5천 루블로 팔았는데 4봉지 산다니까 깎아주는 거야."

"좋아, 4만 내지."

앞쪽 사내가 말하더니 주머니에서 지폐를 꺼냈다. 김승구는 신족통으로 옮겨와서 몸이 보이지 않는다. 곧 거래를 마친 셋은 따로 흩어졌다. 마약 소매상은 주차장 위쪽으로, 고객 둘은 곧장 클럽으로 다가간다. 이곳은 마약 도매상 로체프의 마약이 거래되는 지역이다. 김승구가 발을 떼었다.

마리온클럽 바로 옆 건물의 3층 사무실 안, 로체프가 웃음 띤 얼굴로 왕태와 강무를 보았다.

"오늘 표도르파한테만 3킬로를 팔았어. 그놈으로 표도르는 3만 명분을 만들 수 있지."

"비타민 C 분말을 섞어 판다고 하던데."

왕태가 말하자 로체프의 얼굴에 쓴웃음이 떠올랐다.

"이젠 비타민 C도 아까워서 밀가루 분말을 섞어."

"그래도 약효는 최고급이오."

강무가 표정 없는 얼굴로 말했다.

"개당 1만 5천 루블에서 1만 루블로 파는데 건너편 주차장에서 아예 사 갖고 들어가는 놈들이 많습니다."

"표도르는 인색한 놈이라 소매상을 쓰지 않고 조직원을 시켜."

로체프가 안경을 벗더니 손가락으로 눈 등을 비볐다.

"레프가 오늘 밤 유리하고 임시 휴전을 할 거야. 이 좋은 돈벌이를 놓칠 수는 없으니까."

치차코프와 발렌스키 가문이 죽고 죽이는 동안 로체프의 사업은 두 배나 성장했던 것이다. 그때 왕태가 혼잣말처럼 말했다.

"이번에도 서로 죽이면 안 되나? 그럼 우리가 조금 더 좋은 세월을 보낼 수가있을 텐데."

"다 소진했어."

표도르의 마약 관리책임자 안드로포프가 만족한 표정으로 말했다. 이곳은 마리온클럽 3층의 밀실 안. 호텔방 2개를 개조해서 작업실과 사무실로 만들어 놓았는데 이곳에서 마약을 '재가공'하는 것이다. 기계작업을 하기 때문에 요원 둘만 생산과 포장 작업을 관리하고 사무실에서는 안드로포프 지휘하에 분배를 한다.

오늘은 2,000개를 공급해준 것이다. 개당 1만 루블이었으니 2천만 루블이다. 오늘 밤 마리온클럽 손님 중 30퍼센트는 마약을 먹을 것이고 나머지는 3, 4일이면 다 소진한다.

"그럼 3일 후에 다시 작업하자."

안드로포프가 손바닥을 털면서 자리에서 일어섰다. 이제 작업실은 깨끗하게 청소되어서 작은 봉지하나 남지 않았다. 3일 후에 로체프가 가져온 '원형' 마약으로 이곳에서 다시 재가공을 하는 것이다. 요즘은 원형 1킬로에 밀가루 1킬로를 혼합해 정확하게 2배로 늘린다. 섞는 작업도 간단하다. 플라스틱 용기에 함께 넣고 회전시키면 된다.

안드로포프가 부하들과 함께 방을 나서자 김승구가 팔짱을 낀 손을 풀고 몸을 세웠다. 재가공을 시작하기 직전에 밀가루 50그램을 빼고 청산가리 분말 50그램을 넣었다. 같은 흰색 분말이어서 표시가 나지 않는다. 그래서 오늘 만든 2천 개에는 청산가리가 각각 2.5퍼센트 섞여 있는 셈이다. 이것을 먹고 나서 각각 5시간에서 6시간 안에 사망하게 된다.

"오늘 밤 대량으로 죽겠군."

신족통(神足通)을 써서 몸으로 돌아온 김승구가 소파에 등을 붙이면서 말했다. 혼잣말이다. 저택 안은 조용하다. 밤 9시 40분, 오늘 저녁에는 분주하게 돌아다녔지만 이제 다시 레프와 유리가 만나는 곳에 가봐야 한다. 천이통(天耳通)으로도 들을 수 있긴 하나 녹음테이프로 듣는 것보다 영상으로 보고 듣는 것이 더 확실하지 않는가?

전(前) 같으면 악마가 나타나 칭찬이나 격려를 했겠지만 지금은 나타나지 않는다. 그것은 김승구가 바로 악마가 되어 있다는 증거다. 악마가 악마를 격려하고 칭찬할 리가 있겠는가? 그때 쭈쭈가 소리 없이 다가왔다.

"주인님, 미란다가 FSB에 포섭되었습니다. 오늘은 전기 공사를 한다는 핑계를 대고 FSB 기술요원 셋을 불러와서 3곳에 CCTV를 설치했습니다."

쭈쭈는 짧게 짖는 '개 말'로 말했고 김승구는 눈으로 말을 심었다.

"어디어디냐?"

"주인님 바로 앞쪽 TV에 바늘구멍만 한 점이 CCTV입니다. 그리고 서재의 벽시계에 하나, 옷장에도 설치했습니다."

"이런 개 같은 놈들."

"그놈들이 우리 혈족입니까?"

"아니다, 말이 잘못 나왔다."

"허스키를 부를까요? 허스키 친구들도 여럿 있는데요."

"왜? 그 맛을 들였다더냐?"

"예. 솔직히 그것이 맛있었다고 합니다."

"이런 개…."

말을 멈춘 김승구가 한숨을 쉬었다. 푸틴이 뒤를 밀어준다고 했지만

FSB는 제 할 일을 하는 것이다. 모른 척해야만 하는가?

오후 10시, 이번에도 사카로프클럽의 2층 응접실에서 유리와 레프가 마주보고 앉았다. 수행원들이 뒤쪽에 서 있는 것도 같다. 먼저 레프가 입을 열었다.

"난 마약 사업은 손대지 않았지만 결국 우리 가문이 관계된 일이라 오늘 합의를 보고 싶다."

"옳지."

유리가 웃지도 않고 고개를 끄덕였다.

"고귀하신 도련님께서 시궁창에 발을 넣으셨군. 자, 그럼 어떻게 할 거냐?"

"지난번 일은 나중에 범인을 찾기로 하고 사업을 계속하도록 하자."

"좋아."

유리가 똑바로 레프를 보았다.

"앞으로 물건 받을 때 철저히 검사할 테다. 시험기도 쓸 거야."

"언제는 못 쓰게 했나?"

"가격을 10퍼센트 내려야겠다. 우리가 그동안 노는 바람에 손해가 커."

"그건 안 돼. 우리도 마찬가지야."

"5퍼센트도 안 된단 말이냐?"

"내 소관이 아니다. 지금 그걸 말할 시기가 아냐."

그때 유리 옆으로 다가온 바샤가 귓속말을 했다. 방 안 분위기는 긴장으로 굳어져 있지만 험악하지는 않다. 그때 유리가 고개를 들고 말했다.

"좋아. 옛날 조건으로 거래를 다시 시작하자."

"이건 도무지."

하바로프스크 FSB 지부장 레비탄이 들고 있던 서류를 내동댕이쳤다. 서류가 책상 주위로 흩어져 떨어졌다. 앞에 선 보좌관 프로쇼프는 무표정한 얼굴이다.

"폐공군기지에 중국군 수송기 2대가 착륙했다가 돌아간 건 확실하군."

"그렇습니다, 지부장 동지."

"그런데 방위군 사령부는 지역 방위군에 통보도 하지 않았어."

"당직 사령 쥬코프가 무시한 겁니다."

"왜?"

프로쇼프가 '그걸 내가 알 리가 있어?' 하는 표정으로 보았기 때문에 레비탄이 투덜거리면서 책상 위의 녹음기 버튼을 눌렀다.

"토머스, 수송기가 하바로프스크에 착륙해서 비자금을 풀었다."

곧 킹스턴의 목소리가 방 안에 울렸다. 밤 11시 반, 하바로프스크의 FSB 사무실 안이다. 다시 레비탄이 버튼을 몇 번 눌렀더니 이번에는 토머스의 목소리가 울린다.

"보스까지 하바로프스크에 있는 상황이니까. 2억 불은 하바로프스크에서 증발되었고 4억 5천만 불도 마찬가지가 되었어."

버튼을 눌러 녹음을 끈 레비탄이 '퀭'한 눈으로 앞에 선 프로쇼프를 보았다.

"이거 엄청난 사건인데 도무지 앞뒤가 안 맞아. 수송기가 왔다 갔다 했는데도 뭔가 뚝뚝 끊겼고 아는 놈이 없어. 마치…."

"영화 필름이 중간에서 토막토막 끊어진 것 같습니다."

"팩스코 놈들이 오고 나서부터 이곳이 시끄러워졌어."

어깨를 부풀렸던 레비탄이 길게 숨을 뱉었다. 팩스코 사무실의 간부 통화 내용. 그리고 사무실 안에서의 대화까지 다 도청을 해왔지만 사건이 연결되지 않는다. 이번 중국 수송기가 왔다간 것도 그 수송기에 4억 5천만 불이 실린 것 같은데 마치 유령 항공기가 오간 것 같다. 오후에 폐공항에 가 보았더니 그동안 폭설이 1미터나 쌓여서 눈벌판이 되어 있었던 것이다. 그때 프로쇼프가 고개를 들고 레비탄을 보았다.

"지부장님. 자꾸 보고만 해서 문제만 커지는 것 아닙니까? 내막이나 확실하게 알고 보고를 하시지요."

맞는 말이다. 잘못하면 병신 되기 십상이다.

"탕! 탕!"

총소리가 울린 순간 김승구는 배에 격렬한 충격을 받고는 벽에 등을 부딪치면서 주저앉았다. 다음 순간 창자가 토막토막 끊어진 것 같은 고통이 밀려왔다.

'총에 맞았다.'

레인저 시절에 두 번 총상을 입었지만 팔과 어깨였다. 둘 다 관통상이었다. 그런데 지금은 배를 움켜쥔 김승구는 뿜어져 나오는 피를 보았다. 중상이다. 오전 7시 반, 저택의 베란다로 나왔다가 저격을 받았다. 그것도 가까운 거리에서. 총성과 충격이 거의 동시에 일어났다. 이를 악문 김승구가 몸을 비틀어 응접실 안쪽으로 기었다. 베란다 바닥에 엎드려서 포복으로 30센티쯤 몸을 끌었을 때다.

"탕!"

다시 총성이 울리더니 총탄이 바로 머리 위쪽 의자 손잡이를 부수면서 파편이 얼굴로 튀었다.

"으윽!"

배의 고통이 더 심해졌지만 총격의 위협으로 머리끝이 곤두섰다. 총격전 경험이 없었다면 머리에 총탄을 맞았을 것이다.

"으으으!"

저도 모르게 잇새로 신음이 터졌다. 다시 50센티쯤 앞으로 기어간 김승구가 응접실 쪽 유리문을 밀고는 상반신을 넣었을 때다.

"탕!"

다시 총탄이 날아와 이번에는 유리문을 밀었던 오른쪽 팔등을 총탄이 스치고 지나갔다. 그 순간 김승구는 숨을 들이켰다. 저격범은 전문가다. 위치는 저택 옆쪽의 숲. 베란다의 절반 정도만 시야에 들어오는 위치로 거리는 400미터 정도. 저격범은 4발을 쏘아서 2발을 맞췄다.

응접실 안으로 몸을 들여놓은 김승구가 상반신을 세웠다. 이제 입에서 피가 흘러나왔고 배는 피로 범벅이 되어 있다. 이곳은 안전지대다. 그때 쭈쭈가 달려와 물었다. 눈이 크게 떠졌고 놀란 혀가 길게 뻗어 나왔다.

"주인님! 어떻게 되신 겁니까?"

그때 김승구가 자신의 배를 보았다. 이렇게 있다가는 죽는다. 아직 아래층에서는 영문을 모르는 눈치다. 총성은 들었겠지. 사람을 부르고 차로 병원까지 가는 동안에 죽는다. 김승구는 떠나기로 결심했다.

"엇! 여기 뭐야?"

사내 하나가 소리치자 모두의 시선이 모였다. 이곳은 서울대병원 응급실.

"악! 피 좀 봐!"

간호사의 놀란 외침.

"중상자야!"

"누가 데려왔어?"

"아니, 그보다 빨리 치료대로!"

김승구는 사방의 불빛이 환했기 때문에 눈을 감았다. 그때 자신의 몸이 여럿에 의해 들어올려지는 것을 느꼈다. 배의 통증이 조금 가라앉는 것 같다. 자신의 몸이 눕혀지는 것까지 확인한 김승구의 의식이 끊겼다. 천안통(天眼通), 신족통(神足通)을 동시에 썼다. 먼저 미래를 쳐다보고 옮겨간 것이다.

눈을 뜬 김승구가 눈동자의 초점을 잡는 동안 주위가 환해져 있는 것만 느낄 수 있었다. 소음도 들렸다, 규칙적인 기계음. 그리고 산뜻한 향내, 발자국 소리. 그때 머리 위에서 사내 목소리.

"깨어나셨군."

동시에 김승구의 눈에도 사내의 윤곽이 드러났다. 둥근 얼굴, 흰 가운 차림, 의사다. 시선이 만났을 때 사내가 먼저 물었다.

"어디서 총을 맞았습니까? 밖에서 경찰이 기다리고 있어요."

김승구가 대답 대신 주위를 둘러보았다. 깨끗한 방 안이다. 벽에 버튼이 여러 개 붙어 있지만 단순하다. 자신은 흰 셔츠에 바지를 입고 있었는데 배에 손바닥만 한 반창고가 붙여져 있을 뿐이다. 팔은? 팔을 들어본 김승구가 감동했다. 총탄이 깊게 파고 지나갔는데도 흔적도 없다. 김승구의 시선이 의사에게 옮겨졌다.

"지금이 언제요?"

"당신이 이곳에 온 지 12시간이 지났어."

의사가 고개를 절레절레 흔들었다.

"당신 동공, 지문, DNA까지 확인했지만 당신 기록이 없어."

그럴 수밖에. 천안통과 신족통을 작동할 때 50년 후의 서울대병원으로 목표를 삼았기 때문이다. 김승구가 의사의 눈을 보았다. 50년 후로 옮겨왔어도 타심통(他心通) 능력은 그대로 작동하고 있다.

'외과과장 박상문. 제25구역 서울대 소속. 시민번호 25-B-27-33984. 나이 92세.'

김승구가 숨을 들이켰다. 92세라니. 도대체 이 시대의 인간 수명은 몇 살인가? 그때 의사가 말했다.

"여기선 수술 전 자동 신고가 돼요. 그래서 이미 당신 신원조사가 다 끝났는데 우리 구역에선 없는 존재라는 것이 판명되었어요."

김승구는 누워서 쳐다만 보았고 의사가 말을 이었다.

"세계 50개 구역의 조회도 곧 끝날 겁니다. 그럼 당신 신원이 밝혀지겠죠."

"50개 구역이라고 했어요?"

"아, 그럼 또 다른 구역이라도 있다는 겁니까?"

의사가 웃었다.

"아직 외계 생명체는 입주해오지 않았어요."

"그럼 대한민국이 25구역인가요?"

"25구역이 된 지가 20년이 넘었는데, 모른단 말이오?"

고개를 기울인 의사가 한 걸음 물러서며 말했다.

"이제 완치되었으니까 어디서 그런 총상을 입었는지, 신분 조사까지 하도록 경찰을 들어오게 해야겠어요."

의사가 방문을 열고 나간 순간 김승구는 신족통(神足通)으로 옮겨갔다.

시청 앞, 길가에 선 김승구를 사람들이 힐끗거리며 지난다. 환자복 차림이었기 때문이다. '서울시청 앞'이라고 '지시'했는데 김승구는 지금 거대한 건물 앞에 서 있다, 1백 층도 넘는 건물.

하늘은 차량으로 뒤덮여 있다. 마치 새떼 같다. 얼핏 봐도 새떼들이 일정한 선을 따라 움직이는 것을 알 수 있다. 가로, 세로, 빗선, 수많은 선이 하늘에 그어진 것 같다. 보이지 않는 선을 따라 무수한 '날 것'들이 오가고 있다.

거리는? 무슨 옷이 이런가? 번쩍이는 옷. 가벼운지 움직일 때마다 살랑거린다. 머리 스타일은? 박박 깍은 머리, 부채처럼 뻗은 머리칼. 그런데 모두 인형 같다. 얼굴 표정이 없다. 남녀가 같이 가는 경우도 없다. 그래서 인간들 같지가 않다.

그때 사내 둘이 다가왔다. 제복에 허리에는 총 같은 무기를 찼다. 경찰 같다. 안 되겠다. 신족통(神足通). 이번에는 백화점. 백화점이 있나? 없으면 의류 매장으로. 팽.

의류매장은 있다. 갖가지 옷이 널린 매장, 사람들이 오가며 옷을 고른다. 김승구도 남자 마네킹 옆쪽의 진열대로 다가갔다.

'바' 안, 김승구가 60대쯤의 사내에게로 다가가 앞에 앉는다. 오후 6시 반, 바 안에는 손님이 대여섯뿐이고 이 사내만 구석에 혼자 앉아 있다. 김승구가 앞에 앉았을 때 사내가 고개를 들었다. 시선이 마주치자 사내가 피식 웃었다.

"알았어. 술 한 잔 사."

김승구가 종업원을 불러 코인을 건네주면서 주문을 했다. 알루미늄 코인은 카드 대용이다. 종업원이 사내와 김승구 앞에 술 1병씩을 놓고 돌아갔다. 사내가 술병을 들면서 입을 열었다.

“지금은 2070년이야. 20년 전인 2050년에 지구는 통합되었어. 나라가 없어진 거지. 대한민국도, 미국도, 일본도 국명이 다 없어졌고 구역이 되었어.”

한 모금 술을 삼킨 사내가 다시 웃었다.

“한반도는 일본 열도에다 만주 지방까지 합쳐서 25구역이 되었어. 중국은 7개 구역으로 나뉘어졌고…”

사내가 두리번거리며 뭘 찾는 시늉을 했다.

“지도를 보여주면 되는데.”

“됐고. 계속해 봐.”

“그래. 각 구역에는 구역장이 있어. 지구에는 50개 구역장이 있는 셈이지.”

“구역장이 대통령 비슷한가?”

“이 친구가 정말 아무것도 모르는 거야? 아니면 과거에서 날아온 건가?”

“그렇다고 치고, 말해 봐.”

“각 구역장은 주지사나 같아. 지구는 제1구역장을 겸하고 있는 ‘배터문’ 총통이 통치하고 있지. 1구역은 특별구라고 불러.”

“제1구역장? 그곳이 어딘데?”

“옛 러시아 땅이야. 시베리아. 그곳이 제1구역이지.”

“시베리아?”

“그래. 광대한 설원 지역. 그곳이 지금은 파라다이스 지역이야.”

“특별구역장이 누구라고?”

“배터문.”

"러시아인이야?"

"노, 한국인. 패밀리 네임이 '배'야."

김승구가 사내의 눈에서 시선을 떼었다. 타심통(他心通)의 전이를 받은 사내는 술술 묻는 대로 대답했지만 정신이 빨려 들어서 시선이 떼어지자 어깨를 늘어뜨렸다. 진력이 소진되었기 때문이다. 타심통을 쓰지 않았다면 이야기를 끌어내는 데 반나절은 걸렸을 것이다. 그런데 50년 후의 지구 통치자가 배씨라니? 그것도 시베리아를 기반으로 한 한국인. 김승구의 얼굴에 쓴웃음이 떠올랐다. 배기남과 서경아의 아이가 곧 시베리아에서 태어난다.

돌아왔다.

"으악!"

놀란 외침소리, 물론 '개' 소리다. 쭈쭈가 놀라 소리를 지른 것이다. 김승구가 이상한 옷차림으로, 그것도 멀쩡한 모습으로 나타났으니 그럴 수밖에.

"주인님, 갑자기 이렇게 금방…."

당황한 쭈쭈가 더듬거렸다. 개도 말을 더듬는다. '금방'이라는 말을 듣고 벽시계를 보았다. 오전 7시 38분, 떠난 지 10분도 지나지 않았다. 50년 후의 서울에서 적어도 16시간을 보내고 온 것이다. 총성은 집 안에서는 잘 안 들린다. 벽이 두껍기 때문이다. 그래서 아래층 하인들은 듣지 못한 것 같다.

김승구는 부서진 의자와 깨진 베란다 쪽 유리문을 보았다. 베란다 바닥에는 피가 얼어붙어 있다. 응접실 안쪽까지 흥건하게 고여 있다. 먼저 '이상한' 옷을 벗어던진 김승구가 옷을 갈아입고는 이층 청소를 시작했다. 피 자국을 닦고 나서 부서진 의자를 들어 유리문에 던져 박살을 내었다. 유리문과 의자가 산산조각이 났다. 일단 총탄 흔적을 지운 것이다. 그러고는 응접실의 인터폰을 눌러 하녀장을 불렀다.

"유리문이 부서졌으니까 치워야겠어."

CCTV를 먹통으로 만들었다. 쭈쭈가 알려준 CCTV 위치를 찾아 선을 끊어버린 것이다. 도청장치도 떼어서 베란다 밖으로 버렸다. FSB는 난리가 났을 것이다. 예상하고 한 일이다. 하녀들이 다 치우고 내려갔을 때는 8시 반이 되어갈 무렵이다. 미레카도 학교에 갔고 저택 안이 다시 조용해졌다. 운전사 이반을 아래층에 대기시킨 김승구가 소파에 앉아 생각에 잠겼다.

저격범은 누구인가? 저격범은 당연히 김승구가 총에 맞은 장면을 보았을 것이다. 지금은 숲에서 떠났겠지만 아직도 촉각을 곤두세우고 있는 것이 분명했다. 천이통(天耳通).

"나 갔다 올게."

배기남의 목소리.

"몇 시에 퇴근이야?"

서경아가 묻는다. 지금 김승구의 귀는 배기남에게 맞춰져 있다.

"오늘은 좀 늦을 거야, 회의가 있어서. 그리고 창고에도 다녀와야겠고."

"조심해."

"걱정 마."

그러고는 문 여닫는 소리, 발자국 소리. 고개를 든 김승구의 눈동자에 초점이 흐려졌다. 이번에는.

"그래. 나다."

킹스턴이 전화를 받는다.

"어떻게 된 거냐?"

그때 수화구의 목소리가 김승구의 귀에도 울렸다.

"맞혔습니다."

"그래? 성공이야?"

"아직 모릅니다."

김승구가 수화구 목소리 얼굴을 떠올리려고 했지만 이것은 오신통(五神通)으로도 불가능하다. 그때 킹스턴이 말했다.

"그럼 체크해서 다시 상황 보고해."

"예, 회장님."

"어쨌든 수고했다."

이것으로 킹스턴이 주모자라는 건 확인되었다. 그런데 킹스턴이 어떻게 확신을 했을까? 아예 죽이기로 작정을 했다면 비자금 위치까지 다 알고 있다고 봐야 된다. 김승구가 길게 숨을 뱉었다. 오신통(五神通)도 한계가 있구나.

회사로 가는 차 안에서 김승구의 머릿속에 떠오른 생각. 배기남과 서경아의 자손이 자연스럽게 내 후계자가 될 수도 있지 않을까?

FSB 하바로프스크 지부장 레비탄이 굳어진 얼굴로 보좌관 프로쇼프에게 말했다.

"글쎄, 김승구가 레인저 출신이긴 해. 그렇다고 도청기는 물론 CCTV까지 싹 찾아내다니 황당하군."

“그걸 뜯어서 베란다 밖으로 던졌습니다. 하녀들이 놀라서 당황하고 있습니다.”

“이 자식이 해보겠단 말이지?”

그때 노크도 하지 않고 비서가 들어오더니 손으로 책상 위의 전화를 가리켰다.

“전화 받으시지요, 모스크바입니다.”

“누구야?”

“국장이십니다.”

놀란 레비탄이 자리에서 일어나 전화기를 귀에 붙였다.

“예, 국장님.”

“너, 팩스코 김 사장 저택에 도청장치, CCTV 장치를 설치한 것이 발각되었나?”

우르펜스키가 버럭 소리쳐 물었기 때문에 레비탄이 숨부터 들이켰다. 그런데 호흡 조절할 여유도 없이 우르펜스키가 쏟아부었다.

“대답해, 이 새끼야!”

“예, 국장님.”

“내가 지금 대통령 각하께 그 일 때문에 불려 들어가는 길이다!”

“…”

“너, 책상 위에 권총 올려놓고 기다려, 이 개아들 놈아!”

그래놓고 통화가 끊겼다.

오전 9시 반, 하바로프스크 경찰청장 얀스키가 보좌관의 보고를 받는다.

“현재까지 중독사가 7명 발생했습니다. 제2병원에서 3명, 제4병원에서

2명, 제5병원에서 2명입니다."

"이런."

얀스키가 눈을 치켜떴다.

"지난번 사카로프클럽 사건이 또 터진 거야?"

목소리가 비명 같다. 그때 수사과장 토슈크나가 방으로 뛰어 들어왔다.

"20분 사이에 6명이 또 늘어났습니다. 현재 13명입니다!"

사무실 안, 김승구가 앞에 앉은 배기남을 보았다. 출근한 배기남을 부른 것이다.

"너, 비자금 관리 잘 하고 있어?"

"예. 잘 숨겨놓았습니다."

시선을 맞받은 배기남이 말을 이었다.

"토머스와 제이슨이 번갈아서 한 상자씩 가져가더니 발길을 뚝 끊었어요."

배기남의 얼굴에 웃음이 떠올랐다.

"돈도 모자라거나 없을 때 욕심이 나는 거지, 산더미처럼 쌓인 걸 보더니 질려버린 것 같아요."

배기남의 머릿속도 텅 비었다. 숨겨둔 생각이 없다는 증거다. 고개를 끄덕인 김승구가 물었다.

"너, 출산일이 언제냐?"

"넉 달 남았습니다, 사장님."

"벌써 그렇게 되었단 말이냐?"

"예, 세월이 빠릅니다."

배기남이 벙글벙글 웃었다.

"모두 형님 덕분입니다. 트럭 운전이나 하던 놈이 1년 만에 이렇게 출세를 하다니요."

"그러냐?"

쓴웃음을 지은 김승구가 의자에 등을 붙였다.

오전 10시 반, 처음 중독사가 보고된 지 한 시간이 지났을 때 하바로프스크 주지사 말렌코프가 보스키의 보고를 받는다.

"현재까지 47명이 사망했고 입원 환자가 16명인데 지금도 계속해서 환자가 들어오고 있습니다."

"이런 제기랄."

말렌코프가 펄쩍 뛰듯이 소리쳤다.

"중독사? 마약이야?"

"그렇습니다. 이번에는 마리온클럽에서 마약을 사먹은 겁니다."

"마리온클럽? 그럼 표도르파군."

"그렇습니다."

"이런 개자식들."

"지사님, 대통령께 먼저 보고를 하시는 것이. 지난번 일도 아직 해결이 안 된 상황이라…."

"내가?"

말렌코프가 다시 소리쳤다. 그러나 최종 책임자는 말렌코프다. 지난번 사카로프클럽의 마약 중독사 사건에 이어서 이번에는 벌써 47명이 죽었고 계속해서 희생자가 늘어난다.

"보고서 가져와!"

마침내 말렌코프가 소리쳤다.

"이번에 레프가 온 것과 관계가 있을지 모릅니다."

왕태가 말했지만 로체프는 이를 악문 채 대답하지 않았다. 안경알 밑의 눈이 죽은 물고기 같다. 로체프의 사무실 안, 앞에는 왕태와 강무, 그리고 부하들이 둘러앉았다. 오전 10시 45분, 로체프 부하들이 모은 정보에 의하면 사망 65명에 입원 환자가 48명으로 늘어났다.

"당했다."

로체프가 물고기 눈으로 왕태와 강무를 번갈아 보았다.

"이건 치차코프 가문의 짓이야. 지난번의 사건을 우리들 짓으로 아는 거야."

로체프의 목소리가 떨렸다.

"도망쳐야 돼. 곧 FSB에서 쏟아져 올 거라고."

FSB? 레비탄은 김승구 저택의 도청, CCTV 장치 발각 사건으로 '벙' 뜬 상태에서 보고를 받았다.

"62명?"

레비탄의 목소리는 컸다. 중독사 숫자가 들쑥날쑥한 것은 시간대가 다른 데다 정보원의 집계 방식도 다르기 때문이다.

"62명이 중독사라고?"

레비탄의 두 눈이 번들거렸다. 경찰, 관리, 마약 조직의 반응하고는 다르다. 우르펜스키의 지시대로 책상 위에 권총을 올려놓고 기다리지는 않았지만 잘해야 파면이고 그 이상의 처벌이 수십 가지가 있었기 때문이다. 고위층의 시선이 이곳으로 쏠릴 것이었고 전화위복의 계기가 될지도 모른다. 레비탄이 몸을 솟구치듯이 일어섰다.

"현장조사! 전 인원을 풀어!"

가장 치명상을 입은 것이 표도르 이바노비치다. 중독사가 11명이 되었을 때 표도르는 짐을 쌌고 15명이 되었을 때 블라디보스토크를 향해 출발했다. 오전 8시 30분이었을 때다. 오전 11시 15분, 블라디보스토크로 향하는 고속도로 상에서 표도르는 하바로프스크에 남겨놓은 정보원의 보고를 받았다.

"현재까지 73명 사망, 병원에 100명 가깝게 입원해 있습니다."

표도르는 더 이상 듣지 않고 전화를 끊었다.

"김 사장, 나 우르펜스키요."

11시 20분, 김승구가 우르펜스키의 전화를 받는다. 사무실 안, 앞에 부사장 클라크가 앉아 있다.

"국장님, 웬일입니까?"

"대통령 말씀을 전해드리려고 전화했습니다."

"예, 국장님."

"각하께서는 대단히 유감이라고 하시면서 앞으로 그런 일은 없도록 하라고 나한테 지시하셨습니다."

"아아."

"곧 FSB 지부장이 김 사장을 찾아가 사과를 할 것입니다."

"아니, 그러실 것까지는…."

"과잉 충성하는 관리도 있기 마련입니다. 이해해 주십시오."

"알겠습니다."

통화를 끝낸 김승구가 클라크를 보았다. 김승구는 도청, CCTV 상황을 푸틴의 비서실로 연락했던 것이다.

"표도르파는 이것으로 끝날 겁니다."

노보비치가 옆에 앉은 레프에게 말했다.

"벌써 중독사가 1백 명이 넘었어요. 정부 당국에서 가만두지 않을 겁니다."

열차는 동토를 달려가고 있었는데 레프는 창밖에 시선을 준 채 대답하지 않았다. 오전 9시에 중독사 사건을 듣고 나서 레프 일행은 바로 시베리아 횡단 열차를 탄 것이다. 순발력이 빠른 노보비치가 시급히 현장을 벗어나야 한다고 레프를 독촉했기 때문이다. 그래서 10시에 출발하는 시베리아 횡단 열차를 탄 것이다. 오전 11시 반, 달리는 열차 안에서도 노보비치는 수시로 보고를 받고 있다.

"이번에는 로체프 그놈이 치명상을 입었습니다. 그놈은 주범으로 낙인찍힐 테니 숨는다고 해도 이쪽에서 거래는 못 합니다."

노보비치가 오전인데도 보드카 병을 제 방에서 꺼내면서 웃었다.

"자, 한잔 하십시다, 경쟁자의 불행은 곧 내 행복이니까."

"누구 짓일까?"

불쑥 레프가 묻자 노보비치는 웃음 띤 얼굴로 고개를 기울였다.

"유리 짓일 수도 있지요. 마침 보스가 오신 것을 이용해서 일을 벌였을 가능성도 있습니다."

"설마."

"돼지 몸통에 대가리는 여우인 놈입니다."

"지난번의 중독사 사건도 유리 짓이라는 소문이 났어."

"알리바이가 확실했기 때문에 벗어났지만 이번에는 FSB까지 개입할지도 모릅니다. 그땐 정치적인 문제가 되는 거죠."

"하바로프스크는 아벨 저택 학살 사건까지 사건이 끊이지 않는군."

"그래서 소문이 났답니다, '악마의 도시'라고 말입니다."

"주지사가 갈리겠군."

레프가 혼잣소리처럼 말하자 노보비치가 고개를 끄덕였다.

"나타샤랜드도 이미지가 깎이겠어요."

레프가 외면했고 노보비치는 '아차' 하는 표정을 짓고 반대쪽을 보았다.

"왔어?"

김승구가 방으로 들어서자 이지현이 목에 매달릴 것처럼 바짝 붙어서서 반겼다. 두 눈이 반짝였고 따뜻한 입김이 턱에 닿는다.

"야, 떨어져."

이지현의 어깨를 민 김승구가 소파에 먼저 앉는다. 이곳은 하바로프스크의 시베리아호텔 방 안, 오후 12시 반. 김승구가 앞에 앉은 이지현에게 말했다.

"오늘 오후에 팩스코에 와서 사장 비서 욜가를 찾아. 그럼 사무실을 안내해 줄 거야."

"내 사무실이야?"

"그래. 우선은 비서실 소속 '개발부' 사무실로 했으니까 한국 갔다 와서 바로 근무하면 돼."

"오케이."

"직급은 부장, 개발부장이야."

"월급은?"

"지금 얼마 받는데?"

"대양디자인 설계실 과장으로 5백만 원쯤, 보너스 3백 프로."

"1천만 원에 보너스 5백 프로. 중형차하고 30평형 아파트를 제공하지."

"윽!"

"한 달에 한 번씩 서울 왕복 비행기 비즈니스 클래스 제공하고 실적에 따른 보상금도 나갈 거야."

"으악!"

"아파트 가구 구입비, 관리비도 물론 회사 지급이야."

"자기야, 사랑해."

"그리고."

김승구가 주머니에서 접힌 종이를 꺼내 내밀면서 말했다.

"여기 쓰여 있는 것들을 머릿속에 넣어, 네가 서울에서 할 일들이니까."

"부처시어, 이제 저놈한테는 중생의 고난에 찬 목소리가 들리지 않습니다."

지장이 말했지만 부처는 못 들은 척했다. 둘이 이번에는 하바로프스크 제1병원의 영안실에서 마주보고 서 있다. 부처는 여전히 평범한 중년 사내이고 지장은 백발이 성성한 노파다.

영안실은 흰 천을 씌운 시체들로 가득 차 있다. 모두 이번에 중독사한 남녀들이다. 지장이 말을 이었다.

"부처시어, 김승구의 결과에 따라 세상이 바뀐다고 하셨지만 보시지요. 이제 그놈은 본성(本性)인 악마로 돌아가고 있습니다. 김승구는 이용호의 DNA를 그대로 옮겨 받은 악마인 것입니다."

"지장, 네가 DNA라는 말을 쓰니까 좀 이상하다."

"부처시어, 지금 시대는 스마트 폰에 유튜브 시대입니다."

"시대에 맞춰 대화하는 건 안다."

"악마는 김승구에게 만족하고 있습니다."

"김승구가 이지현을 대하는 자세를 보았느냐?"

"조마조마합니다."

"악마가 이지현에게 붙어 있어."

숨을 들이켠 지장을 향해 부처가 웃어보였다.

"이지현의 유혹에 김승구가 넘어가면 이 세상은 악마가 지배하는 세상이 될 것이야."

"그대로 두실 것입니까?"

"김승구가 총을 맞는 걸 보았지 않느냐?"

지장의 시선을 받은 부처가 다시 정색했다.

"앞으로의 일은 나도 알 수가 없다. 지금은 김승구가 피 맛에 빠져 있지만 세상일은 또 변한다."

그러고는 부처가 고개를 저었다.

"김승구가 오신통(五神通)을 쥐고 있지만 불멸의 존재는 아니야."

'그렇다면 저격범은 누구인가?'

김승구의 머릿속에서 떠나지 않는 생각이다. 사무실에 앉아 있었어도 계속 그 생각만 했다. 신족통으로 토머스, 제이슨의 옆에도 갔다 왔고 천이통으로 FSB 국장 우르펜스키는 물론 킹스턴의 이야기를 엿들었지만 '단서'가 없다. 물론 타심통을 운용해서 그때마다 머릿속을 보았다. 그러나 없다. '없다'는 것은 그들이 '저격'과 연계되지 않았다는 것을 의미하는가?

김승구의 고개가 저절로 흔들렸다. 아니다. 쓴웃음을 지은 김승구가 앞쪽의 벽을 노려보았다. 내 몸에는 악마가 같이 머물고 있다. 악마가 오신통(五神通) 능력을 다 발휘하도록 놔두지 않을 것이다. 목적을 위해서는 막고, 방해하지 않겠는가? 그것이 내 본성(本性)이기도 하니까 잘 적응되겠지. 앞쪽의 벽이 흔들리는 것처럼 느껴졌다. 악마가 웃는 것 같다.

푸틴은 노발대발했다.

"이 병신 같은 놈아, 곧 시베리아에 거대한 사업이 일어날 예정이란 말이다!"

고함을 듣는 상대는 앞에 선 FSB 국장 우르펜스키. 무표정한 얼굴, 시선은 내리고 있다.

"김승구가 건설하게 될 푸틴월드, 그 푸틴월드의 사업을 방해하는 어떤 것도 존재하면 안 돼!"

"예, 각하."

우르펜스키가 고개를 들었다.

"일단 사건 보도를 금지하겠습니다."

어깨를 부풀린 우르펜스키가 말을 이었다.

"사건의 근원지가 된 마리온클럽을 폐쇄하고 관련자를 모두 검거하겠습니다."

"김승구를 도청한 그 병신 같은 지부장 놈을 총살하는 것이 어떠냐?"

"하바로프스크 지역에 오래 근무해서 사정을 잘 알고 있는 놈입니다. 김승구에게 가서 사과하라고 지시했습니다."

"또다시 김승구의 항의 전화가 오면 벌거벗겨서 얼음 벌판에 세운다고 해라."

"예, 각하."

"분명히 그렇게 전해."

중독사 사망자 이야기는 한마디도 나오지 않았다. 이렇게 마리온클럽의 대학살은 '얼음 구덩이'에 묻히고 있다.

"이렇게 살아서 뭐하니, 윤미야."

명료하게 들리는 목소리. 한국말, 여자다. 저절로 귀가 기울여졌고 다시 목소리가 이어진다.

"같이 죽자. 엄마가 같이 갈게."

김승구가 숨을 들이켰다. 천이통(天耳通)이다. 천안통(天眼通)은 천계나 지옥, 사후세계, 미래까지 볼 수 있는 능력이나 현세를 둘러보지 못한다. 다만 천이통으로 들을 수는 있다.

사무실 안, 오후 4시. 지금 하바로프스크는 최악의 사태가 벌어졌지만 의외로 조용하다, 중앙정부의 강력한 지시가 내려왔기 때문에. 각 병원에는 특별기동대가 배치되고 FSB 작전부대가 투입되어 모든 기관을 통제하는 중. 언론? 어림 반 푼어치도 없다. 병원 근처에도 얼씬하지 못하고 보도에는 '마약'의 '마' 자, '중독사'의 '중' 자도 나오지 않는다. 철저한 통제.

그러나 마리온클럽의 마약 중독사는 현재 248명으로 늘어났다, 입원 환자는 227명. 이 숫자는 이제 FSB만 안다, 김승구하고. 김승구가 레비탄의 '소리'를 들었기 때문이다. 그런데 지금 이 소리는?

글로벌(global)화된 오신통(五神通), 즉 세계적인 오신통 능력 아닌가? 소리가 들리는 곳으로 신족통(神足通)을 써서 옮겨왔다, 물론 형체는 놔두고.

아파트 거실 안, 작고 낡았지만 깨끗하게 정돈되었다. 한국, 벽에 붙여진 한국 달력. 거실에는 30대쯤의 여자가 6, 7살쯤 되어 보이는 여자아이를 안고 있다. 다가선 김승구가 여자와 시선을 맞췄다. 퀭한 눈으로 벽쪽을 바라보고 있어서 앞으로 다가가 시선을 잡은 것이다. 그 순간, 떴다.

여자의 인적사항.

안재영. 33세, 5년 전 이혼 후 딸 전윤미하고 8평 임대주택에서 생활. 전 남편 전성규는 이태원 카페의 영업부장으로 현재 고성미와 결혼, 딸이 두 명임. 전성규는 이혼 후 전윤미의 양육비를 10원도 내놓지 않음. 합의 없이 출산했다는 이유. 전성규와 연애결혼을 했지만 성격이 포악해서 결혼 3년 동안 폭행에 시달림. 7번 병원에 입원.

현재 상황.

5년 동안 알바를 하면서 근근이 살았으나 두 달 전에 배가 아파서 병원 검진을 받은 결과 자궁암 말기. 수술하기에는 너무 늦었고 앞으로 3개월 시한부 생명을 통보받음. 안재영은 충청도 시골에 부모가 살고 있었지만 풍으로 쓰러진 아버지를 어머니가 간병하는 처지. 가난해서 극빈자 수당을 받는 집안이다. 하나 있는 언니는 20년째 가출해서 연락도 없고.

고개를 흔든 김승구가 시선을 떼었다. 왜 이렇게 살지? 이것은 악마의 본성(本性). 한편으로는 가슴이 미어진다. 이것은 부처, 지장보살의 마음인가? 김승구는 마음을 먹었다.

이런 때는 바로 정체를 드러내는 것이 낫겠다. 한동안 안재영을 바라보던 김승구가 사라졌다. 본체로 돌아온 것이다.

"팩스코에서 도대체 뭘 한 거야?"

장영규가 묻자 조천수는 목소리를 낮췄다.

"응. 지금 나오고 있어. 모르겠어, 뭘 했는지는."

"안에서 한 시간이 넘게 있다니. 누구를 만난 거야?"

"내가 들어갈 수가 없어서. 미리 연락을 한 모양이야, 안내를 받고 들어간 것을 보니까."

"누구한테?"

"그걸 내가 아나?"

지금 조천수는 이지현을 따라가면서 장영규하고 통화를 하는 중이다. 이지현을 미행하고 있는 것이다. 이지현이 팩스코 빌딩 안으로 들어가더니 외인 출입이 금지되어 있는 건물 안으로 안내를 받고 들어간 것이다.

그때다. 건물 밑을 걷던 조천수의 머리 위로 어른 몸통만 한 얼음덩이가 떨어졌다. 이곳에서는 자주 있는 일이다. 얼음덩이는 조천수의 머리를 부수고는 산산조각이 났다. 땅바닥에 쓰러진 조천수의 머리통도 산산조각으로 부서져 있다.

"여보세요, 여보세요!"

장영규가 불렀지만 수화구에서는 잡음만 울릴 뿐이다. 사내들의 외치는 소리도 울린다. 차량 소음, 그러다가 통화가 끊겼다. 여기서는 핸드폰이 자주 끊긴다.

"젠장."

투덜거린 장영규가 핸드폰을 내려놓고는 냉장고로 다가가 오렌지주스 병을 꺼냈다. 오후 5시 반, 이지현을 따라다닌 지 오늘로 닷새째가 되었다.

"슬슬 지겨워지는군."

혼잣소리를 한 장영규가 주스를 잔에 따랐다. 잔을 들고 한 손에 리모컨을 쥔 장영규가 소파에 앉아 TV를 켰다. 러시아 방송도 연속극에서 밥 먹는 장면 천지다. 이맛살을 찌푸린 장영규가 문득 손에 쥐고 있던 주스 잔을 들고 한 모금을 마셨다.

"으윽!"

다음 순간 주스 잔을 떨어뜨린 장영규가 두 손으로 목을 움켜쥐고 상반신을 세웠다. 순식간에 얼굴이 새빨갛게 달아올랐다가 곧 검게 변했다. 그러고는 몸을 비틀면서 눈을 까뒤집었다. 장영규의 몸이 앞쪽 탁자를 부수면서 쓰러졌다.

장영규가 쓰러지는 것을 확인한 김승구가 사무실로 옮겨왔다. 저기, 멀리 천이통(天耳通)을 따라 안재영을 만나고 왔던 김승규다. 사무실로 들어와 비서 욜가한테서 이지현이 다녀갔다는 말을 듣고 따라 나왔다가 미행자 조천수를 발견한 것이다. 조천수가 통화하는 일행이 이지현과 같은 호텔에 투숙하고 있다는 것도 알아내었다. 이용호가 보낸 감시자 겸 경호원이다.

그래서 당장 조천수의 머리 위에 건물 위에 얹혀 있던 얼음덩이를 떨어뜨려 죽였다. 그러고는 장영규에게 옮겨와 이번에 마리온클럽에서 쓰고 남은 청산가리를 주스 잔에 떨어뜨렸다. 소 10마리를 죽일 수 있는 양이었으니 악마를 감동시키고도 남았다.

이때 처음으로 '악마의 조직'이 드러난다.

지금까지 존재하지 않았기 때문에 드러나지 않은 것이 아니다. 말이

길면 '거짓말'이기 때문에 정리한다. '악마'가 김승구의 중요성에 대해서 의식하기 시작한 것.

그래서 '악마의 보스'가 나타나 지금까지 김승구를 담당한 악마와 마주앉았다. 어디서? 김승구의 사무실에서. 같은 시간대지만 다른 공간에 떠 있어서 김승구가 뻔히 보인다. 김승구는 못 보지. 시공간을 넘나드는 천사와 악마. 즉, 부처나 아직 부처는 안 되었지만 능력은 다 갖춘 지장, 그리스도, 성모, 마호메트는 가능하고.

"이제는 저놈한테 자극을 주지 않습니다. 알아서 깁니다."

악마가 말하자 보스가 쓴웃음을 지었다.

"알아서 기어?"

"예, 대왕이시어."

악마는 30대의 러시아인 남자 형상이고 대왕이라고 불린 사내는 50대쯤으로 비대한 체격에 붉은 얼굴이다. 악마가 소파에 앉아 있는 김승구를 눈으로 가리켰다.

"전에는 정신이 돌아오도록 몸통을 꿰뚫는 것 같은 고통을 주었지만 지금은 오히려 한술 더 뜬다는 말씀입니다."

"저놈이 가진 오신통(五神通)이 어떤 의미라고 생각하느냐?"

"부처는 저놈을 시켜 중생을 구원하고 악마를 평정하려고 했습니다."

악마가 바로 대답했다.

"그래서 제가 저놈 몸에 들어간 것이 아닙니까?"

"그건 당연한 일이니 잘난 체 말고."

악마의 말을 막은 대왕이 지그시 김승구를 보았다.

"이 세상은 한번 망해야 된다."

놀란 듯 악마가 눈만 껌뻑였고 대왕의 말이 이어졌다.

"이 세상의 신(神) 중에서 그런 능력을 줄 수 있는 신(神)은 부처가 유일하지."

악마의 표정을 본 대왕이 빙그레 웃었다.

"아마 부처의 행동에 다른 모든 신(神)들도 합의했을 것이다."

"무엇을 말씀입니까?"

"이 세상이 한번 망해야 한다는 것."

"왜 그렇습니까?"

"너무 더럽혀졌다. 선(善)과 악(惡)을 구분할 수가 없게 되었어. 선악이 수시로 바뀌는 데다 정의와 불의가 손바닥 뒤집는 것처럼 정의된다. 강한 자가 선이 되고 패자가 악이 되며 그것이 정당화된다. 이제 이 세상이 종말을 맞을 때가 온 거야."

"그래서 다른 세상이 됩니까?"

"새 세상이 되는 것이지. 그것을 모든 신(神)이 합의한 것 같다, 나도 그렇고."

"그래서 김승구를 통해 시험을 하려는 것입니까?"

"아니다, 이미 시작되었다."

대왕의 얼굴에 웃음이 떠올랐다.

"이 세상의 멸망이."

"그럼 부처나 다른 신(神)이 원하는 세상이 됩니까?"

"우리 세상이 될 수도 있지."

쓴웃음을 지은 대왕이 고개를 저었다.

"아무도 자신할 수가 없어. 선과 악이 섞여서 뒤죽박죽되어 있는 세상을 김승구가 정리해 가는 거다."

"저, 김승구가 말입니까?"

놀란 악마가 김승구를 내려다보았을 때 대왕이 정색했다.

"부처도, 다른 신도 그렇겠지만 나도 김승구의 미래를 상관할 수 없어. 그, 뭐라고 하더라? 이미, 뭐가 던져졌다고…."

"주사위는 던져졌다는 말인가요?"

"그렇지."

대왕이 활짝 웃었다.

"주사위는 던져졌어, 새 세상의."

그런데 김승구는? 아직 거창한 세계관, 인생관을 펼칠 군번이 못 된다. 지금 김승구는 오신통(五神通)을 다 소화도 못 시켰다. 억천만겁의 인생에 얽힌 인연의 억분의 일도 풀지 못했다.

그런데 새 세상이 어깨에 달려 있다고? 김승구가 들었다면 개가 풀 씹는 소리라고 했을 것이다. '목구멍이 포도청'이라는 말이 있다. 배가 고프면 포도청, 즉 경찰서에 잡혀갈 작정을 하고 일을 벌인다는 말이다. 거기에다 '개 눈에 안경'이란 말도, 개가 안경을 써도 '개 신분'을 벗어날 수가 없다는 말. 지금 김승구에게 이 두 가지 말이 딱 어울린다. 지금 세상 바꾸는 일보다 바쁜 일이. 짠.

"누구세요?"

앞에 선 사내를 보고 안재영이 두려운 표정으로 물었다. 오전 8시 반, 윤미를 유치원에 데려다주고 돌아오는 길이다. 몸이 아팠기 때문에 유치원이 2백 미터 거리인데도 얼굴에 땀방울이 맺혀있다. 그때 사내가 물었다.

"너, 재영이 아냐? 나 필수야."

"어머."

안재영의 얼굴이 노랗게 굳어졌다가 순식간에 빨개졌다. 정필수. 중3 때 만나 처음 사랑이란 것을 알게 한 남자. 그때 필수는 고2였고 반년 동안 만났다가 헤어졌다. 필수가 서울로 전학을 갔기 때문이다. 그것이 17년 전. 요즘 들어서 죽기 전에 필수 오빠를 한번 만났으면 좋겠다는 생각을 많이 했는데, 하느님.

"너, 재영이 맞지?"

"오빠."

갑자기 눈에서 눈물이 쏟아졌기 때문에 안재영이 두 손으로 얼굴을 가렸다.

"재영아, 무슨 일 있냐?"

다가선 필수가 부드럽게 물었다. 임대주택 앞길이라 오가는 사람이 힐끗거린다. 그때 정필수가 말했다.

"재영아, 우리 조용한 곳에서 이야기 좀 할까?"

"오빠!"

안재영이 눈물범벅이 된 얼굴로 정필수를 보았다. 오늘 윤미를 유치원에서 데려오고 나서 같이 죽으려고 했던 것이다. 같이 약을 먹었다가 둘 중 하나만 갈 수도 있으니까, 그럼 더 나쁘게 되니까 윤미를 먼저 보내놓고 가려고 계획까지 세워 놓았는데. 그때 정필수가 안재영의 어깨를 감싸 안았다.

"재영아, 이 근처에 살아? 그럼 네 집으로 갈까?"

정필수가 누구냐? 김승구다. 오신통(五神通)에 얼굴 바꾸는 능력은 없다. 그래서 안재영의 시선과 마주친 순간에 기억을 바꿨다, 정필수의 모습을 김승구로. 입력된 자료를 바꿔치기 한 것이다.

안재영의 집 안, 정필수의 거짓말이 시작된다.

"내가 러시아에 있었어. 거기서 의대를 졸업하고 의사로 일하고 있다가 서울에 잠깐 들른 길이야."

안재영의 마음을 읽은 정필수가 말을 잇는다.

"난 아직 결혼 안 했어. 서른다섯이지만 이 나이에 결혼 안 한 건 보통이야. 넌 결혼했어?"

"응."

안재영의 얼굴이 붉어졌다.

"아이가 일곱 살이야."

"남편은?"

"이혼했어."

"그렇구나. 너, 그런데 어디 아프지?"

"오빠, 난…."

아프냐고 묻지 않고 아프지라고 물은 것은 빨리 본론으로 들어가기 위해서다. 안재영이 붉어진 얼굴로 고개를 끄덕였다. 금세 눈에 눈물이 고였다.

"오빠, 나 며칠 못 살아."

생명이 며칠 남지 않은 터라 안재영도 빨리 말했다. 더구나 오늘 윤미하고 같이 세상을 떠날 작정이 아니었던가? 그때 정필수가 나섰다, 한 손을 들고.

"너, 자궁암이지?"

놀랐지만 곧 얼굴을 일그러뜨린 안재영이 고개를 끄덕였다.

"응, 말기야. 나 며칠 못 살아."

"세상에, 이런 우연이. 내가 자궁암 전문 의사다. 이번에 자궁암 학술

회의가 있어서 서울에 왔다가 끝내고 돌아가려는 참인데…."

이쯤 거짓말이야 식은 죽 먹기지. 조금 있다가 50년 후의 서울대병원, 클라크의 딸 마리안의 약을 준 의사한테 다녀오면 되겠군. 그런데 이렇게 안재영의 목소리가 들렸던 이유는 무엇일까? 그 상황에도 문득 안재영과의 인연이 궁금해진 김승구가 시선을 들었다. 숙명통(宿命通). 네 전생을 보고 싶다.

3장
안녕, 내 아내여

'가장 최근의 인연으로.'

숙명통(宿命通)으로 옮겨가기 전에 김승구가 미리 그렇게 '주문'을 했다. 수백만 년 전의 '달팽이'나 '공룡'으로 돌아가면 곤란하지 않겠는가. '팽.'

"미안해. 정말 미안해."

백경수가 말했다. 허름한 방, 낡고 더러운 침구. 이불 위에 누운 백경수는 누렇게 뜬 얼굴에 말랐고 눈이 흐리다. 그 앞에 앉은 진영주. 그때 벽에 기대선 김승구의 가슴이 미어졌다. 백경수의 감정이 전이된 것이다. 그렇구나. 백경수가 바로 전생(前生)의 김승구다. 고개를 들고 방 안을 살폈더니 벽에 달력이 걸렸다, 1954년 7월. 얼레, 현실에서 65년 전이구나. 그때 진영주가 백경수의 이마를 손으로 짚었다.

"여보, 기운 내."

가라앉았지만 맑고 또렷한 목소리. 김승구가 백경수의 눈으로. 그러니까 '함께' 진영주를 본다. 진영주가 바로 안재영이다. 백경수의 아내. 33

세, 지금과 같은 나이다. 신(神)이시어, 교묘하게 맞추시느라 '애' 좀 쓰셨나이다.

진영주는 헐렁한 셔츠 차림이었지만 아름답다. 긴 머리를 뒤로 묶어서 희고 긴 목이 드러났다. 갸름한 얼굴, 맑고 또렷한 눈. 화장을 전혀 안 한 얼굴이었지만 피부에 윤기가 난다. 그것을 올려다보는 백경수의 가슴이 미어졌다. 벽에 기대선 김승구도 마찬가지.

"여보, 아영 엄마."

백경수가 부르자 김승구는 숨을 들이켰다. 아이가 있었단 말인가? 백경수가 가쁜 숨을 몰아쉬며 말을 잇는다.

"아영이, 잘 부탁해."

"걱정 마, 여보."

마침내 진영주의 눈에도 눈물이 고였다. 밤 10시 반, 주위는 조용하다. 백경수는 폐암 말기로 온몸에 암세포가 번져서 임종 직전이다. 열흘 전에 왕진했던 의사는 이삼 일 후에 세상을 떠날 것이라고 했으니 오래 버틴 셈이다. 백경수가 힘들게 고개를 돌려 방 윗목에서 자고 있는 딸 백아영을 보았다. 옆얼굴만 보인다. 그때 진영주가 손바닥으로 백경수의 눈을 덮었다.

"여보, 걱정 말고 쉬어. 푹 자."

"미안해."

"사랑해, 여보."

그때 백경수의 눈에서 주르르 눈물이 흘러 떨어졌고 눈이 감겼다. 진영주의 눈에서도 눈물이 흘러내린다. 벽에 기대선 김승구의 눈에도 눈물이 고였다. 떨어지지는 않았다.

1시간쯤 후, 김승구에게 이쪽 시간은 후딱후딱 간다. 편집해주는 '기사'가 요점만 챙겨서 보여주기 때문. 그 '기사'가 누구냐고? '숙명통' 전문 PD다. 방문이 열리면서 '제2장'이 시작된다. 이제는 진영주 '주연'의 숙명통(宿命通) 2부.

"죽었어?"

들어서면서 낮게 묻는 사내는 오금석. 붉은 얼굴, 넓은 어깨, 건장한 체격, 입에서 술 냄새가 풀풀 쏟아진다.

"응."

진영주가 벽 쪽으로 붙어 앉으면서 대답했다. 이제 백경수는 반듯이 누워있다, 편안한 얼굴. 그 위쪽에는 백아영이 누워있고. 오금석이 진영주 옆에 털썩 앉으면서 허리를 감아 안는다.

"질기게 버티더니 이제야 갔구먼."

진영주가 고개를 끄덕였다.

"이제 편해지겠지."

오금석은 진영주의 정부다. 쌀가게 주인인 오금석과 이렇게 된 것은 반년이 넘었는데 백경수가 드러누운 후부터다. 그동안 둘은 수시로 엉켰고 시간과 장소를 가리지 않았다. 지금까지 세 식구가 굶어죽지 않고 산 것도 오금석이 쌀을 댔기 때문이다.

"내일 장례 치러야지?"

오금석이 묻더니 제가 대답했다.

"누구 올 사람도 없으니까 그냥 화장하면 돼."

진영주가 듣기만 했을 때 오금석이 치마를 끌어내렸다.

"아이구, 왜?"

진영주가 몸을 비틀었지만 오금석이 이제는 밀어 넘어뜨렸다. 백경수와 백아영이 누워 있는 가운데 공간이다.

"아이구, 여기서…."

진영주가 오금석의 어깨를 밀었지만 힘이 약했다. 곧 백영주의 아랫도리는 알몸이 되었다. 오금석이 내뿜는 술 냄새가 방 안을 가득 채우고 있다. 벽에 기대선 김승구가 팔짱을 낀 채 둘을 내려다본다. 무표정한 얼굴이다.

"아! 아!"

진영주의 신음, 쾌락을 참지 못한 신음이다. 그때다. 반듯이 누워 있던 백경수가 눈을 떴다. 눈동자는 천장을 향해 있다. 진영주의 신음이 더 높아졌다. 그때 백경수의 눈이 닫혔다. 그 순간 눈꼬리로 눈물이 주르르 흘러내렸다.

같은 순간 자고 있던 백아영의 눈도 번쩍 떠졌다. 그러고는 백경수처럼 한참 동안 천장을 바라보더니 눈을 감았다. 눈물은 흘러내리지 않았다. 대신 입술이 굳게 닫혀 있다. 그것을 본 김승구가 벽에서 등을 떼었다.

"자, 반듯이 누워라."

김승구가 말하자 안재영이 고분고분 몸을 눕혔다. 그러나 부끄러운지 두 손으로 얼굴을 가리고 있다. 안재영은 새 옷으로 갈아입고 머리도 매만져서 뒤로 깔끔하게 묶었다. 미인이다.

이미 김승구는 50년 후 서울대병원 내과과장 유근섭을 만나서 기념으로 1천원 권 지폐 한 장을 주고 주사약과 알약을 받아왔다. 1천원 권 지폐를 본 유근섭이 펄쩍 뛰듯이 좋아했다. 지폐는 40년 전에 없어졌기 때문이다. 안재영을 모로 눕히고 치마를 걷은 후에 팬티까지 내리고 흰 엉덩이에 주사를 놓은 김승구가 주사 자리를 손바닥으로 문지르며 말했다.

"내가 며칠 여기 있어도 되니?"

"오빠가?"

안재영의 얼굴이 새빨개졌다.

"러시아 안 가고?"

갔다 왔다 하면 돼, 하는 소리가 목구멍까지 나왔지만 겨우 참았다.

"어때? 괜찮냐?"

되물었더니 안재영이 누운 채로 고개를 끄덕이며 말했다.

"집이 좁아도 괜찮아?"

"너하고 안고 있으면 안 좁지."

"오빠는 달라졌어."

"17년이다."

"오빠, 지금까지 여자 없었어?"

"그래. 네 생각만 했다."

"거짓말."

그 사이에도 김승구는 안재영의 엉덩이를 주무르고 있다. 안재영의 숨소리가 가빠졌다. 어느덧 두 눈도 번들거린다. 통증이 싹 가셔 있는 것을 안재영은 아직 의식하지 못하고 있다. 지금은 오직 색욕(色慾)이 끓어오를 뿐이다. 김승구는 안재영의 팬티를 끌어내렸다. 안재영은 반항하지 않는다. 이것이 이 인연의 본성인가?

핸드폰의 발신자를 본 이지현이 이맛살부터 찌푸렸다. 이용호다. 이지현은 이용호를 떠올릴 때마다 이런 반응이 오는 것을 본인은 의식 못 한다. 이지현이 핸드폰을 귀에 붙였다.

"예, 아버지."

"지금 하바로프스크냐?"

"네, 그냥 쉬고 있어요."

"시베리아 열차는 안 타고?"

"여기서 서울로 돌아갈까 봐요."

"어, 그래?"

이지현은 이곳에 직장을 구했다는 말은 하지 않기로 했다. 다른 때 같으면 다 했다. 물론 여행 도중에 돌아갈 일도 없었겠지.

"잘 했다. 집에서 쉬는 게 더 낫지."

이용호가 반겼다. 경호팀 둘 다 연락이 끊겨서 조바심이 나던 중이다. 장영규와 조천수의 시체는 병원 시체실에 옮겨졌고 지금 경찰이 조사 중이다. 그래서 아직 통보가 되지 않았다. 이번 마리온클럽 대량 중독사 사건 보도 통제에 휩쓸렸기 때문이다. 이용호가 다시 물었다.

"언제 올 거야?"

"내일요."

이지현의 두 눈이 반짝였다. 할 일이 많다.

"계속해서 대형 사고가 터지는군."

푸틴이 이맛살을 찌푸리고 말했다. 앞에 FSB국장 우르펜스키가 서 있다.

"이러다가 하바로프스크 주민이 남아나지 않겠다."

"표도르파 마약 제조 담당을 추적하고 있는데 성분 분석 결과 혼합물에 청산가리 성분이 포함되었다고 합니다."

"다른 조직에서 섞은 건가?"

“그것도 조사 중입니다.”

“정치 자금은 제대로 들어오는 건가?”

“예, 하바로프스크의 3대(大) 조직에서 거의 균등하게 입금되고 있습니다.”

“표도르파를 없애버리게 되면?”

“발렌스키, 스보르카 조직에서 그 몫을 나눠 부담해야지요.”

“김승구를 스보르카가 업고 있지?”

“예. 그렇습니다, 각하.”

“스보르카만 남겨두면 균형이 안 맞아.”

“공급책 로체프가 자취를 감췄으니 당분간 스보르카도 장사를 못 하겠지요.”

“중국산이지?”

“예, 각하.”

“발렌스키에게 공급하는 치차코프는 태국에서 가져오나?”

“예, 각하.”

“더러운 마약 장사꾼 놈들. 마피아란 족속들이 대놓고 마약 사업이나 하고…”

그러나 그 마약 사업에서 나오는 ‘상납금’이 ‘어마어마’한 것이다. 잠깐 생각에 잠겨 있던 푸틴이 말했다.

“책임을 묻지 않을 수는 없지. 경찰청장을 파면하고 마약 공급책 로체프를 잡아서 사형해.”

“예, 각하.”

“표도르파 마약 제조 책임자 5명쯤 잡아서 사형하고.”

“예, 각하.”

"표도르는 살려주는 대가로 재산을 몰수하고 조직을 없애기로 하지."

이것으로 표도르파가 '이야기'에서 사라졌다.

"잠깐만."

탁자 밑에서 쭈쭈가 소리쳤기 때문에 김승구가 움직임을 멈췄다.

"왜?"

김승구가 묻자 쭈쭈가 서둘러 말했다.

"그, 우유 잔 내려놓으세요!"

놀란 김승구가 잔을 내려놓았다. 오후 7시 반, 회사에서 돌아와 이층으로 간단히 저녁식사를 가져오라고 해서 식사를 시작하려는 참이다. 탁자 위에는 에그 프라이, 잼을 바른 토스트 2조각, 그리고 우유 잔에다 과일이 섞인 접시가 놓여졌다. 그때 쭈쭈가 말했다.

"우유 속에서 약 냄새가 납니다."

김승구가 숨을 들이켰지만 우유 냄새만 났다. '개'의 후각은 인간의 수십 배다. 김승구는 그 자리에서 30분 전의 숙명통(宿命通)으로 돌아갔다.

30분 전의 주방 안, 하녀장 마리아의 지휘로 김승구의 저녁상이 분주하게 준비되고 있다. 미란다는 에그 프라이를 만들고 카타리나는 토스트에 잼을 바른다. 마리아는 가져갈 쟁반 위에 냅킨을 깔고 과일 접시를 놓는다. 그리고 베냐는 구석에서 잔에 우유를 따르고는 주머니에서 꺼낸 흰 알약 하나를 잔에 넣었다. 알약이 거품을 일으키더니 곧 우유 속에 용해되었다.

베냐다. 김승구가 베냐가 몸을 돌린 순간에 눈을 보았다. 베냐의 동공을 빨아들였을 때 또다시 타심통(他心通), 이어서 숙명통(宿命通), 짠.

"1만 불을 내지."

카리스크가 말하자 베냐는 고개를 들었다. 두려운 표정이다. 시장 안, 오후 2시경. 둘은 야채가게 앞쪽 가판대에서 마주앉아 있다. 오가는 사람들이 많다.

"저 잡히면 어떻게 해요?"

"잡히다니?"

카리스크가 헛웃음을 지었다.

"김승구가 죽으면 다 끝나는 거야. 조사할 것도 없어. 넌 김승구가 죽으면 가만있다가 돌아오면 돼."

주머니에서 신문지에 싼 돈뭉치를 꺼낸 카리스크가 탁자 위에 놓았다.

"받아. 그리고 주스나 우유 잔에 이거 한 개만 넣으면 돼."

카리스크가 종이에 싼 알약을 탁자 위에 놓았다.

"만일의 경우를 생각해서 2개 넣었어."

"먹으면 바로 죽어요?"

"그래. 1분 안에 죽어."

카리스크의 얼굴에 웃음이 떠올랐다.

"죽으면 뭣 때문에 죽었는지 알 수 없다고. 해부를 해도 원인 찾기가 힘들 거야. 그러니까 넌 안전해."

그때 베냐가 시장바구니에 돈뭉치를 넣었고 알약이 든 봉투를 조심스럽게 손지갑 안에 넣었다.

카리스크? 이층 응접실로 돌아온 김승구가 고개를 기울였다. 그렇다면 그놈 배후는?

"어라? 주인님이 저녁에 손도 안 대셨네?"

카타리나가 2층에서 갖고 내려온 쟁반을 본 하녀장 마리아가 놀라 말했다.

"우유도 마시지 않으셨어."

그때 베냐가 다가가 카타리나의 손에서 쟁반을 받아들었다.

"제가 치울게요."

"에그 프라이는 이리 내."

마리아가 에그 프라이 접시를 가져갔고 카타리나가 우유 잔에 손을 뻗쳤을 때 베냐가 몸을 틀었다.

"우유에 내 옷 끝이 들어갔어. 버려야 돼."

고개를 든 카리스크가 앞에 앉은 사내에게 말했다.

"배기남이 김승구의 심복이오. 아마 자금 관리도 그놈이 하는 것 같습니다."

"맞아. 그래야 줄거리가 성립돼."

얼굴을 펴고 웃은 사내는 40대쯤의 서양인, 턱수염이 짙어서 러시아인 같지만 미국에서 온 버니 웨스트우드. 전직 CIA 요원. 킹스턴의 제4차 해결사팀 보스다. 버니가 어깨를 부풀렸다가 내렸다.

"에디는 분명히 맞혔다고 했는데 김승구가 멀쩡하게 나타났단 말이야. 에디, 그 병신 같은 놈 때문에 내가 병신이 될 뻔했어."

에디는 버니가 데려온 저격수. 이제 윤곽이 잡힌다. 카리스크는 버니에게 매수당한 것이다. 버니가 말을 이었다.

"이젠 독살 소식을 기다려야 하나? 아니면 저택이 폭파되어야 할까?"

전생(前生)? 부처를 만나기 전까지만 해도 김승구는 전생 같은 건 안 믿었다. 그저 죽으면 '딱' 끝나는 줄 알았다. '인연'? 만나면 '인연'이고 헤어지면 '끝'인 줄만 알았지. '업보'? 생각할 시간도 없었고 생각을 시작한다고 해도 골치 아파서 금방 끝냈겠지. 자, 그런데 정리를 해볼까?

1954년 7월에 죽은 백경수가 김승구의 전생(前生)이다. '염병', 죽는 장면을 본 김승구는 지금도 생각하면 '쪽' 팔린다. '그토록 믿어왔던 그 사람' 유행가 가사처럼 '그토록 사랑했던 그 사람'이었던 아내 진영주가 자신의, 물론 전생(前生)의 자신 시신 옆에서 쌀장수 오금석하고 섹스를 한 장면. 그리고 짠.

전생(前生)의 김승구 아내였던 진영주가 안재영으로 환생해서 살고 있다. 어떻게 사느냐고? 남자한테 철저하게 배신당한 후에 자궁암 말기. 그래서 딸하고 같이 자살하기 직전에 김승구에게 '발견'되었다. 그놈의 천이통(天耳通). 아마 부처의 계략이겠지.

어쨌든 이생과 현생의 안재영을 보면 '업보'를 받은 셈이다. 전생에서 철저하게 남편 백경수를 우롱한 대가를 현생에서 남편 전성규한테서 받은 것이지. 나쁜 년. 어찌 그럴 수가 있단 말이냐? 아무리 '쌀'이 아쉽다고 그렇게 허물어져? 그렇게 육욕을 참지 못했단 말이냐?

다 알고 나니까 이제 안재영을 낫게 해준 것이 슬슬 후회가 되려고 한다. 이것이 현재 정필수로 나타난 김승구의 상태다.

"나, 다 나은 것 같아."

안재영이 김승구의 목을 감고 매달리면서 말했다. 사지가 산낙지처럼 김승구의 몸에 매달려 떼어지지 않는다. 밤 11시 반, 김승구는 다시 서울로 옮겨와 있다.

임대아파트에는 뜨거운 열기가 가득 덮여 있었는데 금방 '향연'을 끝냈기 때문이다. 안재영은 주사 2방, 약 3번을 먹고 완쾌되었다. 본인이 병원에 가서 확인을 할 것도 없다. 몸이 멀쩡해진 것을 실감하고 있는 것이다. 안재영은 김승구가 러시아에서 자궁암 치료의 권위자로 인정받고 있는 줄 안다.

"오빠. 나 내일부터 일 나갈 거야. 오후에 슈퍼에 전화했더니 몸만 괜찮으면 나와서 계산대를 맡으래."

김승구의 턱밑에 더운 숨을 뱉으면서 안재영이 말했다.

"난 도무지 믿기지가 않아, 오빠. 꿈을 꾸는 것 같아."

꿈이 아닌 것을 확인이라도 하려는지 안재영이 다시 몸을 문질렀다. 탄력이 붙은 몸이다. 세상에, 목숨이 며칠 남지 않았던 안재영이 이렇게 펄펄 살아서 욕정을 분출하다니.

김승구의 머릿속에 다시 쌀가게 오금석과 뒹굴던 진영주의 몸이 떠올랐다. 그것도 방금 죽은 백경수의 시신 옆에서. 그때 죽었던 백경수가 번쩍 눈을 뜨지 않았던가? 그리고 눈꼬리로 눈물이 주르르 흘렀었지. 김승구가 숨을 들이켜면서 고개를 끄덕였다. 그리고 퍼득거리는 안재영의 엉덩이를 손으로 움켜쥐었다.

"아야."

안재영이 교태가 섞인 비명을 지른다. 김승구가 성욕을 못 이겨 움켜쥔 것으로 아는 것 같다. 안재영을 그대로 죽게 놔두는 것이 순리가 아니었을까? 그것이 안재영의 업보였던 것 같은데.

"오빠앙."

몸을 딱 붙인 안재영이 가쁜 숨을 몰아쉬면서 재촉하듯이 부른다. 준비가 다 되었다는 표시다.

다음 날 아침, 이곳은 하바로프스크의 저택 안. 저택 1층 주방에서 아침식사를 준비하던 하녀장 마리아가 베냐에게 말했다.

"주인님께 이층으로 식사 가져갈 거냐고 물어 봐."

베냐가 몸을 돌려 2층으로 다가갔다. 오전 7시 40분이다.

서울 시간은 6시 40분이다. 눈을 뜬 안재영이 옆자리가 빈 것을 보더니 몸을 일으켰다. 침대에서는 윤미가 자고 있다. 그때 화장실에서 김승구가 나왔는데 옷을 다 차려입었다.

"오빠, 어디 가려고?"

놀란 표정으로 안재영이 묻자 김승구는 고개를 끄덕였다.

"응, 병원에서 수술 환자가 있다고 해서."

거짓말이 술술 나온다.

"내가 곧 다시 올게."

"언제?"

"일이 밀렸으니까 처리를 하고…."

"갑자기 이렇게 가면 어떻게 해?"

"글쎄, 급하다고 연락이 와서."

김승구가 현관으로 다가갔더니 안재영이 서둘러 옷을 찾아 입으면서 말했다.

"오빠, 기다려. 나 옷 좀 입고."

안재영은 알몸으로 자고 있었다. 그때 김승구가 눈으로 벽 쪽을 가리켰다.

"저기, 가방에 돈이 좀 들었어. 이번에 세미나에서 상금 탄 건데."

"응?"

팬티를 주워 입으면서 안재영의 시선이 검정 비닐 가방으로 옮겨졌다. 김승구가 현관에서 신발을 신으면서 말했다.

"그 돈 생활비에 보태 써라. 내가 연락할게."

"오빠, 잠깐만."

그때 김승구가 안재영의 눈을 똑바로 보고 나서 몸을 돌렸다. 문을 열고 밖으로 나간 김승구가 문을 닫았을 때 3초쯤 후에 뒤에서 안재영이 불렀다.

"오빠! 나 좀 봐."

임대주택 복도는 텅 비었다. 몸을 돌린 김승구를 보자 안재영이 숨을 들이켰다.

"죄송합니다."

김승구에게 사과한 안재영이 반대쪽을 보았지만 그쪽은 비었다. 김승구가 몸을 돌렸다. 조금 전 안재영과 눈을 맞췄을 때 타심통(他心通)으로 정필수의 기억을 되돌려 놓았기 때문이다.

'넌 또 누구를 만나겠지.'

뒤쪽에서 안재영의 시선을 느끼면서 김승구가 속으로 말했다.

'안녕, 내 전생(前生)의 아내여.'

아직 안재영과 다섯 걸음 거리밖에 안 되어서 김승구는 '서비스' 차원으로 다시 몸을 돌려 안재영을 보았다. 안재영과 다시 시선이 마주쳤다. 그때 안재영의 어깨가 내려가는 것까지 보였다.

'안녕. 내 후생에서는 내가 너한테 보답을 받겠지.'

김승구가 다시 속으로 말하고는 몸을 돌렸다. 그러고는 '팽', 저택으로 복귀.

"주인님, 아침 식사를 가져올까요?"

저택으로 옮겨온 지 1분도 안 되었을 때 이층으로 올라온 베냐가 물었다. 시선이 부딪쳤을 때 타심통(他心通).

'오늘 아침 주스 잔에 약을 넣으면 되겠다.'

그때 김승구가 고개를 끄덕였다.

"그래. 주스 가져와."

'옳지.'

이 소리는 베냐의 마음이 들린 것이다.

잠시 후에 하녀장 마리아는 이층 계단에서 요란한 소음이 울리는 바람에 놀라 고개를 들었다. 옆에 있던 카타리나가 계단 쪽으로 가 보더니 소리쳤다.

"에그머니!"

달려간 카타리나가 계단 밑에 쓰러진 베냐를 끌어안았다.

"베냐!"

달려간 마리안은 누워 있는 베냐의 머리통이 뒤로 꺾여 있는 것을 보았다. 목뼈가 부러져버린 것이다.

레닌호텔은 젊은 여행자들이 많이 찾는 호텔이다. 패키지 여행자 전문 호텔로 분위기가 밝고 시끄러운 편이다. 오전 9시 반, 2층 식당은 중국 관광객이 몰려들어서 소란했다. 아이들이 뛰어다니다가 의자를 넘어뜨려도 부모들은 말리지 않는다.

구석자리에서 소시지에 에그 프라이로 아침을 먹던 에디는 아이가 팔꿈치를 치고 가는 바람에 포크에 걸려 있던 소시지가 떨어졌다. 아이도 비틀거리다가 옆쪽 테이블의 사내 등에 다시 부딪치고는 제 부모한테 달려갔다. 그것을 빤히 보고 있던 부모가 두 팔을 벌려 아이를 맞는다. 6살쯤 되어 보이는 사내아이이다. 머리통이 크고 코는 땅콩만 한 데다 머리는 박박 깎아서 호박에 구멍을 파 놓은 것 같다.

입맛을 다신 에디가 포크를 내려놓고는 자리에서 일어섰다. 여기서도 인내심이 필요하다. 저격총을 거치해놓고 세 시간, 다섯 시간, 열 시간을 끈기 있게 기다려왔던 에디다. 아이를 안고 있는 중국인 여자의 시선과 마주쳤을 때 에디가 웃음 띤 얼굴로 말했다.

"이 개 같은 년아, 네 돼지새끼 교육을 그렇게 시키면 안 돼. 이 창녀야."

낮게 말한 데다 영어다. 아이하고 똑같이 생긴 여자가 에디의 웃음을 보더니 따라 웃었다.

식당을 나온 에디가 엘리베이터에 올랐을 때 한 무리의 중국인들이 엘리베이터에 밀려들었다. 그래서 에디의 방인 6층까지 가는 데 2번이나 중간에 멈췄다. 6층에는 에디까지 넷이 내렸는데 복도에 내린 에디가 한숨부터 뱉었다.

이런 호텔이 숨기에 가장 적당하다. 호텔 직원은 불친절하고 유동 인원이 많아서 기억도 못 하는 것이다. 복도로 나온 에디가 발을 두 발짝 떼었을 때다. 함께 내린 투숙객들이 옆을 지나는 것 같더니 갑자기 옆머리에 무엇이 닿았다. 그 순간 에디가 눈을 치켜떴지만 늦었다. 둔탁한 소음이 낮게 들리더니 한쪽 머리가 부서진 에디가 복도에 쓰러졌다.

"응? 누가?"

놀란 카리스크가 핸드폰을 귀에 붙이고는 복도 끝으로 다가갔다. 오전 10시, 이곳은 스보르카 조직 소유의 '시베리아건설' 건물 안, 카리스크가 다시 물었다.

"누가 죽었다고?"

"베냐가 계단에서 떨어져서 목이 부러졌어요."

김승구의 저택 하녀 미란다의 목소리다. 카리스크는 미란다도 '포섭' 해놓은 상태, 한 달에 미화로 5백 불씩 주기로 하고 '필요한' 정보를 받기로 한 것. 그것은 아침 10시경에 '보고'를 하는 것도 포함이 된다. 그런데 오늘 아침 정보가 이것이다. 카리스크는 베냐한테 '약'을 주었다는 말을 미란다한테 하지 않았다. 베냐와 미란다는 카리스크에게 '고용'되었다는 것을 서로 모르는 처지.

"계단에서 떨어졌단 말이야?"

카리스크가 확인하듯 묻자 미란다가 성을 내었다.

"그럼 내 눈으로 똑똑히 보았다고요. 머리가 뒤로 꺾여서. 아유, 무서."

미란다가 떠들었다.

"방금 응급차가 싣고 갔다고요!"

미란다는 죽은 것을 못 믿느냐고 화를 내고 있다. 카리스크가 실족사냐 타살이냐를 의심하고 있다는 것을 알 리가 있나?

"에디가 총에 맞았습니다."

존슨이 말한 순간 버니가 벌떡 일어섰다. 버니 웨스트우드는 순발력이 빠르다. 지금 존슨이 레닌호텔에서 연락을 하고 있는 것이다, 오전 10시 15분.

"존슨, 거기서 철수. 나하고 제2구역에서 만난다."

"알겠습니다."

존슨의 목소리에도 긴장감이 섞여 있다.

"미행 조심할 것."

"예, 보스."

"지금 즉시."

핸드폰을 귀에서 뗀 버니가 밖에 있는 크리스를 소리쳐 불렀다.

"크린스!"

이곳은 시내 주택가 안, 2층 저택을 버니 팀이 사용하고 있었는데 지금 집 안에는 버니까지 세 명이 있다. 그때 응접실 안으로 두 사내가 들어섰다. 토머스와 그의 부하 제이슨이다. 둘 다 손에 소음기가 끼워진 권총을 쥐고 있었는데 토머스가 웃음 띤 얼굴로 버니를 보았다.

"병신, 네 부하 두 놈 다 죽었다."

"너, 토머스 메클럼."

놀란 버니가 숨을 들이켰다. 버니는 킹스턴한테서 토머스와 제이슨의 신상카드를 본 것이다. 다가선 토머스가 버니의 이마에 총구를 겨눴다.

"뭐, 떠나는 마당에 다 알려주지. 지금쯤 에디한테 갔던 네 부하 두 놈도 길바닥에 자빠져 있을 거야."

"갓 댐."

쓴웃음을 지은 버니가 털썩 소파에 앉았다.

"네놈들부터 죽였어야 했는데."

"병신, 알지도 못하면서 까불기는."

권총을 다시 겨눈 토머스가 풀썩 웃었다.

"넌 신(神)의 코털을 건드린 거야, 인마."

사무실로 들어선 김승구를 보자 스보르카가 자리에서 일어섰다.

"오, 김. 어서 오게."

"스보르카, 바빠서 자주 들르지 못했습니다."

"알아. 김 사장은 러시아에서 가장 바쁜 사람이 될 테니까."

스보르카가 김승구를 안더니 뺨을 비비고는 놓아주었다. 스보르카는 58세. 하바로프스크 마피아 서열 3위였는데 김승구와 제휴하면서 세력이 확장되었다. 지금은 표도르파를 누르고 2위다. 그때 스보르카 뒤에서 있던 카리스크가 김승구를 향해 주춤거리며 다가왔다.

"김 사장님, 오랜만에 뵙습니다."

카리스크는 스보르카의 보좌관 겸 비서, 또는 대행 역까지 맡은 2인자다. 자식이 없는 스보르카는 부하들에게 권한을 많이 이양해주는 성품이었는데 카리스크가 요즘 들어 두각을 나타내고 있다. 그때 김승구가 카리스크를 향해 웃음 띤 얼굴로 말했다.

"카리스크, 버니 웨스트우드하고 같이 이야기 좀 합시다."

"예? 누구라고요?"

카리스크가 굳어진 얼굴로 되물었다.

"미국에서 온 사업가. 지금 밖에서 우리 직원들하고 같이 있으니까 조금 있다가 같이 나갑시다."

"누구야?"

스보르카가 묻자 김승구가 정색하고 대답했다.

"돈이 많은 놈이지요."

"돈 많은 미국 놈은 나도 만나야지."

스보르카가 웃음 띤 얼굴로 말했다.

"미국 달러가 이곳에 많이 풀려야 돼."

김승구를 따라 밖으로 나온 카리스크가 서두르며 말했다.

"김 사장님, 드릴 말씀이 있습니다."

"같이 이야기 하지."

김승구가 앞쪽에 서 있는 제이슨을 눈으로 가리키며 말을 이었다.

"제이슨을 따라가. 싫으면 버니하고 같이 날 죽이려고 한 것을 여기서 자백하든지."

"김 사장님, 저는 단지…."

그때 제이슨이 다가왔다. 부하들이 뒤를 따르고 있다. 복도에는 카리스크의 부하도 있었지만 영문을 모르고 눈만 껌뻑인다. 제이슨이 앞에 섰을 때 카리스크가 물었다.

"살려주시는 거죠?"

그러자 제이슨이 김승구를 바라보며 웃었다.

"내 말이 맞지 않습니까? 이놈은 병신입니다. 지금 오줌을 흘리고 있을 겁니다."

제이슨이 등을 밀자 카리스크가 휘청거리더니 발을 떼었다. 만일의 경우에 대비해서 제이슨은 부하 넷을 데리고 온 것이다.

"김 사장님, 저는 그놈한테 협박을…."

고개를 돌린 카리스크가 말했을 때 김승구는 호흡을 조절했다. 토머스와 제이슨은 카리스크를 죽이자고 했던 것이다. 그러나 김승구는 일단 잡아가기로 했다. 죽이는 것은 금방이다.

임하경은 러시아백화점에서 대형 오더를 수주했다. 수입부장 유스크알렉세이가 CK TV뿐만 아니라 다른 가전제품, 의류까지 밀어주었기 때문이다. 러시아백화점은 시베리아 지역에 25개의 백화점 체인을 갖고 있는 유통 회사다. 팩스코 제품을 '러시아백화점'으로 옮겨놓는 것처럼 대량 오더를 한 것이다.

놀란 팩스코 본사에서 회장 킹스턴이 잠깐 동안 '비자금 사건'을 잊고 '러시아 팩스코'의 실적에 감탄할 정도였으니 말 다했지.

"임하경을 진급시켜야겠어."

부사장 클라크가 사장실로 들어서서 말했다. 클라크는 빙글빙글 웃고 있다.

"김, 네가 만들어준 오더지만 딴 사람들은 모르고 있지 않아? 그러니까 임하경을 부장으로 진급시키자고."

"너무 빠르지 않은가?"

"네가 한국에서 올렸던 실적보다 임하경의 실적이 더 많아. 무려 3억 불이야."

"오 마이 갓!"

"넌 그때 대번에 부장 진급을 했지?"

"임하경을 부장으로 진급시켜야겠네."

"네가 진급 이야기하면 염치없어할 테니까 내가 모른 척하고 진급시키겠다고 하지."

"부사장인 네가 시키는 거냐?"

"난 모른 척할 테니까. 임하경의 능력을 입이 닳도록 칭찬하는 중이야."

"그 칭찬을 받고서도 내 이야기를 안 한단 말이지?"

"안 해."

"얌체 같은 녀."

"사원들은 당연한 것으로 생각할 거야, 능력 위주로 진급시킨 것이니까."

"좋아."

"김, 너 임하경하고 잤지?"

"잤어."

"좋아하는 사이야?"

"좋아하니까 잤지. 내가 발정기가 있는 동물이냐?"

"인간은 맨날 발정기가 있는 동물이야."

"무슨 말을 하려는 거야?"

"김, 넌 지금 한국에 간 정미나하고도 잤지 않나?"

"나타샤하고도 잤지."

"다 좋아하는 거냐?"

"맞아."

김승구가 눈을 가늘게 뜨고 클라크를 보았다. 그 순간 타심통(他心通).

'김은 초능력을 가졌지만 정서가 불안정한 것이 아닐까?'

그때 김승구가 말했다.

"커크, 갑자기 세상이 변할 수는 없어. 아무리 내가 초능력을 가졌다고 해도 밑바닥부터 시작해야 돼."

"그렇지."

"킹스턴의 머리만 개조한다고 팩스코를 소유할 수는 없지 않겠어?"

"맞아."

"그렇다고 모든 사람들을 다 개조할 수도 없고."

"그렇겠지."

"뜻이 맞는 사람들이 필요해. 새 회사, 새 세상을 만들자는 뜻을 품고 있는 사람들과 함께 일해야 돼."

"이제 됐어."

클라크가 고개를 끄덕였다.

"그렇다면 만나는 여자 다 좋아해도 돼, 김."

"그게 아냐, 커크."

쓴웃음을 지은 김승구가 털어놓았다.

"커크, 난 한 여자한테 머물 여유가 없어. 그렇다고 모두 지나칠 수도 없고. 그래서 때로는 허전하고 외롭기도 하겠지만 이것이 내 운명이야."

클라크가 이해할지 알 수 없었고 그것을 타심통(他心通)으로 보기도 싫다. 그러나 이것은 진심이다. 난 이 세상, 저 세상을 바쁘게 오갈 테니 정착하기 어렵다. 오신통(五神通)을 준 부처는 이 세상에만 머물라고 한 것이 아니잖은가?

"나, 3시 반 비행기야."

이지현의 목소리가 수화구를 울렸다.

"가서 바로 연락할게."

"그래, 나도 곧 서울 갈 테니까."

핸드폰을 귀에 붙인 김승구의 눈동자에 초점이 흐려졌다. 이용호를 떠올린 것이다. 그때 이지현이 말했다.

"알았어. 기다릴게."

이지현은 머릿속에 입력된 대로 할 것이다.

그날 저녁, 저택에 돌아온 김승구가 미란다를 불렀다. 베냐가 죽고 나서 집안 분위기는 뒤숭숭하다. 며칠 전에도 하녀 둘이 추락사했기 때문이다. 미란다가 응접실로 들어섰을 때 김승구가 대뜸 물었다.

"카리스크한테서 월 500불씩 받기로 했지?"

그 순간 미란다의 얼굴이 시멘트처럼 굳어졌다. 입을 딱 벌린 채 흐려진 눈으로 김승구를 응시한다. 김승구가 머릿속이 하얗게 비어있는 미란다를 보면서 쓴웃음을 지었다. 이윽고 미란다가 입을 열었다.

"예, 주인님. 500불을 한 번 받았습니다."

"카리스크가 다 자백했어."

미란다가 벌벌 떨기 시작했다.

"잘못했습니다, 주인님."

"천만에. 네 잘못이 아니다. 카리스크의 유혹에 넘어가지 않을 인간은 드물지."

"감사합니다, 주인님."

"앞으로 매달 받을 500불이 없어질 텐데 서운하지 않을까?"

"아닙니다."

미란다의 얼굴이 빨개졌다. 저택에서 미란다는 하녀 월급으로 200불을 받아온 것이다. 한 달 월급의 2배 반을 정보비로 받았으니 서운하지 않다는 건 거짓말이다. 김승구가 지그시 미란다를 보았다. 미란다는 이미 돈 맛에 빠졌다. 이것이 악마의 방에 들어온 것이나 같다. 어떻게 나가냐고? 보통 인간은 불가능하다. 악마가 끌어안는 수밖에.

"너는 내 소유다."

김승구가 한마디씩 말하고는 빙그레 웃었다. 미란다가 김승구의 시선을 받은 채 따라 웃는다.

"네, 주인님."

미란다의 얼굴이 잘 익은 사과처럼 붉어졌다. 김승구가 말을 이었다.

"내 대신 저택 안을 감시하고 무슨 일이 있으면 바로 보고할 것."

"예, 주인님."

"옷을 벗어라."

"예, 주인님."

미란다가 선 채로 옷을 벗기 시작하더니 금방 알몸이 되어서 김승구 앞에 섰다. 풍만한 몸이다. 잔뜩 부푼 풍선 같지만 단단하고 탄력이 느껴진다. 정원사 모비포프가 '욕심'을 낼 만한 몸이다. 미란다가 가쁜 숨을 뱉으면서 김승구를 응시하고 있다. 그때 김승구가 다시 이었다.

"너는 내 말 한마디에 쾌감을 느끼게 될 것이다."

"예, 주인님."

"넌 지금 바로 절정에 오른다."

그 순간 미란다가 사지를 비틀면서 신음했다. 두 손으로 젖가슴과 아랫배를 움켜쥐고 비튼다. 이윽고 김승구가 말했다.

"그만, 옷을 입도록."

"예, 주인님."

꿈에서 깬 것처럼 미란다가 옷을 챙겨 입었는데 빈틈없는 움직임이다. 고개를 끄덕인 김승구가 서랍에서 1만 불 뭉치를 꺼내 미란다에게 내밀었다.

"나한테 목숨을 바쳐 충성해라."

"예, 주인님."

두 손으로 돈뭉치를 받은 미란다가 치마 포켓에 넣더니 절을 하고 몸을 돌렸다. 이제 미란다는 '악마의 하녀'가 되었다. 악마는 미란다의 '몸'까지 지배하게 된 것이다. 그 '악마'가 누구냐고?

이곳은 버니 웨스트우드가 묵고 있던 주택 안, 응접실에 버니와 카리스크, 그리고 제이슨과 부하들이 둘러앉았다. 버니와 카리스크는 나란히 앉았는데 둘 다 손이 뒤로 묶인 상태, 발목도 플라스틱 수갑으로 채워져 있다. 한 모금 위스키를 삼킨 제이슨이 버니를 보았다.

"야. 버니, 너하고는 내가 같은 처지였는데 이렇게 되었구나. 근데 우리가 널 왜 살려놓고 이러는지 감이 좀 오나?"

"아니."

버니가 고개를 비틀었다.

"나 같으면 그냥 죽였어."

"옳지. 내 생각도 그래. 널 살려둔 건 내 뜻이 아냐."

제임스는 이 분위기를 즐기는 것 같다. 고개를 돌린 제임스가 카리스크를 보았다.

"붉은 돼지, 너는?"

"날 죽일 수 있는 사람은 스보르카 씨뿐이야."

기다렸다는 듯이 카리스크가 말했다. 카리스크가 똑바로 제임스를 보았다.

"난 스보르카 씨한테 해명을 할 거다."

"그렇군. 넌 스보르카를 믿고 있었군."

고개를 끄덕인 제임스가 한 모금에 술을 삼켰다.

"어디 네 말이 맞는지 보자."

제임스도 김승구의 지시를 따랐을 뿐이다.

그날 밤, FSB 기동대의 전격 작전이 시작되었다. 목표는 표도르파. 먼저 표도르가 체포되고 부하들의 업소와 숙소가 기습을 받았다. 반항하던 일부 조직원은 가차 없이 사살되었는데 FSB의 기세가 엄청나서 거의 일망타진되다시피 했다.

마리온클럽의 대량 중독사 사건과는 달리 이번 작전은 언론에 공개하고 시작된 것이어서 다 보도가 되었다. 명목은 '마약 범죄단 소탕' 작전이다. 밤 10시, 김승구가 자택에서 신족통으로 나와 스보르카와 함께 TV로 소탕작전을 본다.

"푸틴의 결정입니다, 스보르카 씨."

김승구가 소파에 나란히 앉은 스보르카에게 말했다. 지금은 본체를 드러낸 상태.

"이것으로 중독사 사건을 덮으려는 것이지요."

"그럼 하바로프스크 지도가 변하겠군."

긴장한 스보르카가 김승구를 보았다.

"나하고 발렌스키 둘이 남는 건가?"

"그렇게 되겠지요."

김승구가 리모컨으로 TV 볼륨을 낮추고는 스보르카를 보았다. 이곳은 스보르카의 시베리아호텔 특실 안, 러시아 황제의 궁전처럼 꾸며놓은 응접실에 둘이 앉아 있다.

"스보르카 씨, 그동안 도와주셔서 고맙습니다. 후생에서 만납시다."

"아니, 김, 후생이라니 무슨 말인가?"

스보르카의 얼굴에 웃음이 떠올랐다.

"헤어지는 인사 같잖아?"

"이제 헤어질 때가 된 것 같아서요."

"그게 무슨 말인가?"

그때 방문이 열리면서 카리스크가 들어섰다. 카리스크는 얼굴에 땀을 흘리고 있다.

"회장님, 해명해드릴 일이 있습니다."

"갑자기 무슨 말이냐?"

이맛살을 찌푸린 스보르카가 옆자리의 김승구를 보았지만 없다. '어라?' 하는 표정으로 스보르카가 주위를 둘러보았을 때 카리스크가 다가와 섰다.

"제가 방금 김 사장한테 잡혔다가 막 풀려난 길입니다."

"뭐라고?"

그때다.

"타앙! 탕!"

요란한 총성과 함께 스보르카가 머리와 가슴에 총탄을 맞고 풀썩 쓰러졌다.

"엇!"

소스라친 카리스크가 한 걸음 물러섰을 때다.

"탕!"

총성이 울리면서 이마에 구멍이 뚫린 카리스크도 탁자를 부수면서 쓰러졌다. 그때 모습을 드러낸 김승구가 둘의 손에 권총을 쥐어주고는 모습을 감췄다. 그 순간 총성을 들은 부하들이 방 안으로 뛰어 들어왔다.

"뭐? 스보르카가?"

놀란 푸틴이 눈을 크게 떴다. 이곳은 모스크바, 하바로프스크와 시차는 7시간, 오후 5시다. FSB 국장 우르펜스키가 크렘린 궁의 푸틴 집무실로 찾아와 보고를 한 것이다. 우르펜스키가 어깨를 부풀리며 대답했다.

"예. 제2인자인 보좌관 카리스크하고 스보르카가 방에서 서로 총격전을 벌였다고 합니다. 둘이 맞쏴서 같이 죽었습니다."

"마피아 놈들이란."

"카리스크가 요즘 제 세력을 키우다가 스보르카하고 알력이 있었던 것 같습니다."

"표도르파를 일망타진했는데 스보르카까지 죽었군."

"하지만 스보르카파는 별 동요가 없습니다."

우르펜스키가 말을 이었다.

"김승구가 그동안 스보르카파 안에 영향력을 심어 놓았거든요. 거의 모든 간부들이 김승구 사무실에 모였다고 합니다. 사후 대책을 논의하는 것이지요."

"그럼 하바로프스크에는 발렌스키파하고 김승구파가 남나?"

헛웃음을 지은 푸틴이 의자에 등을 붙였다.

"푸틴월드가 탄력을 받겠군. 스보르카 따위는 없어도 돼."

"버니 웨스트우드."

김승구가 부르자 버니는 고개를 들었다. 저택 안, 응접실에는 토머스와 제이슨까지 넷이 둘러앉았다. 버니는 혼자 살아남았다. 전직 CIA 출신의 용병대장, 지금은 포로가 되어서 잡혀있지만 오늘 김승구가 묶여 있던 손발을 풀어주도록 해서 오히려 더 긴장한 표정이다. 오후 3시쯤 되었다.

토머스와 제이슨은 이르쿠츠크 사무실을 놔두고 이곳에서 나흘째 머무는 중이다. 그들도 약간 굳어진 얼굴. 카리스크와 함께 스보르카까지 처단한 것이 김승구라는 것을 알고 있기 때문이다. 이 사실을 알고 있는 현생(現生)의 인간은 이들 둘뿐일 것이다. 그때 김승구가 입을 열었다.

"버니, 너 지금 딸 에리카 생각을 했지?"

버니가 숨을 들이켰지만 별로 감동한 눈치는 아니다. 안 했다고 하면 끝나는 일, 했다고 할 필요도 없고. 그때 김승구가 말을 이었다.

"네 전처 헬렌이 남자를 또 바꿨지? 그런데 그놈이 에리카한테 손찌검을 자주 하는 거 알고 있나?"

"무슨 말이야?"

마침내 버니가 걸려들었다. 맞다. 김승구는 버니의 눈 속으로 들어간 후에 에리카의 모습을 보았고 거기서 바로 에리카의 기억을 뽑아냈다, 걸린 시간은 3초. 에리카의 눈에서 헬렌의 정부 마누엘의 뇌까지 파헤칠 수 있지만 놔두었다. 버니의 얼굴이 누렇게 굳어졌다.

"어디서 흘려들은 쓰레기 정보로 나를…."

"병신 같은 놈."

혀를 찬 김승구가 토머스와 제이슨을 보았다.

"이놈 버니가 킹스턴의 숨겨진 해결사였어. 킹스턴 지시를 받고 지금까지 7명을 살인했는데 통장에 4만 불이 남았지. CIA에서 12년 근무하다가 공금 유용으로 해직됐는데 그건 헬렌이라는 와이프 년의 사치와 남자 편력 때문이었지."

토머스와 제이슨은 반쯤 입을 벌린 채 듣기만 했고 김승구가 말을 이었다.

"넌 에리카 때문에 헬렌을 죽일 수 없었어. 더구나 헬렌의 정부 중 하나인 토니를 살해하는 장면을 들키는 바람에 약점까지 잡혔지."

"잘 아는군."

마침내 버니가 눈을 치켜뜨고 말했을 때다. 옆에 앉아 있던 제이슨이 손바닥을 휘둘러 뺨을 쳤다. '철썩' 소리가 났고 버니의 얼굴이 돌아갔다.

"이 자식이 건방지게."

한 대 더 칠 듯이 제이슨이 식식거렸을 때 토머스가 점잖게 버니에게 말했다.

"왜? 틀리냐? 틀리지 않으면 잠자코 들어라, 병신아."

"갓 댐."

손바닥으로 볼을 쓰다듬은 버니가 어깨를 늘어뜨렸다.

"잘도 조사를 했군."

그때 김승구가 빙그레 웃었다.

"네가 네 셔츠 깃에 청산가리 캡슐을 넣고 있다는 것도 내가 조사를 한 것이라고 생각하냐?"

그 순간 김승구의 시선이 닿은 셔츠 깃을 움켜쥔 제이슨이 곧 캡슐을 빼내었다. 놀란 버니가 속수무책으로 캡슐을 빼앗기고는 김승구를 보았다. 아직도 얼떨떨한 표정이다.

"보스, 이런 놈은 그냥 죽이는 것이 나을 것 같은데요."

마침내 토머스가 말했을 때 김승구가 고개를 저었다.

"너희들 셋이 러시아 '킴스코'를 관리해야 돼."

"무슨 말씀입니까?"

토머스가 눈을 크게 떴고 버니까지 놀란 듯 숨을 죽였다.

"버니 이놈이 하바로프스크의 스보르카파 조직을 맡아야 될 것 같다."

"아니, 그럼…."

"너희들하고 손발을 맞출 수 있는 놈이 필요해."

김승구가 쓴 웃음을 지었다.

"옮겨 다니고, 죽이는 것도 한계가 있어."

"아니, 그렇다고…."

이번에는 제이슨이 나섰다. 제이슨이 눈을 부릅뜨고 버니를 노려보았다.

"이런 놈을 어떻게 믿는단 말입니까?"

"이놈은 조금 전부터 마음이 변하고 있어."

자리에서 일어선 김승구가 토머스와 제이슨을 번갈아 보았다.

"너희들하고 같이 일할 놈이야. 너희들이 이야기를 해 봐서 결정해라."

"그러지요."

토머스가 고개를 끄덕였다.

"이놈 가치가 얼마나 높은지 모르지만 우리가 결정하겠습니다."

응접실을 나온 김승구가 손목시계를 보았다, 오후 3시 반. 오신통(五神通) 능력을 갖고 있어도 복잡한 세상사는 여럿이 함께 헤쳐 나가야 한다. 혼자서 다 할 수는 없는 것이다. 뜻을 같이하는 동지에게 맡기자. 이것이 '능력자'가 된 김승구가 터득한 세계경영의 원칙이다.

그 시간의 '킹스턴랜드'는 오전 12시 반이다. 새벽 성(城)과 같은 대저택 2층 응접실에는 킹스턴이 비서실장 푸시킨과 함께 두 남녀와 마주보고 앉아있다. 두 남녀는 말쑥한 정장 차림으로 30대쯤의 남자는 평범한 용모의 백인이었지만 여자는 눈이 부실 정도의 미인이다. 검은 머리, 약간 볕에 탄 피부는 윤기가 흘렀고 검은 눈동자, 곧은 콧날에 몸매는 풍만하다. 이윽고 킹스턴이 입을 열었다.

"푸시킨한테서 대충 들었겠지만 내 사업체에 악마가 끼어든 것 같소."

킹스턴의 시선이 자꾸 여자 쪽으로 옮겨졌다. 킹스턴의 섬인 이곳에는 항상 10여 명의 모델, 배우, 가수 그리고 세계 각국에서 데려온 미인이 상주하고 있다. '킹스턴의 할렘'이 운영되고 있는 것이다. 앞에 앉은 여자는 지금까지 킹스턴이 겪어온 어떤 여자보다 뛰어났다. 몸에서 열기가 뿜어지고 머리 뒤에는 후광이 비치는 것 같다. 킹스턴이 말을 이었다.

"그쪽으로 '감사반'을 보낼 때마다 실패했소. 교도소에 갇히거나 그놈에게 매수를 당했는지 보고가 끊기고, 맨 나중의 감사단 대부분은 사고사를 당했소. 그놈의 농간이 분명한데 증거가 없소."

그때 사내가 웃음 띤 얼굴로 말했다.

"푸시킨 씨한테서 이야기를 듣고 김승구에 대해서 알아보았습니다."

"이렇게 멀리 떨어져 있는데도 알아볼 수가 있단 말이오?"

"우리 힘은 전 우주에 미칩니다."

그러자 킹스턴이 한숨을 쉬었다. 대놓고 크게 숨을 뱉은 것이다. 김승구에 대해서 들어온 보고가 수백 건이었지만 대부분이 앞뒤가 안 맞고 중간에서 사라졌다. CCTV는 다 지워졌고 주변에 접근시킨 부하들은 제대로 귀환한 놈이 없다. 세 차례나 마약을 판 비자금이 계속해서 김승구 주변에서 증발되었지만 증거가 없는 것이다. 결국 킹스턴은 이 두 남녀를 루이지애나에서 모셔오게 되었다. 그때 남자가 말했다.

"김승구는 악마입니다."

그러더니 정색하고 덧붙였다.

"아주 복잡한 악마지요. 나는 그자의 사진으로도 영기를 짐작할 수 있습니다."

킹스턴의 시선이 다시 여자를 스치고 지나갔다. 여자는 입을 꾹 다문 채 킹스턴의 시선을 받는다. 그때 킹스턴이 여자한테서 시선을 떼고 말했다.

"사례는 얼마로 할까요?"

두 남녀가 응접실을 나갔을 때 킹스턴이 푸시킨에게 물었다.

"여자 이름이 누구라고 했지?"

"여사제로 맘보라고 부릅니다."

"그건 내가 너보다 더 잘 알아."

"이름은 모르겠습니다."

킹스턴이 푸시킨을 흘겨보고 나서 말을 이었다.

"이젠 내가 별짓을 다 하는군."

푸시킨은 대답하지 않았다. 두 남녀는 부두(Vodou)교의 사제와 여사제였다. 킹스턴은 루이지애나에서 둘을 불러왔는데 어머니 모리나가 부두교의 열혈 신자였기 때문에 영향을 많이 받았다. 네 번에 걸쳐 '해결사팀' 파견이 실패하자 킹스턴은 부두교 사제를 보내기로 한 것이다. 푸시킨이 킹스턴을 보았다.

"선금으로 3백만 불을 줬습니다. 오늘 당장 출발한다고 합니다."

킹스턴은 고개만 끄덕였다.

저택으로 토머스와 제이슨, 그리고 버니까지 셋이 찾아왔을 때는 오후 7시 반이다. 응접실로 들어온 셋은 기다리고 있던 김승구의 앞쪽에 나란히 앉았다. 먼저 입을 연 것은 토머스다.

"보스, 이놈하고 함께 일하기로 했습니다."

토머스의 얼굴에 쓴웃음이 번졌다.

"어차피 저희들도 이놈하고 같은 입장 아니었습니까. 함께 일할 동지로는 이런 놈이 적격인지 모릅니다."

김승구가 고개만 끄덕였고 토머스가 말을 이었다.

"이놈은 돌아가도 킹스턴한테 인정을 받지 못할 테니까요."

그때 버니가 입을 열었다.

“보스, 살려주셔서 고맙습니다.”

정색한 버니의 눈을 응시한 김승구가 웃음 띤 얼굴로 대답했다.

“버니, 먼저 에리카를 헬렌한테서 떼어내라. 네 여동생 로라가 뉴욕에 살지?”

“어, 어떻게 아십니까?”

놀란 버니가 묻자 옆에 앉은 제이슨이 혀를 찼다.

“아, 이 자식. 아직도 보스한테 그따위로 묻는군.”

버니가 제이슨의 비아냥도 무시하고 김승구를 보았다. 로라는 버니의 하나뿐인 여동생이다. 남편과 이혼하고 혼자 뉴욕에 살고 있는데 성품이 착해서 에리카를 맡길 만하다. 김승구가 제이슨을 보았다.

“제이슨, 네가 버니 뒷수습을 해줘라.”

“예?”

놀란 제이슨이 눈만 크게 떴을 때 김승구가 말을 이었다.

“5일 휴가를 줄 테니까 LA에 가서 헬렌과 함께 사는 마누엘을 죽여 버려라.”

“예, 그러지요. 사고사로 처리하겠습니다.”

“내가 주소를 줄 테니까 찾기 쉬울 거다. 헬렌은 놔둬. 에리카의 어머니니까.”

“서운하지만 그러지요.”

“거기서 에리카를 데리고 나와서 뉴욕의 로라한테 데려다 주는 거다.”

“예, 보스.”

“에리카가 11살이야. 사춘기니까 보는 데서 죽이지는 말고.”

“예, 보스. 알아서 하겠습니다.”

“에리카하고 버니가 통화를 하도록 해줘. 에리카가 버니 목소리를 들으면 안심할 테니까."

"헬렌이 지랄을 하면 반쯤 죽이는 게 낫지 않을까요? 물론 에리카가 안 보는 데서 말입니다."

"헬렌이 없을 때 처리해."

"알겠습니다."

"로라한테 양육비로 1백만 불 주고 와, 물론 버니가 줬다고 하고."

"버니가 그럴 놈이 아닌 것 같은데, 안 믿을 텐데요? 차라리 제가 주는 것으로 하는 것이…."

"닥쳐."

"예, 보스."

김승구가 토머스와 제이슨, 버니의 눈을 차례로 보았다. 머릿속이 다 비었다. 됐다.

"저놈이 어떻게 될 것 같으냐?"

마왕이 묻자 악마가 고개를 기울였다.

"저놈의 오신통(五神通)이 재앙으로 변할 수도 있지 않겠습니까?"

둘은 응접실 안의 창가에 놓인 의자에 앉아 있었는데 넷의 이야기를 다 듣고 있다. 바로 옆자리였지만 물론 넷은 둘의 존재를 모른다. 김승구의 옆모습을 보던 마왕이 입을 열었다.

"세계적인 대기업을 만들어서 세상을 바꾸겠다는 의도인 것은 확실해. 하지만 그것이 어느 쪽으로 쏠릴지는 아직 나도 모르고 부처도 모른다."

"대왕."

악마가 쓴웃음을 짓고 마왕을 보았다.

"부처가 간과한 사실이 하나 있지 않습니까? 우리도 말씀입니다."

"알고 있겠지. 알면서도 우주의 법칙에 따를 작정이야."

마왕이 말을 이었다.

"그것은 나도 마찬가지고, 운명은 어쩔 수가 없으니까."

김승구의 운명을 말하고 있는 것이다, 오신통(五神通)을 가진 김승구의 운명. 지금 둘은 '우주의 법칙'인 인간의 운명, 곧 삶과 죽음을 말하고 있다. 마왕이 지그시 김승구를 응시했다.

"천안통(天眼通) 능력을 지닌 김승구의 미래를 김승구 외에는 아무도 볼 수 없게 해 놓았으니 답답하긴 해."

그때 토머스와 제이슨, 버니가 자리에서 일어서더니 김승구에게 인사를 하고 응접실을 나간다. 버니의 얼굴은 벌겋게 상기되어 있다.

하바로프스크 교외의 '레닌 저택'은 2층 건물이지만 정원이 넓고 뒤쪽에 아무르 강이 흐른다. '레닌' 성을 가진 사업가 저택이었는데 1년 동안 매물로 내놓았다가 어제 갑자기 미국인에게 임대계약이 되었다. 젊은 미국인 부부는 시베리아에서 신혼 1년을 보낼 계획으로 '레닌 저택'을 임대한 것이다. 컴퓨터 소재 사업을 한다는 백만장자라고 했다.

'레닌 저택' 안, 아직 가구가 정돈되지 않아서 어수선하다. 그러나 하인 4명과 정원사 2명을 채용하고 미국에서 데려온 하인 셋까지 들어찬 저택은 활기를 띠고 있다. 저택 응접실은 이미 정돈이 끝나서 주인 부부가 소파에 앉아 있다. 오후 8시 반, 사내가 입을 열었다.

"사크라, 느껴집니까?"

"응. 밤이 되니까 더욱."

여자가 대답했다. 검은 눈동자, 맑고 높은 목소리가 음악처럼 울린다.

여자가 붉은 입술을 펴고 웃었다.

"밤에 활동을 많이 하는 것 같다."

"당연하지요, 악마는 밤을 좋아하니까요."

여자는 바로 부두교의 여사제 맘보(mambo). 정령을 이끄는 인도자 중 가장 난폭하고 포악한 페트로(Petro)다. 남자는 남사제 호운간이지만 부드러운 정령인 라다(Rada). 부부로 위장하고 이곳에 온 것이다. 사크라가 번들거리는 눈으로 사내를 보았다.

"맨더스, 나 밖에 나갔다 오겠어."

사크라가 맨더스를, 즉 페트로가 라다를 이끌고 있다. 그것은 무엇을 의미하는가?

"퍼트, 앞으로 조직 일은 내 보좌관인 버니 웨스트우드하고 상의해라."

김승구가 퍼트 이바노프에게 말했다. 퍼트는 죽은 스보르카에게 15년을 충성한 부하였지만 카리스크와의 권력 투쟁에서 밀려났던 인물, 5년 동안 보직 없이 방황하다가 이번에 기회를 잡았다. 김승구가 조직 개편을 맡긴 것이다. 조건은 '버니 웨스트우드 중심으로 잘 해볼 것.' 퍼트는 43세. 수전산전 다 겪고 밑바닥까지 떨어져본 인생이라 자신에게 닥쳐온 이 '행운'의 원인을 깨닫고 있다.

"예, 보스."

김승구를 향한 퍼트의 '눈'에 충성심이 넘쳐났다. 읽은 것도 없다. 밤 9시 반, 고개를 끄덕인 김승구가 자리에서 일어섰다. 이곳은 스보르카의 건설회사 회의실 안, 김승구는 스보르카의 유족들에게 시가 이상의 현금을 주고 사업체 전체를 양도받은 것이다. 사무실을 나온 김승구가 숨을 여러 번 들이켰다. 향내가 맡아졌기 때문이다. 과일이 타는 냄새 같기도 했다. 달콤한 냄새다.

시베리아호텔 19층은 스카이라운지를 겸한 '바'다. 김승구가 안으로 들어서자 지배인이 서둘러 다가왔다.

"어서 오십시오."

일주일 전만 해도 스보르카 소유였던 이 호텔도 이제 김승구가 매입했다. 지배인도 스보르카파 소속 요원이었지만 지금은 김승구 휘하다. 지배인의 안내를 받은 김승구가 안쪽 테이블에 앉았다.

오후 10시, 종업원들이 술과 안주를 내려놓고 돌아갔을 때 '바' 안으로 나타샤가 들어섰다. 나타샤는 검정색 모피코트를 걸치고 있었는데 흰 얼굴이 선명하게 드러났다. '바' 안의 시선이 나타샤에게 모여서 한동안 떼어지지 않는다. 다가온 나타샤가 활짝 웃었다.

"지금 끝났어."

나타샤는 '나타샤요양원' 원장이다. 시베리아 제1의 요양 병원이 된 '나타샤요양원'을 운영하고 있는 것이다. 나타샤가 옆쪽에 붙어 앉더니 김승구의 어깨에 몸을 기댔다.

"자기야, 고마워."

"천만에."

김승구가 팔을 들어 나타샤의 어깨를 감아 안았다. 나타샤한테서 짙은 향내가 맡아졌다. 오늘 나타샤한테 요양원 운영비 5백만 불을 보내주었기 때문이다. 최신 시설을 갖춘 요양원은 6층 건물로 50여 명의 의사, 2백여 명의 간호사와 종업원을 보유했고 이미 1천여 명을 수용하고 있지만 적자다. 김승구가 지원해주지 않으면 운영이 안 된다.

"나타샤, 너는 천사야."

김승구가 나타샤의 귀에 대고 속삭였다. 나타샤가 간지러운 듯이 목을 움츠렸고 김승구가 말을 이었다.

"난 천사 위에 올라탄 악마이고."

김승구가 나타샤의 귀를 입술로 물었다.

"넌 몸이 뜨거운 천사지."

"난 네가 악마라도 좋아."

나타샤가 더운 숨결을 뱉으면서 말했다.

"난 너하고 함께라면 지옥도 갈 거야."

바 안은 어둑해서 김승구의 한쪽 손이 뱀처럼 나타샤의 스커트 밑으로 들어가는 것이 드러나지 않았다.

오전 1시 반, 침대에 누워 있던 김승구가 눈을 떴다. 저절로 숨이 들이켜졌고 이번에는 향내가 선명하게 맡아졌다. 과일을 태우는 냄새다. 오후부터 가끔 맡아졌지만 잊고 있었는데 지금은 짙다.

상반신을 세운 김승구가 옆에서 자고 있는 나타샤를 보았다. 이곳은 시베리아호텔의 방 안, 바에서 바로 아래층 방으로 내려온 것이다. 숨 쉴 때마다 과일 탄 냄새가 짙어졌기 때문에 김승구는 침대에서 몸을 일으켰다. 그 순간, 김승구가 가슴을 움켜쥐었다. 악마가 창으로 찌른 것 같은 고통이다.

"으악!"

낮게 신음한 김승구가 가슴을 움켜쥐고 그 자리에 주저앉았다. 악마다. 그때 다시 격렬한 통증이 왔다. 이번에는 머리다.

"으으으!"

두 손으로 머리를 감싼 김승구가 눈을 부릅떴다. 악마가 머리를 공격한 적은 없었기 때문이다.

"으아악!"

그때 이번에는 옆구리가 떼어진 것 같은 고통이 왔다. 이대로는 참을 수 없다. 김승구는 저택을 향해 신족통(神足通)을 썼다. 몸을 옮겨보려는 시도다. 지금까지 악마에게 당할 때 오신통을 사용한 적은 없다. 그리고 그때 악마는 창으로 가슴만 찔렀다.

"으악!"

다음 순간 김승구는 뒤로 벌떡 넘어지면서 머리를 벽에 부딪쳤다. 잠깐 눈앞이 보이지 않았기 때문에 김승구는 이를 악물고 신음했다. 두 다리가 떼어진 것처럼 통증이 왔기 때문이다. 정신이 든 김승구가 주저앉은 채 제 다리를 보았다. 김승구는 숨을 들이켰다. 두 다리가 부러져서 비틀려 있다. 무릎 부분이 박살이 나버린 것이다.

"이, 이런."

참을 수 없는 고통으로 온몸에서 식은땀이 쏟아졌지만 김승구는 마지막으로 인내심을 끌어올렸다. 그 순간 김승구는 자신의 오신통 능력이 이 고통을 지울 수 없다는 것을 깨달았다. 보통 인간이 되어서 최악의 고통을 겪고 있다.

"에익."

다음 순간 김승구가 몸을 굴려 페치카의 쇠꼬챙이를 쥐더니 위쪽을 후려쳤다. 마치 덮쳐온 악마를 후려친 것 같다.

"악!"

손에 들고 있던 인형을 떨어뜨리면서 사크라가 비명을 질렀다. 배를 얻어맞은 사크라가 두 손으로 배를 움켜쥐면서 허리를 꺾었다.

"으으으!"

신음을 뱉으면서 방바닥에 쓰러진 사크라가 겨우 손을 뻗어 인형을 쥐었다. 마른 풀을 엮어서 만든 엉성한 인형이다. 그러나 얼굴과 몸통, 팔다리는 제대로 붙어 있고 머리와 몸통에 젓가락만 한 바늘이 꽂혀 있다. 그리고 인형의 다리는 부러져서 겨우 매달려 있는 상태다.

"으윽! 이 자식."

이를 악문 사크라의 얼굴은 전혀 다른 모습이다. 눈의 맑은 화장은 붉어졌고 입술은 뒤틀린 데다 얼굴은 파랗게 변했다. 머리칼까지 단발이 되어서 '악령'이다. 그렇다. 바로 부두교의 악령, 페트로 로아(Petro Loa)인 것이다. 사크라가 쥐고 있던 인형을 보고는 숨을 들이켰다. 인형에 꽂혀 있던 바늘이 부러져 있다. 비틀렸던 인형의 두 다리도 제자리로 돌아와 있다.

"이놈, 무서운 놈이구나."

사크라가 몸을 일으키며 말했다. 어느덧 사크라의 얼굴도 희고 단정한 모습으로 돌아왔고 눈의 흰자위는 반짝였다. 머리칼을 뒤로 쓸어 올린 사크라가 흰 이를 드러내며 웃었다. 눈부신 웃음이다.

'악마'가 아니었다. 저택 응접실에 앉은 김승구가 깨달았다. 몸 안에 존재하는 부처는 더욱 아니다. 밖에서 공격했다, 악랄하고 치명적인 공격. 그 냄새, 과일이 타는 것 같은 달콤하고 매캐한 그 냄새가 떠올랐다. 그것이 '괴물'의 흔적이다. 지금은 '괴물'이라고밖에 부르지 못하겠다.

무엇인가? 이 세상에 존재하는 '괴물'은 수천 종이다. 그런데 그 이유는 알 필요가 없다. 이것도 수천 가지가 될 테니까.

"도망쳤어."

저택으로 돌아온 사크라가 맨더스를 행해 웃음 띤 얼굴로 말했다.

"방에서 사라진 거야. 이건 불교에서 부처들의 요술인 신족통(神足通)을 쓴 것 같아."

"사크라, 예상했던 대로 김승구는 술법을 쓰는 마귀였군요."

"그렇다고 부처의 제자 같지는 않다."

"악마도 부처의 술법을 통달한 놈들이니까요."

사크라가 바늘이 부러진 인형을 내보이며 웃었다.

"이것 봐, 이런 일 처음이야."

맨더스가 인형을 들어보더니 눈을 둥그렇게 떴다.

"영혼과 얼마나 가깝게 계셨습니까?"

"바로 옆방."

숨을 들이켠 맨더스가 고개를 흔들었다.

"보통 인간들은 가슴을 한 번 찔린 것으로 기절을 하거나 움직이지 못하는데 이런 상태에서 도망치다니요."

"두 다리를 박살내었는데도 날 후려치고 도망쳤어."

"존재를 안 것일까요?"

"악령이 덮쳐오고 있는 것을 알고 있었던 것이지."

"우리 위치가 발각되면 곤란해지지 않습니까?"

"찾기 힘들 거야."

사크라가 반짝이는 눈으로 맨더스를 보았다.

"냄새는 어쩔 수 없지만 마늘이나 은장식으로 막으면 돼."

그러고는 흰 이를 드러내고 웃었다.

"지금쯤 시내는 난리가 났을 거야. 김승구는 당분간 정신 못 차릴 거다."

"예, 나타샤 콜도바가 살해되었습니다."

경찰청 수사과장 토슈크나가 보고했다. 오전 9시 반, 경찰청장 얀스키가 파면되는 바람에 토슈크나가 직접 주지사 말렌코프에게 보고를 한다.

"아니, 왜?"

놀란 말렌코프가 목소리를 높였다. 나타샤 콜도바는 유명 인사다. 김승구의 공공연한 연인으로 '나타샤 요양원'의 원장. 사교계의 여왕이기도 하다. 더구나 곧 '나타샤월드'의 대표가 되지 않겠는가? 그때 토슈크나가 말했다.

"예. 팩스코러시아의 김승구 사장하고 같이 바에서 술을 마신 후에 아래층 호텔로 투숙했는데 조금 전에 시체로 발견되었습니다."

"김승구는?"

"지금 저택에 있는 것이 확인되었습니다. 그래서 체포영장을 신청 중입니다."

"증거가 있나?"

"나타샤는 무참하게 살해되었습니다."

"어, 어떻게?"

"페치카의 쇠꼬챙이를 심장에 박아서 마치 불에 구우려는 고기처럼 만들어 놓았습니다."

"이, 이런."

"오전 1시 반경에 18층 복도를 지나던 종업원이 나타샤, 김승구가 투숙한 방에서 김승구가 외치는 소리를 들었다고 합니다. 김승구는 살인 혐의를 벗어날 수 없습니다."

그러고는 토슈크나가 덧붙였다.

"쇠꼬챙이에서 김승구의 지문도 발견되었습니다."

같은 시간.

"나타샤가?"

놀란 김승구가 숨을 들이켰다.

"언제?"

"경찰은 오전 1시 반으로 추정하고 있습니다."

다급하게 말하고 있는 사내는 바로 버니 웨스트우드, 김승구의 부하가 되겠다고 약속한 지 오늘로 사흘째, 버니가 말을 이었다.

"보스, 경찰은 나타샤의 심장을 찌른 쇠꼬챙이에서 보스의 지문까지 확보했다고 합니다. 상황이 좋지 않습니다."

"내가 어젯밤 기습을 당했는데 나타샤를 방에 남겨두고 왔다."

"누굽니까? 스보르카 조직원입니까?"

"아냐, 그건 아냐."

"보스, 영장이 곧 나올 것 같습니다. 아무래도 지금은 몸을 피하시는 것이 나을 것 같습니다만."

"알았다."

"사업 걱정은 안 하셔도 됩니다."

"네가 토머스한테 말해."

"알겠습니다."

제이슨은 지금 미국에서 버니의 전처 헬렌의 내연남을 잡아 죽일 예정이다. 핸드폰을 귀에서 뗀 김승구가 어금니를 물었다. 나타샤가 죽었다. 어젯밤 그 '악령'의 소행이다. 지금까지는 내 몸 안의 싸움이었는데 이제 악마는 밖에서 나타났다. 그리고 잔인하고 포악하다. 김승구는 저도 모르게 몸서리를 쳤다. 좋다. 내가 그 몇 배로 갚아주마.

FSB 국장 우르펜스키가 잠시 후에 전화를 받는다. 발신자 번호를 본 우르펜스키가 바로 핸드폰을 귀에 붙였다.

“아, 김 사장, 방금 보고를 받고 궁금했던 참이오. 어떻게 된 겁니까?”

“음모에 빠진 겁니다. 내가 나타샤를 죽일 리가 있습니까?”

“그렇죠. 이유가 없죠.”

“내가 일단 피신했습니다.”

“알겠습니다. 내가 바로 조처를 하지요.”

“감사합니다.”

먼저 통화를 끝낸 우르펜스키가 앞에 선 부관에게 지시했다.

“하바로프스크 경찰청에 직접 지시를 해, 언론에 한 줄이라도 나오면 문책하겠다고. 서둘러!”

서둘러 몸을 돌린 부관의 등에 대고 우르펜스키가 소리쳤다.

“그리고 영장도 취소시켜! 김승구는 현장에 없었던 것으로 만들도록!”

막혔다. 원한을 품고 있을 가능성이 있는 인물들의 머릿속에 들어갔다 나왔지만 단서가 없다, 킹스턴도 마찬가지. 가장 가능성이 많았기 때문에 첫 번째로 가봤지만 막혔다. 없었기 때문인지 마법을 썼는지 알 수 없다. 그래서 김승구는 일단 종적을 감추기로 했다. 우르펜스키에게 부탁해서 나타샤 살인 혐의는 아슬아슬하게 피했지만 호텔방에서의 기습을 떠올리면 불안해졌다.

제3의 신(神)이다. 그렇다. 이 세상에는 수십, 수백의 신이 있다. 그 신을 믿는 인간이 많고 적음을 떠나 수백 수천의 신적(神的) 존재가 있는 것이다. 각자의 조상신까지 합하면 수억의 신이 존재한다. 부처, 그리스도, 마호메트, 성모만이 믿음의 대상이 아닌 것이다. 그런데 나를 공격한 이 악마는?

'어쨌든 나타샤 콜도바가 죽었다.'

김승구가 혼잣소리처럼 말했다. 이곳은 아무르 강가의 외딴 통나무집, 단단하게 지어진 통나무집 안에서 김승구와 '허스키' 둘이 머물고 있다. 허스키가 누구냐고? 쭈쭈의 친구, '시베리안 허스키'다. 알기 쉽게 말하면 정원사 모비포프의 '거시기'를 떼어 먹은 놈. 쭈쭈를 시켜 허스키를 이곳으로 부른 것이다. 허스키는 여러모로 쓸모가 있다.

"보셨지요?"

악마가 묻자 마왕이 고개를 끄덕였다.

"부두교가 대단하군."

"김승구가 오신통(五神通)을 갖고도 쩔쩔매다가 도망갔습니다. 애인은 살해당하고요."

"대단해."

"부처가 쪽 팔렸습니다."

"너, 말 좀 점잖게 해라."

마왕이 이맛살을 찌푸렸다. 묘하게도 마왕은 10대 소년의 모습이고 악마는 50대 아주머니다. 다른 곳에서 일을 보다가 왔기 때문에 악마는 동양인, 마왕은 백인이 되어 있다. 둘은 지금 통나무집 밖에 서 있는데 안에는 김승구와 허스키가 들어가 있다. 그때 마왕이 입을 열었다.

"부처는 방관할 작정인지는 모르지만 난 내 본분을 지키겠다."

"무슨 말씀입니까?"

"김승구를 악(惡)으로 이끌고 지옥으로 떨어뜨리는 것이 내 일 아니냐?"

"그렇지요."

"저 부두교 페트로를 거들어주겠다."

"그러시다면…"

"김승구의 능력을 방해하는 것이지. 그럼 이번처럼 도망칠 수도 없을 테니까."

"부두교가 타심통(他心通)을 막는 능력이 있는 것 같습니다. 김승구가 킹스턴의 뇌를 수색했지만 저 이상한 것들 흔적을 발견하지 못했습니다."

"부두교의 영역에 부처의 능력이 쑤시고 들어갈 수 없기 때문이야."

"대왕, 어떻게 방해합니까?"

"부두교의 향불 냄새가 김승구의 집중력을 떨어뜨린다는 것을 알았다. 너는 김승구가 능력을 쓸 때마다 방해를 해라."

"그럼 김승구의 허점이 드러날 것이고 그때 저 페트로가 공격하겠군요."

"저 페트로의 독기가 굉장하다."

마왕이 고개를 저었다.

"내가 끌어들이고 싶을 정도다."

"놔둬라."

둘의 이야기를 듣던 지장이 입을 벌렸을 때 부처가 막듯이 말했다.

"그것도 다 운명이다."

"우주의 법칙이기도 합니까?"

지장이 비아냥대듯 말했지만 부처는 정색하고 고개를 끄덕였다. 둘은 통나무집 위쪽 공간에 마왕과 악마를 내려다보면서 앉아 있다. 지장은 할머니, 부처는 50대 아저씨다. 부처가 말했다.

"내가 애초에 그랬지 않느냐, 오신통을 다 주고 세상을 맡기겠다고."

"한 인간이 갖기에는 너무 벅찼습니다. 시행착오도 많았고요."

"그것이 인간사라니까."

"앞으로 김승구의 오신통이 억제되지 않겠습니까?"

"그렇겠지."

"부두교와 악마가 연합해서 오신통을 막은 김승구를 죽이게 될 것입니다."

"죽겠지."

"그럼 끝입니까?"

"그럴 리가."

"두 번째 김승구를 찾습니까?"

"천만에."

"결말을 아시는 것 같군요."

"아니다. 결말은 나도 모른다. 다만."

부처가 웃음 띤 얼굴로 지장을 보았다.

"김승구 주변에 수많은 악마가 달려들 것을 예상은 했다."

"김승구가 파리 잡는 끈끈이 역할입니까?"

"넌 그렇게밖에 표현을 못 하냐?"

"꼭 마왕이 악마 꾸짖는 것처럼 말씀하시는군요."

"나도 금방 배운 것 같다."

"수많은 악마가 달려들어 붙었을 때 원샷에 날리는 것입니까?"

"김승구가 처리하겠지."

"아니면 죽거나 말입니까?"

부처는 웃기만 하고 대답하지 않았다.

"찾았다."

주문을 외우던 사크라가 눈을 가늘게 뜨고 앞을 보았다. 이곳은 저택 밀실에 설치된 제단 앞, 제단에는 수십 개의 인형이 어지럽게 놓였고 사크라의 손에는 남자 형상의 인형이 쥐어졌다. 맨더스가 고개를 들어 향불로 덮인 앞쪽을 보았다. 방 안은 향을 태우는 연기로 가득 찼다. 창문도 없어서 연기는 밖으로 새나가지 않는다.

"오오!"

맨더스가 탄성을 뱉었다. 보라, 연기 속에서 김승구의 모습이 보인다. 허름한 통나무집 안, 김승구가 의자에 앉아 있다. 사크라가 손을 휘젓자 통나무집 밖이 드러났다. 강이 보인다. 사크라의 손짓에 따라 장면이 바뀌고 있다. 찾았다.

"이 냄새를 맡느냐?"

김승구가 묻자 '허스키'가 고개를 들었다.

"저는 주인의 냄새인 줄 알았습니다."

"아니야, 내가 묻혀 왔다."

허스키가 김승구의 허리에 바짝 코를 붙이고 나서 말했다.

"주인, 열대지방 과일 하나쉬의 냄새입니다."

"오!"

"개들은 전생(前生)에 맡았던 냄새도 거의 기억을 하거든요."

"그럴 줄 알았다."

"제가 여러 번의 전생 전(前)에 아이티에서 살았지요."

"서인도 제도 말이냐?"

"예, 주인님."

"그때도 개였어?"

"그러니까 냄새를 기억하고 있지요."

"그렇구나. 무슨 냄새냐?"

"부두교의 향입니다."

"아, 부두교."

김승구의 눈빛이 강해졌다.

"그렇구나."

"하나쉬는 사제들이 태우는 향입니다. 마법을 사용할 때 태우지요."

"사제가 왔군."

"제가 사제관을 지키는 '개'였는데 주문을 외우고 혼령이 되어서 사람을 죽일 수도 있습니다."

"허스키, 나를 똑바로 보아라."

김승구가 허스키의 목덜미를 끌어당겼다. 그 순간 김승구가 숨을 들이켰다. 안 된다. 허스키와 눈을 맞춰 숙명통(宿命通)으로 전생의 장면을 보려고 했던 것이다. 안 된다. 고장 난 자동차 시동이 걸리지 않는 것 같다. 두 번을 더 시도했던 김승구가 낭패한 표정을 짓고 다시 허스키에게 타심통(他心通)을 시도했다. 이제는 허스키 머릿속 기억을 옮겨 담으려는 것이다. 김승구의 얼굴에 쓴웃음이 번졌다. 허스키와의 대화는 가능하다. 김승구가 서둘렀다.

"허스키, 네가 본 사제의 능력을 말해 보아라."

이 방법도 언제 없어질지 모른다는 생각 때문이다.

버니가 김승구의 전화를 받았을 때는 오후 5시경이다.

"아, 보스, 어디십니까?"

반색을 한 버니가 핸드폰에 대고 소리쳤을 때 혀 차는 소리부터 들렸다.

"얀마, 그걸 물으면 어떡해?"

"그렇군요."

버니의 얼굴에 쓴웃음이 번졌다.

"하지만 어떻습니까? 보스는 수배 인물이 아닙니다."

"넌 지금 어디냐?"

"시베리아건설에 있습니다."

버니는 시베리아건설 부사장으로 임명되어 있다. 스보르카 조직은 시베리아건설을 중심으로 구성되었기 때문이다. 그때 김승구가 말했다.

"킹스턴이 부두교 사제를 고용해서 이곳으로 보냈다."

"예? 부두교 사제를 말입니까?"

놀란 버니가 핸드폰을 고쳐 쥐었다.

"그래. 나타샤를 살해한 것도 그놈들인 것 같아. 그놈들은 혼령이 되어서 살인을 할 수가 있어."

"지금 어디 있습니까?"

"이곳에 있어."

"어디 말입니까?"

"근처에. 이놈들이 호텔에 묵지는 못해. 제단을 설치해야 될 테니까."

"알겠습니다. 찾지요."

"과일 태우는 향기가 나는 집을 찾아라, 부두교 놈들은 꼭 향을 피우니까."

"예, 보스."

"소문내지 말고."

"알겠습니다."

통화가 끊겼을 때 버니가 어깨를 부풀렸다가 내렸다.

"킹스턴이 부두교까지 동원했군."

"아니, 이게."

모니터를 노려본 클라크가 잠깐 숨도 멈췄다. 오후 5시, 사무실 안이다. 클라크는 지금 본사에서 보내온 공문(公文)을 보고 있는 것이다. 팩스코 회장 킹스턴의 사인이 있는 공문, 인사발령 공문이다.

'8월 15일 자로 팩스코러시아 사장 김승구를 해임함.'

이 공문은 세계 각국의 팩스코 직원 컴퓨터에 떴을 것이다. 물론 팩스코러시아 직원들도 다 읽었겠지.

"이런."

클라크가 손을 뻗어 핸드폰을 쥐었다. 지금 김승구는 어젯밤 '나타샤 사건' 때문에 잠깐 피신한 상태, 클라크는 상황을 알고 있는 것이다. 그렇다면 버니 웨스트우드나 이르쿠츠크에 가 있는 토머스에게 연락을 해봐야 한다. 마침내 킹스턴이 공개적으로 나선 것이다. 올 것이 왔다.

"없다."

통나무집이 내려다보이는 언덕 위에서 나무 둥치에 몸을 숨긴 사크라가 말했다. 옆에는 맨더스가 몸을 움츠리고 서 있다. 오후 6시 반, 저녁노

을이 아무르 강을 붉게 물들여 놓았다. 사크라가 나무 뒤에서 나와 통나무집을 바라보았다.

"눈치챈 것 같아."

"그렇다면."

맨더스가 주위를 둘러보았다.

"그 정도 능력을 갖춘 놈이면 도망치지만은 않았을 겁니다."

"옳지."

사크라가 빙그레 웃었다. 요염한 웃음이다.

"그놈이 우리를 보고 있을 수도 있지."

손에 쥔 인형을 흔들면서 사크라가 말을 이었다.

"오로런(Olorun)의 능력을 쥔 내가 그따위 놈에게 밀릴 것 같으냐?"

"오로런의 능력을 찬양합니다."

그때 사크라가 들고 있던 인형의 배에 길고 검은 바늘을 관통시켰다.

"놈이 이 근처에 있다면 움직이지 못할 거야."

"찬양합니다."

맨더스가 두 손을 치켜들면서 소리쳤다. 강가에서, 드문드문 침엽수가 서 있는 언덕 위의 두 남녀는 기괴한 모습이다. 오로런(Olorun)은 부두교의 최상급 신이다. 사크라는 난폭한 정령인 페트로 로아(Petro Loa)이면서도 오로런의 능력을 받았다. 맨더스는 오로런의 지휘를 받는 하급신인 오바탈라(Obatala)다.

그때 그들 앞으로 커다란 개가 어슬렁거리며 지나갔다. 개가 땅바닥에 코를 붙이고 가다가 힐끗 둘을 보더니 다시 제 갈 길을 간다.

"뭐라고? 김승구가 팩스코러시아 사장에서 해임되었어?"

놀란 푸틴이 소리쳤다.

"그럼 어떻게 되는 거야?"

"방금 부사장 클라크하고 통화를 했습니다, 각하."

"뭐라고 하는데?"

"김승구가 '푸틴월드' 사업을 킴스코러시아에서 추진한다고 했습니다. 그리고 지금까지 '푸틴월드'는 김승구가 독자적으로 추진해왔습니다."

"그렇지."

"이르쿠츠크의 팩스코러시아 지부는 오늘 자로 '킴스코러시아'로 상호를 바꾼다고 합니다."

"…."

"클라크도 킴스코러시아로 옮겨가겠다는군요. 아마 팩스코러시아의 직원 80퍼센트는 옮겨갈 것이라고 합니다."

"알았다."

푸틴의 목소리가 정상으로 돌아왔다.

"그럼 팩스코가 러시아에 필요 없구먼그래."

이곳은 대평원에 드문드문 펼쳐진 침엽수 삼림지역, 아무르 강가 통나무집에서 떠난 김승구가 폐허가 된 2층 저택에 머물고 있다. 울창한 숲 속에 세워진 저택은 길에서도 10킬로나 떨어졌고 이곳까지 길도 닦여 있지가 않다.

통나무집과는 직선거리로 20킬로 정도였는데 이곳까지 오는 데 4시간이 걸렸다. 신족통(神足通)이 통하지 않았기 때문이다. 숙명통에 이어서 신족통도 고장, 마치 난데없는 상품권으로 오신통(五神通)을 받은 것 같았기 때문에 소비자 불만을 터뜨리기도 그렇고 A/S 신청은 더욱 그렇다.

"저 왔습니다."

응접실 문이 열리면서 으르릉 대는 소리가 났다. 밤 9시 반, 전기도 없어서 불을 켜지 않았지만 어둠에 익숙해진 김승구의 눈에 다가오는 '허스키'가 보였다. 허스키는 혀를 길게 빼내고 있다. 그러나 어둠 속에서 두 눈은 번들거린다.

"수고했다."

김승구가 다가온 허스키의 목덜미를 쓸었다. '허스키'는 주인이 '힘' 떨어졌다고 배신하지 않는다. 배가 '엄청' 고팠을 때 '죽은' 김승구를 먹을지는 알 수 없다. 그러나 그것은 당연한 일 아니겠는가? 정상적인 '주인'이라면 죽으면서 제 몸을 '먹이'로 주지 않을까? 그때 허스키가 말했다.

"주인, 그 여자는 부두교의 최상 능력 신인 오로런의 능력을 갖고 있습니다."

"네가 봤느냐?"

"예, 눈에 담아왔습니다."

"어디 보자."

김승구가 허스키의 눈을 보았다. 보인다. 타심통이 남아 있다. 허스키의 뇌 속에 담긴 사크라의 모습이 그대로 드러났고 사크라의 눈을 맞춘 순간에 머릿속이 비쳤다. 아, 부두교 정령인 로아(Loa), 난폭하고 무자비한 정령인 페트로 로아, 그리고 오로런. 그 옆에 오로런의 하급신인 오바탈라의 능력을 부여받은 맨더스도 보인다. 그때 허스키가 말했다.

"제 시선을 잡고 끌어들일 것 같아서 얼른 외면했습니다. 저도 '오로런'은 처음 겪습니다."

4장
전장의 이동

"형님."

배기남의 목소리는 감동(感動)으로 떨렸다.

"지금 어디십니까?"

"어디긴. 넌 지금 회사냐?"

"예, 지금 창고에 가는 길입니다."

"클라크한테서 이야기 들었지?"

"예, 그런데 형님은…."

"난 잠깐 서울에 다녀오려고."

"들었습니다. 언제 오십니까?"

"언제든지."

김승구가 웃음 띤 얼굴로 말을 이었다.

"잘 부탁한다."

"걱정하지 마시죠. 오히려 더 잘된 겁니다. 등 가려운데 등 때려준 것 같습니다."

배기남의 떠들썩한 목소리를 들으면서 김승구가 핸드폰을 귀에서 떼었다. 킹스턴으로부터 해임 통고를 받은 다음 날 김승구는 클라크를 시켜 킴스코러시아를 설립했다. 등록, 허가 절차는 하루 만에 끝났다. 주지사 말렌코프의 적극적인 지원이 있었기 때문이다. 그리고 이틀 만에 새 건물로 입주했다. 10층의 새 빌딩에는 팩스코에서 근무했던 직원의 80퍼센트가 옮겨왔다. 이르쿠츠크의 토머스와 제이슨은 '킴스코' 지사장과 부지사장이 되었으니 '팩스코'에서 '킴스코'로 이름만 바꾼 셈이다.

하바로프스크발 서울행 한국항공 1등석에 김승구가 앉아 있다. 오전 10시 반, 서울로 가는 것이다. 신족통(神足通)이 고장 났기 때문에 '탈 것'을 이용하고 있다. 조금 전 탑승 게이트 앞에서 배기남과 통화를 한 것이다.

"이놈들이 철저히 배신했군."

킹스턴이 일그러진 얼굴로 앞에 선 마틴 포크너를 보았다.

"결국 정체가 드러난 것 아니냐? 클라크는 물론이고 제이슨, 토머스까지 모두 그놈하고 한통속이었던 거다."

"그렇습니다."

서울에서 급히 날아온 포크너가 한숨을 쉬었다. 팩스코러시아는 껍질만 남은 것이나 같다. 영업사원 대부분이 '킴스코'로 옮겨가 버렸으니 매미가 허물을 남겨놓고 날아간 모양새다. 그때 킹스턴이 잇새로 말했다.

"차라리 잘 되었어. 이젠 적이, 아니 범인이 분명해졌으니까 대응하기가 더 쉬워졌다."

"지금 팩스코러시아의 머피에게 지원군을 보내줘야 합니다."

머피가 팩스코러시아 사장이 되었다.

"그래서 한국 인원 중에서 일단 50명을 차출해 보낼 예정입니다."

"1계급씩 승진시켜주도록."

"그렇게 하겠습니다. 상여금이나 기타 복지시설도 더…."

"그렇게 해. 포크너, 네가 당분간 러시아를 도와줘야겠다."

킹스턴의 시선이 옆에 선 비서실장 푸시킨에게 옮겨졌다.

"우리는 따로 전쟁 준비를 해야겠고."

"저택에는 없어."

사크라가 고개를 저으면서 말했다.

"이 근처에서 보이지 않아."

맨더스가 사크라의 어깨 너머로 앞쪽에서 피어오르는 연기를 보았다. 연기 속에 저택 같은 형상이 드러나긴 했다. 그러나 맨더스의 눈에는 뭐가 뭔지 보이지 않는다. 일반인에게는 그저 연기만 보일 것이다. 저택의 제단실 안, 방 안은 연기와 냄새로 뒤덮여 있고 제단 위에는 수십 개의 인형, 붉은색 향초가 10여 개 불이 켜져 있다. 하나쉬 향을 피우는 커다란 단지에서 연기가 뱀처럼 꿈틀거리며 올라온다. 그때 사크라가 고개를 들고 맨더스를 보았다.

"맨더스, 이놈은 우리 존재를 눈치채고 있어. 우리도 조심해야 돼."

"알고 있습니다, 오로런."

"이놈 능력을 정확하게 알 수 없다는 것이 문제야."

맨더스가 고개를 끄덕였다. 불교의 심오한 신통력에 대해서 알고는 있는 것이다. 그래서 킹스턴에게 말해주기는 했다. 김승구는 불교의 내외공(內外功)을 소지한 '괴물'인 것이다. 지금까지의 '이해 못 할' 상황도

다 이것 때문이다. 이것만 해도 부두교 '팀'은 '밥값'은 한 셈이다.

오후 7시 반, 버니 웨스트우드가 퍼트 이바노프로부터 보고를 받는다.

"버니, 숲 속에서 고약한 냄새를 풍기는 저택을 발견했어."

"과연."

버니가 고개부터 끄덕였다.

"스보르카 조직이 살아 있구나."

"스보르카가 애들 가르친 건 없어."

눈썹을 모은 퍼트가 어깨를 부풀리며 말을 이었다.

"애들이 지리에 환하기 때문이지. 고약한 연기를 품는다면 교외의 외딴 저택이 적당하고 그쪽을 찾았더니 나온 거야."

퍼트가 주머니에서 구겨진 지도를 꺼내 탁자 위에 펼쳤다.

"여기, '레닌 저택'이라는 곳이야. 뒤쪽에 아무르 강이 있지."

오후 10시 반, 서울은 하바로프스크보다 한 시간 늦다. 하바로프스크는 11시 반이다. 김승구가 버니한테서 전화를 받는다.

"보스, 향냄새를 풍기는 놈들을 찾았습니다. 교외의 저택을 빌려서 살고 있는데 미국에서 온 지 1주일 되었다고 합니다."

"미국이야?"

김승구는 지금 서울에서 전화를 받는다.

"예, 신혼부부가 하인 넷을 데리고 1년 일정으로 시베리아에서 살려고 왔다는데요. 이곳에서도 하인을 여섯이나 고용했습니다."

"…."

"저도 집 근처까지 갔다 왔는데요, 냄새가 났습니다. 처음 맡은 냄새인데…."

"가깝게 가지 마라, 그놈들 위험해."

"예, 보스. 관광객들 사이에 끼어서 조사했습니다. 걱정하지 마십시오."

"그놈들이 눈치챘을지도 모르니까 철저하게 위장하도록."

"습격할까요?"

"보류."

김승구가 바로 말했다.

"내 지시가 있을 때까지 일절 접근하지 말 것."

전화기를 귀에서 뗀 김승구가 문득 신족통(神足通)을 써 보았지만 이번에도 옮겨지지 않았다. 그 순간 김승구의 얼굴에 웃음이 떠올랐다. 오히려 그것이 잘 되었다는 생각이 들었기 때문이다.

쉽게 이룬 것은 쉽게 무너진다. 그만큼 이룰 때의 공(功)이 들어있지 않아서 이룬 후의 가치를 모르는 것이다. 공이 들어가야 가치를 알고 애써 지키게 된다. 이번에 능력을 일부 빼앗겼을 때 얻은 교훈이다.

"자, 어떻소?"

요즘은 핸드폰 영상으로 자료가 왔다 갔다 한다. 방금 킹스턴과 한국법인 사장 포크너, 비서실장 푸시킨과 동양인 3명까지 핸드폰 영상을 본 것이다. 이 영상은 하바로프스크에서 '사크라'가 보내온 것이다. 그때 동양인 중 가운데 앉은 사내가 입을 열었다.

"호텔에서 빠져나간 것은 부처의 신통력(神通力) 중 하나인 신족통(神足通)이 맞는 것 같습니다. 그간의 경위를 들어봐도 김승구는 신족통을 사용하고 있군요."

영상에는 호텔방에서 김승구가 바늘에 찔린 후에 저항하다가 마지막 순간에 사라지는 장면이 찍혀 있다. 페치카의 쇠꼬챙이를 휘두르고 나서 사크라의 공격이 주춤했을 때 수증기처럼 사라졌다. 호텔방 CCTV가 다 찍은 것을 사크라가 보내준 것이다. 사내가 말을 이었다.

"우리 중국 대림사(大林寺)에서 부처의 육신통 중 오신통(五神通)을 전수받은 호장법사가 계셨지요."

"그분이 지금 어디 계신데?"

"1천 년 전에 입적하셨습니다."

"끙."

"하지만."

대림사의 사내는 장발에 머리를 뒤에서 묶었는데 말 꼬리 같다. 40대쯤으로 둥근 얼굴로 건장한 체격, 가늘고 길게 째진 눈빛이 날카롭다.

"제자를 양성하셔서 그 오신통을 기반으로 내외공(內外功)을 쌓은 방주들을 수없이 배출하셨습니다."

"그 오신통이란 것이 무술인가, 아니면 마술인가?"

"보통 사람들의 눈에는 그것이 마술이나 사술로 보이겠지만 엄연한 불가(佛家)의 수행법이고 대를 이어 내려오는 대림사의 가법(家法)이기도 합니다."

"그럼 김승구란 놈하고 대적이 되겠나?"

킹스턴이 지금은 꺼져 있는 핸드폰을 눈으로 가리켰다.

"지금 그놈을 상대하러 가 있는 부두교의 최고 도사들과 함께 말이오."

그러고는 덧붙였다.

"이 영상을 보낸 것도 그들이야. 저놈이 넘어지고 자빠져서 발광한 것은 부두교 고수가 술법을 썼기 때문이지. 인형을 긴 바늘로 찌르면 저렇게 된다는 거야."

"부두교 사제들 술법은 압니다."

"최고위 사제가 갔어. 뭐라더라?"

그러자 푸시킨이 대답했다.

"오로런이라고 합니다. 오로런과 오바탈라가 갔지요."

"그렇다면 해볼 만하군요."

말 꼬리의 사내가 지그시 킹스턴을 보았다.

"목적은 김승구의 제거입니까?"

"그것과 함께 그놈이 가져간 미화 6억 5천만 불, 아니 한국에서 강도질한 금액까지 합하면 7억 불이 넘는데, 그 돈의 회수까지."

"저희 대림사(大林寺)에서는 저까지 법사(法師) 셋과 제자 30명이 가야만 합니다."

"그렇게 많이 필요할까?"

"김승구가 스보르카 조직까지 장악하고 있지 않습니까?"

"그것을 누가 말해줬나?"

"실장님한테 이야기를 듣고 김승구와 하바로프스크 지역에 대해서 조사를 하고 왔지요."

"빠르군."

"저희 중국계는 세계 어느 곳에도 정보망이 있습니다."

"시베리아까지 뻗쳐 있다니 놀랍군."

"하바로프스크에도 연줄이 있거든요."

"그런가?"

"김승구 제거는 부두교 사제와 공동 작업입니까?"

"서로 협조해야 돼. 그래서 여기 있는 푸시킨이 현장 책임자로 갈 거야."

"푸시킨 님의 지휘를 받는군요."

"부두교 무당, 아니 사제들도 마찬가지야."

"자, 그러면…."

"용역비 말인가?"

"예, 회장님."

"선금 3백만 불 내겠네. 일을 끝내면 성공 사례금 1천만 불을 내지."

그때 왼쪽에 앉은 사내가 '큭큭' 웃었기 때문에 킹스턴이 눈썹을 찌푸렸다.

"이봐, 중국인. 예의를 차려. 난 너희들 아니더라도 고용할 마술사, 아니 영적 단체가 있단 말이야."

"아, 기독교의 성전기사단 말씀이지요?"

왼쪽 사내가 말을 받았다. 넓은 얼굴, 작은 코, 그러나 어깨는 넓고 육중한 체격이다. 양복을 입은 팔이 기둥만 하다.

"그자들의 몸값은 우리보다 배는 더 비쌀 것입니다, 회장님."

그건 그렇다. 기독교에서 배척되어 사교(邪教) 집단이 된 '성전기사단'은 몸값이 비싸다. 그래서 킹스턴이 부두교에 이어서 대림사 법사들을 찾은 것이다. 김승구가 사술(邪術)을 쓰는 이상 대응하려면 이쪽도 그쪽 용병을 쓰는 수밖에 없다. 그리고 사술 용병 단체는 얼마든지 있는 것이다. 그때 긴 머리 사내가 입을 열었다.

"선금 1천만 불에 사례금 3천만 불을 내시지요."

긴 머리 사내의 이름은 장천. 45세, 대림사의 수석법사이며 무공의 신인(神人)이다. 신인이란 신(神)의 경지에 이른 법사라는 뜻이다. 나머지 둘은 운관과 장복, 법사(法師)다. 대림사에는 방주 휘하에 2명의 부방주, 2명의 수석법사, 5명의 법사가 지휘부로 구성되었는데 장천이 2명의 수석법사 중 하나인 것이다. 그때 킹스턴이 지그시 장천을 보았다.

"좋아. 그럼 내가 묻는 말에 정답을 맞히면 그렇게 하지."

모두 시선만 주었고 킹스턴이 셋을 둘러보며 물었다.

"지금 내가 무슨 생각을 하는지 아나?"

"압니다."

넓은 얼굴의 운관이 대답했다. 킹스턴의 시선을 받은 운관이 빙그레 웃었다.

"만일 계약이 결렬되면 경호대를 시켜 우리를 죽일 생각을 하셨습니다."

킹스턴이 풀썩 웃고 나서 다시 묻는다.

"그것뿐인가?"

"우리가 이 방을 들어오기 전에 우리 자료를 검토하셨군요. 그 자료는 CIA에서 나온 것입니다."

"그래?"

"흰색 가방에 담겨졌고 비밀번호가 418이었습니다."

이제 킹스턴의 얼굴에 웃음기가 가셨다. 그때 운관이 말을 이었다.

"그걸 가져온 사내가 5만 불을 받았습니다. 1만 불짜리 뭉치 5개입니다."

킹스턴의 시선이 푸시킨에게 옮겨졌다. CIA 정보원 '마크'에게 정보비로 10만 불을 보냈기 때문이다. 킹스턴의 시선을 받은 푸시킨이 한숨을 쉬고 말했다.

"확인해보겠습니다."

"응. 나, 다시 회식장에 들어간다."

계단 밑에 선 전태수가 말하고는 핸드폰을 귀에서 떼었다. 오후 8시 반, 이곳은 영등포 우진 연립형 주택 앞. 전화 내용하고는 다른 분위기다. 2층 고급형 연립주택이어서 2층은 바깥쪽 계단을 올라가면 된다. 힐끗 위쪽을 바라본 전태수가 계단을 두 계단 올랐을 때다.

"전 사장님."

뒤에서 부르는 소리가 났다, 여자 목소리. 고개를 돌린 전태수는 어둠에 묻힌 놀이터와 조금 전에 자신이 서 있던 나무 밑까지 둘러보았지만 사람을 찾지 못했다. 벽 안쪽 1층 주택의 현관 쪽인 것 같다. 분명히 자신을 불렀기 때문에 몸을 돌린 전태수가 계단을 내려가 1층 쪽으로 발을 떼었다.

"여기에요."

이번에는 옆쪽에서 목소리가 들렸다. 놀란 전태수가 몸을 세웠을 때 놀이터 의자에서 여자의 몸이 솟았다. 의자 등받이에 몸을 숨기고 있었던 것 같다. 여자를 본 전태수가 숨을 들이켰다.

"아니, 너 지현이 아니냐?"

놀란 전태수가 놀이터로 다가갔다. 이지현이었던 것이다.

"여기 웬일이냐?"

전태수는 이용호의 친구다. 어릴 적 친구로 지금은 전자제품을 생산하는 중소기업 사장이다. 물론 이용호의 대양그룹에서 하청을 받는 하청 회사이다.

"지나다가 우연히 들렀어요."

이지현이 어둠 속에서 이를 드러내고 웃었다.

"의자에 앉아 있는데 아저씨가 지나가더라고요."

"이 근처에 아는 사람이 있어?"

다가선 전태수가 주위를 둘러보는 시늉을 했다. 어둠에 덮인 주위는 인기척이 없다. 이곳은 고급 주택가여서 어린애도 드물다.

"예, 친구가."

"아버지를 며칠 전에도 만났는데. 너 여행 갔다고 하던데…."

"일 때문에 돌아왔어요."

이지현이 가방에서 음료수 병을 꺼내 내밀었다.

"아저씨, 이거 드세요."

"응?"

엉겁결에 받아든 전태수의 얼굴에 웃음이 떠올랐다.

"갑자기 음료수는?"

가게에서 파는 유명회사 제품이다.

"우선 드세요."

이지현이 가방에서 또 한 병을 꺼내더니 뚜껑을 열고 건배하자는 듯이 내밀었다.

"마시고 헤어져요."

"얘는, 참."

전태수가 웃더니 음료수 뚜껑을 열고는 한 모금에 삼켰다. 한 모금 분량밖에 안 되는 강장제다. 이지현이 웃음 띤 얼굴로 음료수를 삼키더니 한 걸음 물러섰다.

"아저씨, 안녕히 가세요."

"어, 그래."

쓴웃음을 짓던 전태수의 얼굴이 일그러지더니 와락 제 목을 움켜쥐었다. 다음 순간 눈을 치켜뜬 전태수가 입을 딱 벌렸으나 목에서 소리가 뱉어지지 않았다. 성대가 다 녹아버렸기 때문이다. 전태수가 몸을 비틀면서 땅바닥에 쓰러지더니 사지를 쭉 뻗고 경련을 일으켰다. 이지현이 잠깐 전태수를 내려다보다가 몸을 돌렸다.

서울에는 연고가 없었기 때문에 김승구는 신촌 로터리 근처의 오피스텔에 전세로 입주했다. 고급형 오피스텔로 80평 규모였는데 혼자 살기에는 컸지만 근처에서 빈 곳은 그곳뿐이었다. 오후 9시 반, 응접실에 앉아 있던 김승구가 핸드폰의 벨소리를 듣는다. 탁자 위에 놓인 핸드폰을 들자 발신자는 이지현이다. 김승구가 핸드폰을 귀에 붙였다.

"응, 나야."

"일 끝났어."

"그래."

"지금 어디야?"

궁금한 듯 이지현이 묻자 김승구의 얼굴에 웃음이 떠올랐다.

"곧 너 만나러 갈게."

"알았어, 다음 일 해야지?"

"그래, 빨리 끝내고 가야지."

이지현의 목소리는 밝다. 통화를 끝낸 김승구의 눈앞에 이용호의 얼굴이 떠올랐다. 전태수는 이용호가 어머니를 살해했을 때 같이 식당에 있던 친구 중 하나다. 전태수는 이용호가 1시간이 넘게 자리를 비운 것을 알면서도 말하지 않았던 것이다.

그 시간의 하바로프스크는 오후 10시 반이다. 이곳은 시 북쪽의 주택가 안, 2층 저택의 응접실에 대림사 수석법사 장천이 수하 간부들과 소파에 앉아 있다. 장천이 이끈 대림사 무리는 오늘 오전에 도착했고 곧장 준비가 된 이 저택에 자리를 잡았다. 그것은 끝 쪽에 앉아 있는 왕태와 강무가 주선해줬기 때문이다. 마약 공급책인 강무와 왕태는 고위층으로부터 장천에게 협조하라는 지시를 받은 것이다. 장천이 입을 열었다.

"지금까지 이곳에 기반을 굳혀온 삼합회 동지들로부터 도움을 받기로 했으니까 서로 상부상조하자고, 김승구를 잡는다면 그 대가를 나눠 줄 테니까."

왕태와 강무가 들으라고 한 소리다. 표도르파가 산산조각이 나고 스보르카파 또한 보스가 바뀌면서 로체프와 왕태, 강무의 마약 사업은 거덜이 났다. 정부에서 마리온클럽의 대량 중독사 사건을 지금도 추적하고 있는 터라 로체프와 왕태, 강무는 지금 도망 중이다. 장천이 말을 이었다.

"내일 부두교 사제들을 만나면 그동안의 상황도 알 수 있을 거야."

'도망친 것이다.'

김승구가 밤거리를 걸으면서 생각하고 있다. 이곳은 신촌의 거리, 밤 11시가 되어가고 있지만 행인이 많다. 대부분이 젊은 남녀다. 이곳의 거주민 대부분이 젊은 세대이기 때문이다. 술에 취한 남녀가 많아서 거리는 떠들썩하다. 유흥가가 길게 뻗쳐 있고 불빛이 휘황하다.

그렇다. 오신통(五神通)이 고장난 기계처럼 오작동을 하는 마당에 '부두교' 사제들을 대적하기가 벅찼다. 신족통(神足通)이 듣지 않아서 비행기를 타고 서울로 '도망'오지 않았는가? 홀가분한 기분도 들었지만 러시아에 벌여놓은 사업을 그대로 놔둘 수는 없다. 그래서 당분간 '부두교'의 공격을 피할 겸 '재정비'를 하려고 '도망자'가 된 것이다. 이렇게 걷는 지금도 문득문득 신족통을 작동시켰는데 여전히 먹통이다. 누가 가로막는 느낌도 들었지만 알아낼 방법도 없다.

“여보셔.”

갑자기 김승구의 앞을 사내 둘이 가로막았다. 20대로 둘 다 건장한 체격, 술 냄새가 풀풀 났다. 그러나 눈빛이 강했고 눈동자가 흔들리지 않는다. 그 순간 김승구가 왼쪽 사내의 ‘마음’을 읽었다.

“시비 걸 것 없어. 그냥 치고 빼앗는 것이 낫겠다.”

사내의 손이 주머니에 들어가 있다.

다음 순간 김승구가 사내의 눈을 통해 의지를 주입시켰다.

‘네가 쥐고 있는 칼로 네 옆에 있는 놈을 찔러.’

그 순간 사내가 주머니에서 잭나이프를 꺼내더니 ‘철컥’ 소리와 함께 시퍼런 날을 뽑아내었다. 그러고는 사내가 그대로 칼로 옆쪽 사내의 옆구리를 쑤셨다.

“으악!”

옆구리를 움켜쥔 사내가 비명을 질렀을 때 김승구가 발을 떼었다. 얼레, 타심통은 지금도 작동되는구나. 김승구가 발을 떼면서 타심통으로 지시했다.

‘그다음에는 네 배에다 칼을 박아, 깊숙하게.’

“에익!”

이것은 칼을 쥔 사내의 기합이다. 칼을 높게 치켜든 사내가 제 배에 칼을 힘껏 박더니 앞으로 쓰러지면서 길게 비명을 질렀다.

“아이고! 사람 살려!”

제 배에 칼을 박으면서 ‘사람 살려’라고 외치는 사람은 처음일 것이다. 그래서 옆구리를 찔린 일행도 옆구리를 움켜쥔 채 눈을 치켜떴다. 김승구는 발을 떼어 둘을 지나쳤다. 뒤쪽에서 신음과 함께 소음이 일어나고 있다. 구경꾼들이 사방에서 모여들었기 때문이다.

'타심통은 작동하고 있다.'

김승구가 고개를 끄덕였다. 어디, 그럼 '천이통(天耳通)'은? 김승구는 머릿속에 부두교의 페트로, 오로런의 능력을 쥔 여사제를 떠올렸다.

"중국 대림사 법사들하고는 네가 만나도록 해, 맨더스."

여자의 목소리가 선명하게 들렸다.

"나까지 갈 필요는 없어."

"그러지요, 오로런."

사내의 목소리다. 이놈은 남사제로 하급신 능력을 갖춘 오바탈라다. '허스키'를 통해 볼 수 있었던 것이다.

"킹스턴의 비서실장 푸시킨이 이번 작전의 총지휘를 맡고 온 거야."

"그, 중국 대림사 법사 놈들은 무슨 능력이 있다는 겁니까?"

"김승구의 능력도 본래 불가(佛家)의 신통력에서 나온 거야. 대림사도 같은 뿌리이니 견줄 만한 모양이다."

"나는 도무지 그 능력을 모르겠습니다. 무슨 살수(殺手)를 쓴다는 겁니까?"

"불가의 신통력이 살수를 쓸 수가 있나? 남의 말을 엿듣고 과거나 미래를 본다거나 빨리 달리거나 그 정도겠지."

"그쯤이야 무서울 것 없지 않습니까?"

"하지만 마음을 움직이는 수단도 있다는 거야."

"뭔데요?"

"가령 네 마음을 움직여 지금 네 옆에 있는 과도로 날 찌르게 한다든지."

"어이구, 오로런. 그럴 리가 있습니까?"

"어쨌든 네가 내일 그 법사들의 능력을 알아보고 와라."

김승구는 눈동자에 초점을 잡고 천이통을 중지했다. 천이통도 된다. 러시아의 상황은 더 나빠졌다. 적의 전력이 더 강해진 것이다.

가부좌를 틀고 앉아 있던 장천이 문득 고개를 들고 앞에 앉은 운관을 보았다.

"사제, 그놈이 종적을 감춘 것은 부두교 사제에게 대항할 마땅한 수단이 없기 때문이야."

장천의 둥근 얼굴에 웃음이 떠올랐다.

"이제야 깨달았다."

응접실 안에는 둘뿐이다. 이곳 시간은 오전 12시 50분, 창밖은 짙은 어둠이 덮여 있다. 운관의 시선을 받은 장천이 말을 이었다.

"우리 대림사는 수천 년 동안 불법의 오신통을 기반으로 호국무술(護國武術)을 발전시켰다. 그렇지 않으냐?"

"그렇지요."

"불가의 오신통이란 무엇이냐?"

"신족통, 천이통, 천안통, 타심통, 숙명통이지요. 번뇌를 제거하는 누진통만은 부처가 갖고 계시는 것이고요."

"그 다섯 가지 신통력 중 살수(殺手)가 있느냐?"

"없습니다."

"김승구는 그것만 보유하고 있다. 그래서 부두교 사제한테 살수를 당하고는 허겁지겁 도망친 것이지."

"옳지."

운관의 얼굴에도 웃음이 떠올랐다.

"그놈이 어떻게 그 능력을 보유하게 되었는지는 알 수 없지만 그놈과 마주쳤을 때는 우리가 유리하겠습니다."

대림사의 호국무술은 불가의 오신통을 기본으로 했지만 모두 살수로 변형되었다. 왕조와 사찰, 종파를 지키기 위해서는 무술(武術)이 필요했기 때문이다.

이지현한테 심어놓은 타심통(他心通)의 의지는 여전히 유효하다. 그 의지란 '세뇌'시킨 것이나 같다. 즉 이용호를 위해 '위증'을 한 인물들에게 복수를 하는 일이다.

전태수의 장례식, 영안실에 둘러앉은 지인 중에 이용호와 윤기동이 끼어있다. 이용호와 윤기동은 구석 자리에 마주보고 앉아 있었는데 다른 사람들과는 떨어진 자리다. 오전 2시 반, 영안실에는 사람들이 드물어졌다.

"갑자기 청산가리를 먹고 자살하다니, 난 믿기지가 않아."

고개를 흔든 윤기동이 붉어진 눈으로 이용호를 보았다. 이용호가 김진숙을 살해한 그날, 윤기동은 식당에서 전태수와 셋이 술을 마셨던 3인방 중 하나다. 윤기동도 경찰에서 이용호가 '단 1분'도 자리를 비우지 않았다고 위증했다.

"더구나 제 애인 집 앞에서 말이야. 이게 무슨 꼴이야? 남편이 죽었는데 마누라는 장례식장에 나타나지도 않고."

그렇다. 전태수가 살림을 차려준 애인 집 앞에서 청산가리를 먹고 자살하자 화가 난 부인은 자식들만 보내고 장례식장에 나타나지 않았다. 윤기동이 술기운으로 붉어진 얼굴로 이용호를 보았다. 윤기동도 이용호가 밀어줘서 대양그룹 물품만 수송하는 운송회사를 운영한다.

"이 회장, 이거 무슨 일이냐?"

"뭐가?"

"네 부인이 갑자기 사고가 나지. 또 전태수까지 이렇게 자살을 하지…."

이용호가 잠자코 술잔을 쥐었더니 윤기동이 말을 잇는다.

"태수가 죽은 날 오전에도 나한테 전화해서 술 먹자고 했다고."

"…."

"다음 주에 만나기로까지 했단 말이야."

"…."

"그런 놈이 제 애인 집 앞 놀이터에서 청산가리를 마셔?"

"…."

"이거 아무래도…."

"야, 그만."

손을 들어 말을 막은 이용호가 핏발이 선 눈으로 윤기동을 보았다.

"그만 해, 그만."

숨을 들이켠 윤기동이 외면했다. 그것은 이용호도 마찬가지였기 때문이다. 부인 강인선도 이유 없이 투신자살을 하지 않았는가?

그렇다. 오신통(五神通)은 살수(殺手)가 아니다. 미리 가서 독약을 타거나 마음을 뒤집어서 자해시킬 수는 있지만 직접 죽이지는 못한다. 이것이 불법(佛法) 아닌가? 벌레 하나도 죽이지 않는 불가의 법이다. 그러니 죽이자고 덤비는 부두교에 대해서는 도망갈 수밖에.

김승구가 오피스텔 방 안에서 책상다리를 하고 앉아 혼자 웃는다. 이제 전쟁인데 큰일 났다. 더구나 오신통이 고장 나서 가다 서다 하는 고물

차 같다. 제대로 도망질도 못 하게 되었다. 고개를 든 김승구가 문득 눈의 초점을 잡고 벽을 보았다.

'고물차에 현대판 무기를 싣는 수밖에.'

떠오른 생각이다. 또 하나.

'그것으로 땜빵을 해야지. 내 레인저 경력은 허송세월을 한 것이 아니잖아?'

김승구의 고개가 저절로 끄덕여졌다.

'내가 그동안 내 개인의 능력은 접어두고 있었지. 잘 섞으면 김승구표 오신통이 될 거야.'

이것이 김승구의 성품이다.

법사(法師) 운관은 타심통의 대가(大家)로 불리며 대림사에서 타심통의 1인자로 인정받는다. 상대의 눈을 보면 심중(心中)을 읽는 것이다. 오래전, 천년도 더 전에 대림사의 초대 방장 우국이 부처한테서 오신통(五神通)을 받았는데 한 사람한테 모두 물려주지 못했다.

소화할 제자도 없는 데다 한 사람에게만 승계시켰다가 화(禍)가 닥칠 것을 천안통으로 보았기 때문이라고 했다. 그래서 다섯 제자에게 오신통을 하나씩 나눠주고 방장을 번갈아서 맡도록 규칙을 세웠다. 그러나 오신통(五神通)은 부처의 능력이다. 범인(凡人)이 열심히 공부한다고 터득한다면 개나 소나 다 능력자가 되겠지.

그래서 오신통이 2대째부터 변형되기 시작했다. 더욱이 호국(護國)의 필요성이 절박한 때라 살수(殺手)가 적극적으로 첨가되었다. 오신통 중 가장 본질에 충실한 것은 타심통뿐이다. 법사 운관이 이번 '작업'에 동원된 것도 그 때문이다.

"어떠냐?"

장천이 묻자 운관이 고개를 들었다. 그러더니 금방 대답했다.

"지금까지 김승구하고 관계가 있는 놈들을 넷 만났지만 안 보입니다."

"안 보여?"

"행적을 알 수 없다는 말이죠."

"그럼 그놈이 이곳에 없다는 말인가?"

"부두교 사제들도 찾고 있지만 모르는 것 같습니다."

어젯밤 푸시킨과 함께 부두교 사제 맨더스를 만난 것이다. 서로 협력하자는 말을 듣고 바로 헤어졌는데 지금은 김승구를 찾는 것이 급선무다.

"저택에 없다면 이르쿠츠크로 간 것 아닌가? 그곳에도 킴스코가 있잖아?"

장천이 이맛살을 찌푸리고 물었다. 운관은 저택의 하녀 둘, 김승구의 비서 욜가와 운전사 이반까지 만나 조사를 한 것이다. 조사 방법은 운관이 다가가 시선만 맞추면 된다. 그 순간에 상대방의 머릿속에 저장된 김승구의 자료가 주르르 운관에게 빨려드는 것이다. 그런데도 최근의 김승구 행적이 없다. 그들에게 이야기 해준 적도 없고 떠나는 장면도 찍히지 않았다.

"흔적을 남기지 않고 사라졌어요. 어쨌든 하바로프스크에는 없습니다. 이르크추크로 가봐야겠어요."

"부두교 무당들도 신통한 방법이 없는 모양이다."

그때 응접실로 장복이 들어섰다. 법사(法師) 장복의 신통력(神通力)은 몸이 빠르고 살수(殺手)가 뛰어났다. 몸이 빠르다는 것은 신족통(神足通)류다. 본래 부처의 신족통은 김승구처럼 후딱후딱 몸을 옮기는 것이었지만 대림사(大林寺)에서는 변형되었다. 신족통 본래의 능력이 없어지면서 경공과 살수로 발전된 것이다. 부처가 준 오신통이 그대로 계승될 수가 있겠는가? 처음에는 제대로 줬겠지만 그것을 '제멋대로' '그대로' 계승시킬 수는 없지.

"사형, 찾았습니다."

장복이 눈을 희번덕거리며 말했다.

"찾아? 어디 있어?"

장천이 묻자 장복이 숨을 고르고 나서 대답했다.

"서울로 갔습니다."

"서울로?"

"예, 공항의 출입국 기록을 체크했더니 사흘 전에 서울로 떠났습니다."

"출입국 기록을 남겼단 말이지?"

"내 눈으로 봤습니다."

"이놈 봐라?"

장천이 운관을 보았다.

"발자국을 남기고 갔구나."

운관은 대답하지 않았다.

김승구가 어깨를 늘어뜨리면서 천이통(天耳通)을 닫았다. 방금 장천과 운관, 장복의 이야기를 다 들었다. 그렇다. 발자국을 남기고 왔다. 그것은 전장(戰場)을 이곳으로 옮기려는 시도다. 그것은 새가 둥지에서 멀리 떨어진 곳에서 침입자를 꼬시는 행동과 같다. 둥지의 새끼를 보호하는 작전이다.

나타샤가 무참하게 살해당했고 앞으로 또 누가 목표가 될지 모른다.

놈들은 내 주변 인물을 잡아 미끼로 삼아서 날 꼬여내려 할 것이다. 벽시계를 본 김승구가 자리에서 일어섰다. 오후 3시 반이다.

오후 5시, 맨더스가 푸시킨의 전화를 받는다. 부두교의 본부가 되어 있는 레닌 저택 안, 맨더스가 응답했을 때 푸시킨이 대뜸 말했다.

"맨더스, 김승구가 서울로 갔어. 대림사에서 알아냈네."

"서울로?"

되물었던 맨더스가 자존심이 상하는 바람에 심호흡을 했다. 그때 푸시킨이 말했다.

"대림사에서는 지금 서울로 간다는데 당신들도 가는 게 낫겠어."

"확실합니까?"

그러자 푸시킨이 혀를 찼다.

"공항 출입국 기록에 찍혀 있어. 서둘러. 여기 머물 이유가 없어."

오후 8시 10분, 이태원의 미군전용 클럽 '레인저스' 안, 이곳은 클럽 이름처럼 레인저 출신들이 단골로 드나드는 곳이다. 대부분 현역이지만 예비역이나 다른 특수부대 요원들도 온다. 김승구가 들어서자 이곳저곳에서 시선이 쏠렸다. 그러나 아는 얼굴은 없다. 김승구도 레인저 상사 출신이다. 자리를 잡고 앉았을 때 옆자리의 흑인이 불쑥 물었다.

"헤이, 여기가 어딘지 알고 온 거야?"

거구에 어둠 속에서 두 눈이 번들거렸다. 위압적인 자세. 일행인 흑인과 백인 둘이 지그시 시선을 준다.

"갓 댐."

김승구가 흑인을 똑바로 보았다.

"난 제7여단 24부대 S-4팀장이었던 어른이야. 일등상사. 은성무공 1개, 동성무공 1개, 무공기장 16개를 탔고 참전 횟수는 168번, 이 자식아."

셋이 얼어붙었고 김승구가 눈을 가늘게 떴다.

"군번이 3324589다. 확인해 봐라."

"예, 상사님."

흑인이 상반신을 세우고 대답했다.

"존경합니다, 상사님."

"내가 한잔 사지."

김승구가 웨이터를 불러 1백 불짜리 위스키를 한 병 시켜주고 나서 물었다.

"여기 병기계 놈 나오지 않아?"

"예, 왓슨 상사가 쫌 있다 올 겁니다."

일행 중 백인이 금방 대답했다.

"제가 알려드리지요."

왓슨보다도 타리샤가 먼저 왔다. 타리샤는 레인저 소속 병장, 경력 5년 차로 의정부에 주둔하는 제29부대 소속이다. 앞자리에 앉은 타리샤가 눈을 가늘게 뜨고 김승구를 보았다. 소문이 금방 퍼진 것이다.

"언제 제대했어요, 상사님?"

"1년 반 전."

김승구가 똑바로 타리샤를 보았다, 우선 외모부터. 금발의 백인, 머리는 짧게 잘랐고 얼굴에 주근깨가 많았지만 미모다. 푸른 눈동자, 곧은 콧날, 생기 띤 입술, 그리고 건장한 체격. 곧 김승구가 머릿속으로 들어갔다.

'남자답게 생겼어. 레인저 출신은 맞는 것 같다. 24부대의 S-4팀장이라니 최정예 부대 아냐? 거기 팀장이면 우리 부대장도 알겠네. 조나단 저 개자식이 잔뜩 오그라진 게 이해가 가네. 오늘 밤 데리고 나갈 수 있을까? 난 준비가 다 되었는데. 클럽 안의 병신들 상대하기는 싫고.'

머릿속이 산만했지만 줄거리를 요약한 것이 이렇다. 그때 김승구가 말했다.

"어디서 근무해?"

"의정부 29부대."

"그럼 거기 부대장이 패튼 중령 아냐?"

"맞아요."

타리샤의 얼굴에 웃음이 떠올랐다.

"패튼이 24부대에서도 근무했다고 맨날 자랑하던데."

"패튼 별명이 '쥐잡이'인 거 아나?"

"하하하."

타리샤가 소리 내어 웃자 주위에서 다 돌아보았다. 그쯤은 개의치 않고 타리샤가 김승구를 보았다. 타리샤는 반팔 티셔츠에 진 바지 차림이다. 젖가슴이 경주의 왕릉 같다.

"알고 있어요. 근데 왜 별명이 쥐잡이죠? 생긴 거나 행동을 보면 개가 맞는데."

"아프가니스탄에서 민가를 수색하다가 '쥐'에 놀라서 쥐를 쏘았기 때문이지."

"하하하."

"오늘 밤 내 집으로 가자, 타리샤."

"좋아요."

타리샤의 눈이 반들거렸다.

"난 준비 다 되었어요, 대장."

30분 후, 김승구가 타리샤하고 떨어져서 구석자리로 옮겨가 육중한 체격의 사내를 바라보고 있다. 기동대의 병기계 왓슨 상사다. 왓슨은 흑인으로 30대 중반의 고참이다. 김승구의 시선을 빨아들인 왓슨이 대번에 말했다.

"저격총은 베레타 스나이퍼가 있어. 개량품으로 유효사거리 1,500미터야. 알지?"

"내가 쏴봤어."

김승구가 고개를 끄덕이자 왓슨이 말을 이었다.

"권총도 베레타 92F로 해주지. 소음기 끼어서. 실탄은 각각 3백 발씩. 참, 베레타 스나이퍼의 소음기도 가져다줄게."

그러더니 빙그레 웃었다.

"2만 불이나 준다고? 이거 횡재했군. 그럼 여기 뒤쪽 주차장에서 내일 밤 10시에 만나."

왓슨이 김승구가 내민 손을 쥐더니 힘껏 흔들었다.

다음 날 아침, 눈을 뜬 김승구는 한쪽 팔을 베고 있는 타리샤를 보았다. 금발을 헝클어뜨린 채 타리샤는 아직도 깨어나지 않았다. 피부는 적당하게 그을렸지만 윤기가 난다. 타리샤의 알몸을 바라보다 김승구가 시트를 끌어 허리까지만 덮어주었다. 그때 타리샤가 눈을 떴다.

"벌써 깬 거야?"

김승구의 시선을 받은 타리샤가 얼굴을 가슴에 붙이면서 물었다. 타리사한테서 달콤한 향내가 맡아졌다. 김승구가 꿈틀거리며 몸을 밀착하는 타리샤의 허리를 당겨 안았다. 건강하고 탄력이 넘치는 데다 지칠 줄 모르는 타리샤의 몸에 다시 김승구가 빠져들었다. 타리샤는 오늘 휴가다. 하루 종일 집 안에 있을 거라고 했다.

"김승구는 제 둥지를 부수지 않으려고 떠난 거야, 이곳을 전쟁터로 만들면 다 부서질 테니까. 그리고 서울로 떠난 흔적을 남기고 우리를 부른 것이지."

"그런 것 같습니다, 오로런."

맨더스가 고개를 끄덕였다.

"대림사 중국인들은 오후 5시 비행기로 떠난다고 합니다."

"서른 명이 넘는 군상들이니 비행기 값도 엄청 나오겠구나."

"팩스코에서 내주는 것 아닙니까?"

"비행기 값이라도 할지 모르겠다."

사크라의 얼굴에 쓴웃음이 배어났다.

"이소룡처럼 뛰고 날면 다 되는 일이냐?"

"김승구의 마술도 비슷하지 않을까요?"

"날 쇠꼬챙이로 찍은 수법은 특별했어."

사크라가 그때를 떠올리고는 이맛살을 찌푸렸다.

"옆방에 있었는데도 쇠꼬챙이를 휘둘러 영기(靈氣)를 부수고 내 몸을 찍었다. 그것은 무술(武術)이 아냐."

"대림사 중국인들도 그럴 수 있을까요?"

장천 일행을 만난 맨더스가 고개를 기울였다. 능력을 보여 달라고 할 수도 없었던 것이다.

"타리샤."

김승구가 부르자 타리샤가 고개를 돌렸다. 푸른 눈동자가 반짝였고 입가에는 웃음이 떠올라 있다. 오전 10시 반, 창밖은 환했고 햇살이 집 안에 잔뜩 덮여 있다. 햇살을 받은 타리샤의 볼에 흰 솜털이 일어나 있다. 아름답다. 들판의 야생화 같다.

"왜?"

타리샤가 묻는 순간이다. 그때 숙명통(宿命通)이 작동되었다.

'아, 데이빗, 그만.'

차 안이다. 앳된 얼굴의 타리샤가 위에서 누르는 사내를 밀치고 있다. 밤, 한적한 교외의 길가.

'싫어, 데이빗!'

그러나 타리샤의 스커트는 이미 벗겨져 있다. 가쁜 숨소리. 일그러진 타리샤의 얼굴. 김승구가 고개를 흔들고는 눈동자의 초점을 잡았다. 장면은 몇십 초쯤 되었지만 현실에서의 시간은 2초쯤 되었을까? 아직도 타리샤가 묻는 얼굴로 김승구를 바라보고 있다.

그때 김승구는 손에 쥐고 있던 젓가락을 보았다. 그 순간 김승구의 심장 박동이 뚝 멈췄다. 아, 은젓가락. 은과 마늘, 성수가 악마를 쫓는 처방이었다. 지금 손에 쥐고 있는 것이 바로 은젓가락이다. 김승구가 젓가락을 내려놓았다. 그러고는 다시 타리샤를 보았다. 변함이 없다. 어제 주방용품을 구입하면서 은으로 된 수저와 젓가락을 3쌍씩 구입했었다.

배기남, 이제 킴스코가 된 회사의 총무담당 이사. 배기남이 김승구의 심복이라는 것은 킴스코의 경비원까지 아는 사실이다. 킴스코 간부 사원에서 말단까지 대부분이 팩스코 출신들이어서 김승구와 배기남이 서울에서부터 조장과 조원으로 뛰었다는 것을 알고 있는 것이다.

오전 7시 20분, 하바로프스크 도심의 서북쪽 주택가에서 한 대의 승용차가 달려 나온다. 바로 배기남이 운전하는 한국산 대형 승용차다. 아직 이른 시간이었기 때문에 주택가의 차량 통행은 드문드문하다. 배기남이 도로로 빠지는 길을 향해 모퉁이를 우회전했을 때다.

"으윽!"

가슴에 격렬한 충격을 받은 배기남이 몸을 웅크렸다가 다시 머리에 타격을 받고는 차와 함께 길가의 나무를 들이받았다. 운전석의 에어백이 터졌지만 배기남은 몸을 뒤로 젖힌 채 정신을 잃었다.

그때 승합차 한 대가 옆에 멈춰 서면서 사내 둘이 뛰어내렸다. 그러고는 운전석에서 배기남을 끌어내려 승합차에 태우더니 비상등을 번쩍이며 달려갔다. 모두 교통사고 부상자를 싣고 가는 것으로 알았기 때문에 사고를 목격한 사람들 중 민첩한 처리에 고개를 끄덕이는 사람도 있었다. 그래서 배기남의 사고는 누가 신고하지도 않았다.

오전 10시, 김승구가 클라크의 전화를 받는다.

"배 이사가 실종되었어."

클라크가 서두르듯 말을 이었다.

"출근하다 차 사고가 났는데 차만 길가에 부서진 채 놔두고 배 이사는 흔적이 없어. 경찰에 신고를 했는데 납치된 것 같아."

납치다. 더 들을 것 없다. 부두교냐 대림사냐, 둘 중 하나다.

"커크, 잘 했어. 회사 내부에는 이야기하지 않는 게 나아. 직원들이 동요하면 업무에 지장이 오니까."

"알았어, 김. 그런데…."

"알고 있어, 커크. 내가 토머스한테 연락을 할 테니까."

통화를 끝낸 김승구가 호흡을 조절했다. 배기남은 자금을 관리하고 있는 것이다. 무슨 자금? 강탈한 팩스코 비자금이다. 무려 6억 불이 넘는 현금 더미를 숨겨두고 있다. 그것을 알고 있는 클라크가 걱정하는 것이다.

"알았습니다."

김승구가 배기남이 실종되었다고 했더니 대번에 토머스가 말했다. 다른 말을 덧붙일 필요도 없이 토머스가 말을 이었다.

"여기 일은 제이슨한테 맡기고 내가 이르쿠츠크로 가지요."

"그래줘, 토머스."

"설령 알게 되었다고 해도 금방 손을 못 쓸 겁니다."

"버니가 부두교 사람들이 임대한 주택을 알고 있어. 먼저 버니를 시켜 그 '레닌 저택'이란 곳을 습격하도록 하겠다."

"알겠습니다."

"서둘러."

통화를 끝낸 김승구가 이번에는 버니 웨스트우드의 번호를 눌렀다. 스보르카 조직원을 동원해서 '레닌 저택'을 습격하려는 것이다.

김승구가 세 번째로 전화를 한 사람은 서경아다. 팩스코의 자금부 대리로 근무하면서 비자금의 정체를 알게 된 여자. 그래서 김승구가 3차에 걸쳐서 비자금을 강탈할 수 있게 된 것이다. 그리고 서경아는 지금 배기남의 아내가 되어 있다.

김승구는 심호흡부터 했다. 서경아는 회사를 그만두고 가정주부가 되어 있다. 그리고 몇 달 후에는 2세가 태어날 것이다. 이윽고 신호음이 울리더니 서경아가 금방 전화를 받는다.

"여보세요."

"접니다. 걱정하고 계셨죠?"

"아녜요."

서경아의 목소리는 굳어져 있다. 클라크가 경찰에 신고를 했으니 연락이 갔을 것이다.

"별일 아닙니다. 곧 돌아올 겁니다."

김승구가 말하자 서경아는 숨만 쉬었다. 원망을 하겠는가? 그렇다고 부탁하기도 멋쩍다. 그때 김승구가 말을 이었다.

"걱정하지 마시라고 연락드린 거요."

"죄송해요."

서경아가 가라앉은 목소리로 말했다.

"부탁합니다."

"최선을 다할 테니까요…, 그럼."

전화기를 귀에서 뗀 김승구가 처음으로 무력감(無力感)을 느꼈다. 배기남 주변에 천이통(天耳通)을 대었지만 안 들린다. 은젓가락을 쥐고 다시 시도를 했어도 마찬가지다. 여러 번 시도를 했다가 중지한 상태다. 신족통에 이어서 천이통도 막혔다. 천안통, 숙명통, 타심통도 언제 막힐지 알 수가 없구나.

눈을 감은 김승구가 배기남의 얼굴을 떠올렸다. 오피스텔의 방 안이다. 배기남의 얼굴이 흐리게 보였다가 점점 분명해졌다. 얼굴을 떠올린 지 20분이나 되었다. 배기남은 공수특전단 하사 출신의 거구다. 총무부 소속의 트럭 운전을 하다가 김승구와 합류한 동지나 마찬가지. 김승구의 머릿속에 배기남의 모습이 박혀 있는 것이다.

'기남아.'

김승구가 눈을 감은 채 배기남을 부른다. 머릿속에서 부른 것이다. 그 순간 배기남의 눈동자에 초점이 잡혀졌다. 김승구를 보는 것이다. 김승구는 숨을 죽였다. 배기남의 얼굴이 피투성이다. 이제 배기남의 현실 모습이 보인다.

'형님.'

배기남이 김승구를 응시하며 부른다, 물론 머릿속 말. 배기남의 이마에서 피가 주르르 흘러내려 코 옆으로 핏줄기를 만들었다. 지금 배기남은 묶인 채 의자에 앉아있다. 그때 김승구가 말했다.

'네 머릿속 기억을 지워줄게.'

'그러시죠.'

배기남이 바로 대답했다.

'저도 걱정하고 있었습니다.'

'그것들 부두교 놈들이냐?'

'여자가 보스입니다. 그년이 곧 다시 올 건데 마술에 견디지 못할 것 같습니다.'

'내가 곧 구해주마.'

'우선 기억부터 지워주세요, 형님.'

그 순간 김승구가 타심통(他心通)을 넣어서 배기남 머릿속의 기억을 지웠다. 돈 상자에 대한 기억, 비자금에 대한 기억이다.

'미안하다.'

김승구가 말하자 배기남이 피투성이가 된 얼굴로 웃었다.

'천만에요.'

문을 열고 들어선 사크라가 배기남과 시선이 마주치자 빙그레 웃었다.

"어, 다시 깨어났구나."

사크라는 맨더스와 동행이다. 이곳은 저택 지하실, 맨더스는 손에 하나쉬 향이 피어오르는 향 그릇을 들고 있다. 다가선 사크라가 배기남의 앞에 앉았다. 맨더스가 향 그릇을 옆쪽 탁자 위에 놓는다. 금방 향 연기가 지하실을 채우기 시작했다.

"네가 김승구의 심복이라고 들었어."

사크라가 손을 저어 향 연기를 배기남 쪽으로 넘기면서 말했다.

"김승구가 가져간 비자금 행방도 물론 네가 알고 있을 거야."

향 연기가 배기남의 몸을 감싸기 시작했다. 지하실의 공기는 움직이지 않았지만 향 연기는 기괴했다. 배기남 쪽으로 흘러가더니 몸을 감싸기 시작한 것이다. 사크라가 말을 이었다.

"자, 배기남, 비자금에 대해서 말해 보아라. 서울에서 7천만 불, 2억 불, 그리고 중국으로 보낸 4억 5천만 불."

배기남이 연기에 싸인 얼굴로 사크라를 보았다. 그러더니 홀린 듯이 말한다.

"오로런이시어, 말씀드리지요."

"말해라, 믿는 자여."

"전해드리는 말씀입니다."

그 순간 사크라가 눈을 치켜뜨면서 배기남을 노려보았다. 하나쉬 연기를 배기남 쪽으로 보내던 맨더스도 잠깐 움직임을 멈췄다. 그때 연기에 얼굴이 덮인 배기남이 말했다.

"잘 들어라, 이 미친년아."

그 순간 사크라가 쥐고 있던 인형을 들어올렸다. 치켜 뜬 눈이 번들거리고 있다. 배기남의 입에서 다른 목소리가 나왔기 때문이다. 김승구의 목소리다. 배기남이 말을 이었다.

"내가 이미 머릿속에서 기억을 지웠다. 넌 헛일을 한 거다."

그때 사크라가 쥐고 있던 인형의 배에 검은 바늘을 깊게 박았다.

"으아악!"

비명은 배기남의 목소리다. 그때 배기남이 번쩍 머리를 들고 사크라를 보았다.

"이 사람을 그냥 보내라. 머릿속의 기억이 없어졌으니 잡고 있을 이유가 없다."

그러나 사크라가 다시 바늘 하나를 꺼내더니 배기남의 심장에 깊숙이 찔렀다.

"아악!"

배기남이 턱을 치켜들고 신음했다.

손목시계를 본 버니 웨스트우드가 퍼트 이바노프에게 말했다.

"퍼트, 왜 이렇게 시간이 걸려?"

"아직 뒤를 다 막지 않았어, 버니."

퍼트가 투덜거렸다.

"눈이 쌓여서 그래."

"그럼 놔두고 그냥 치자. 눈이 쌓였다면 도망가기도 힘들 테니까."

오후 8시 반, 주위는 이미 짙은 어둠에 덮여 있다. '레닌 저택' 근처에 도착했을 때는 오후 8시 경. 퍼트가 스보르카 조직원 40여 명을 데려왔는데 '정예'라고 했다. 모두 군(軍) 경력자로 그중에는 '스페르나츠' 출신이 5명이나 끼어 있다는 것이다. 그리고 모두 총기로 무장했는데 대부분이 AK-47에다 권총까지 휴대했다. 버니는 '러시아 마피아'의 '무장 상태'를 처음 보았는데 입이 '떡' 벌어졌다. 그때 퍼트의 핸드폰이 울리더니 곧 귀에 붙인 퍼트가 버니에게 말했다.

"뒤도 막았어, 버니."

버니가 지휘자인 것이다. 몸을 일으킨 버니가 1백 미터 전방의 '레닌 저택'을 보았다. 이제 사방이 포위되었다. 안에는 미국에서 온 '부두교' 미친 연놈들이 있는 것이다.

"쳐! 싹 죽이고 안을 수색해서 배 이사를 찾아라!"

무자비한 총질에는 러시아 마피아가 적격이라고 들었다.

그 시간에 김승구는 종로3가의 보석가게에 들어가 주인과 상담 중이다. 50대의 주인이 김승구 앞에 은으로 된 팔찌를 20여 개나 내려놓았다.

"여기 은으로 된 팔찌 다 가져왔습니다."

주인이 팔찌를 벌려 놓으면서 웃었다.

"요즘은 은팔찌를 찾는 사람이 드물어서요."

김승구가 팔찌를 살펴보더니 그중 가장 두꺼운 것을 집었다.

"이거 순은입니까?"

"100퍼센트죠."

주인의 시선을 받은 김승구가 타심통(他心通)이 선명하게 통하는 것을 느꼈다.

'촌놈이 별걸 다 사는군. 원가가 40인데 80쯤 불러봐야지.'

주인 머릿속 생각이 선명하다. 고개를 끄덕인 김승구가 주인에게 말했다.

"원가가 40이니까 내가 10만 원을 더 얹어서 50 드리지."

10시, 김승구가 '레인저스'의 주차장으로 들어섰다. 차들이 10여 대 주차되어 있었지만 주차장의 절반 이상은 비어 있다. 그때 구석 쪽 SUV 운전석에서 불빛이 반짝였다. 담뱃불 같다. 김승구가 그쪽으로 다가갔더니 운전석 문이 열리면서 어둠에 묻힌 얼굴이 드러났다. 흑인이어서 그렇다. 어젯밤에 본 왓슨이다. 왓슨이 주위를 살피고 나서 김승구에게 손을 내밀었다.

"머니."

김승구가 주머니에서 돈뭉치 2개를 꺼내 내밀자 왓슨이 고개를 끄덕였다.

"차 안에 있어. 들어가지."

둘은 같이 차 안으로 들어갔다. 김승구는 뒷좌석에 놓인 골프가방을 보고는 지퍼를 열었다. 그러자 곧 베레타 스나이퍼가 드러났다. 바닥에는 베레타 92F 권총이 놓여 있다. 김승구가 총을 확인하는 동안 왓슨은 준비한 플래시를 켜더니 돈뭉치를 꼼꼼히 보았다. 이윽고 고개를 든 왓슨이 김승구를 보았다.

"거래 끝났지?"

골프백을 메고 주차장을 나왔을 때 김승구는 핸드폰의 벨소리를 들었다. 그 순간 김승구는 '철렁' 가슴이 내려앉는 느낌을 받는다. 발신자는 버니 웨스트우드다. 숨을 들이켠 김승구가 길가의 상가 벽에 몸을 붙이고는 핸드폰을 귀에 붙였다.

"말해, 버니."

"보스, 문제가 생겼습니다."

가라앉은 목소리로 버니가 말했을 때 김승구는 침묵했다. 말을 안 해도 알았기 때문이다. 버니가 말을 이었다.

"놈들은 도망쳤습니다."

"…."

"하인 둘만 죽였습니다."

"…."

"배 이사는 지하실에서 시체로 발견되었습니다. 교통사고로 머리가 깨졌지만 심장마비인 것 같습니다."

아니다. 창으로 찔린 것 같은 그 고통, 심장을 바늘로 찌르면 보통 사람은 배겨나지 못한다. 그때 버니가 말을 이었다.

"그래서 경찰에 신고를 했습니다. 저택에 투숙했던 연놈들은 수배해야지요. 배 이사를 숨겨서 데려올 수는 없었습니다."

"잘했어."

"토머스 형님이 곧 연락을 드릴 겁니다."

그러고는 통화가 끊겼다. 배기남이 죽었다, 나타샤에 이어서 배기남이. 둘 다 부두교의 짓이다.

"어떠냐?"

장천이 묻자 운관이 어깨를 들었다가 내렸다.

"내일은 만날 수 있겠지요. 만나기만 하면 윤곽이 잡힐 겁니다."

"이곳 준비는 끝냈다."

쓴웃음을 지은 장천이 말을 이었다.

"시간이 많다면 발품 팔아서 찾겠지만 이건 서로 경쟁하는 상황이어서 말이야."

경쟁자란 부두교 사제들을 말한다. 이곳은 영등포의 크리스탈호텔 안, 7층짜리 호텔에 대림사(大林寺) 도인들이 모두 투숙했다. 관광객으로 위장했기 때문에 호텔의 중국인 투숙객 수백 명 사이로 금방 흡수되었다. 방 안에는 장천과 운관, 장복까지 셋이 둘러앉았는데 방금 운관이 밖에서 돌아온 것이다. 운관이 입을 열었다.

"김승구는 고아로 자랐기 때문에 연고자가 없습니다. 하지만 팩스코에서 인연을 맺은 여자하고 만날 가능성이 많지요. 내일 그 여자를 만날 겁니다."

정미나다. 지난번 이르쿠츠크에서 사건에 휘말렸다가 귀국한 정미나가 지금 팩스코에 남아 있는 상황. 그때 장천이 고개를 기울이며 말했다.

"그것보다 그놈이 우리한테 미끼를 던질 가능성이 많아."

장천의 두 눈이 번들거렸다. 수석법사인 장천은 살수뿐만이 아니라 안목도 높다. 운관과 장복이 미처 깨닫지 못한 먼 곳을 본다. 둘의 시선을 받은 장천이 목소리를 낮췄다.

"김승구는 우리를 이곳으로 끌어들였어. 러시아에 벌여놓은 사업과 부하들을 지키려는 속셈이지. 그러면 김승구의 다음 행보는 무엇이 될 것 같나?"

"우리가 한국에 왔다는 것도 이미 알고 있을 것입니다."

쓴웃음을 지은 운관이 말을 이었다.

"어쩌면 우리가 투숙한 이곳도 알고 있을지도 모릅니다. 우리는 여권을 제시하고 체크인을 했으니까요."

그때 장천이 고개를 끄덕였다.

"이곳이 그놈에게 덫이 될 거다. 그놈도 그쯤은 알고 있을 것이고."

"머리 전쟁이군요."

장복의 얼굴에도 웃음이 떠올랐다.

"부두교 무당이 오기 전에 빨리 끝내지요."

오전 5시, 김승구가 손목에 찬 밴드를 바라보면서 생각한다. 은팔찌는 위에 고무 밴드를 덮었기 때문에 눈에 띄지 않는다. 중국인 장천, 운관, 장복 일행이 무더기로 서울에 입성한 것은 이미 체크가 되었다. 요즘이 어떤 세상인가?

하바로프스크에서 인천공항으로 날아온 중국인 일행은 38명. 그중 34명이 대림사 도인들이다. 출입국자 명단을 확인하는 것은 금방이다. 출입국관리사무소에 가서 담당자와 5분간 대화를 한 후에 뽑아온 것이다. 그리고 지금 34명은 영등포의 크리스탈호텔에 투숙했다. 방 번호도 다 안다. 가명을 쓰고, 다른 비행기 편으로 다른 날 입국해서 각각 다른 곳에 투숙했더라도 10분쯤 더 시간이 걸리겠지만 알게 될 것이다.

'은팔찌'를 찾지만 아직 신족통(神足通)은 안 된다. 다른 능력은 지금부터 시험을 해볼 생각이다.

어젯밤 배기남의 소식을 듣고 아직 서경아한테 연락을 못 했다. 걱정하지 말라고 하고, 최선을 다하겠다고 말해준 지 몇 시간도 안 되어서 배기남의 시체가 발견되다니. 지금쯤 서경아의 주위에 클라크, 토머스 등 간부들이 모여 있을 것이지만 위로가 되겠는가? 김승구도 '위로의 말'을 찾지 못하고 연락도 못 하고 있는 상황인데.

또다시 무력감에 휩싸인 김승구가 손목을 들어 검은 밴드에 덮인 은팔찌를 본다. 문득 오신통(五神通)이 애초부터 없었던 것이 나았다는 생각이 든다. 난데없는 능력에 '헛꿈'을 꾸고 모래성을 쌓다가 애꿎은 주변 사람들만 희생시켰다.

창가에 선 김승구가 밝아오는 창밖을 응시하다가 곧 부두교의 여사제 사크라를 떠올렸다. 배기남의 눈을 통해 사크라의 얼굴을 선명하게 머릿속에 박아놓았기 때문이다. 배기남의 입으로 사크라에게 죽일 필요가 없다는 말까지 했었는데.

그 순간 눈앞에 연기가 일어났다. 자욱한 연기가 순식간에 번지더니 사크라의 얼굴을 덮었다. 보이지 않는다. 들리지도 않는다. 사크라의 얼굴을 짙은 연기가 가로막았다. 부두교의 마술이다. 사크라에게 천이통(天耳通)이 통하지 않는 것이다. 팔목의 은팔찌도 소용없다.

"앗!"

의자에 앉아 있던 사크라가 놀란 외침을 뱉더니 탁자 위에 놓인 주머니를 움켜쥐었다. 가죽으로 만든 손바닥만 한 주머니다. 주머니 안에는 닭 뼈, 선지자의 머리칼 뭉치, 은반지, 하나쉬 뿌리, 쥐 이빨, 흙이 조금 들어 있다. 흙은 선지자의 무덤에서 파온 흙이다. 앞에 앉은 맨더스가 얼굴을 굳히고 물었다.

"무슨 일입니까?"

"그놈이 내 앞에 왔다가 갔어."

"여기로 말입니까?"

맨더스가 방 안을 둘러보았다. 이곳은 선실이다. 블라디보스토크를 떠난 여객선 '토냐호'는 지금 동해바다를 남진하여 속초항으로 가는 중이다. 특등실에 탄 둘의 옆쪽 창으로 아침 바다가 펼쳐져 있다. 태양이 막 떠오르고 있어서 바다 위는 은박을 펼쳐놓은 것 같다. 움켜쥔 주머니를 흔들면서 사크라가 말을 이었다.

"그놈이 날 찾고 있어."

"찾았습니까?"

"나도 그놈이 다가오는 기척만 느꼈어. 날 찾지 못했을 거야. 이 신물(神物) 때문에."

사크라가 주머니를 눈으로 가리켰다.

"이 신물이 있는 한 그놈의 주술은 나한테 안 통해."

"그놈한테도 다른 능력이 있지 않겠습니까?"

"있겠지."

사크라의 두 눈이 번들거렸다.

"하지만 오로런의 능력을 당해낼 신(神)은 이 세상에 없다."

사크라 또한 저택에 있던 하인 둘이 피살당한 것이다. 현지에서 고용한 하인들은 놔두고 놈들은 사크라의 하인들만 쏴 죽였다. 집기와 제단을 정리하던 하인들이다.

"비행기 외에 배로 입국하는 사람들의 명단을 부탁합시다."

김승구가 출입국관리사무소 오명근 입국부장에게 말했다. 오전 9시, 김승구는 오명근이 출근하자마자 면담을 하고 있다. 이곳은 여의도의 출입국관리본부 건물 안, 김승구는 출근하는 오명근을 현관 앞에서 기다리고 있다가 함께 들어왔다. 어떻게 그렇게 되었냐고? 오명근이 다가왔을 때 불렀다.

"오 부장님."

시선을 마주친 오명근이 반색을 하고 말했다.

"아이구, 기다리고 있었습니다. 같이 가시죠."

타심통(他心通)은 통한다. 그때 오명근이 고개를 끄덕이더니 익숙하게 앞에 놓인 컴퓨터 자판을 두드렸다. 빠르다. 53세인 오명근은 세관 업무만 본 지 25년이다.

"러시아에서 바로 입국하는 명단 말이죠?"

자판을 두드리며 오명근이 물었다.

"예, 입국 예정자까지. 지금 오고 있는 사람들도 가능하지요? 어제부터 말입니다."

"물론이지요."

"타타타타."

이것은 자판 두드리는 소리.

"어제부터 오늘까지 부탁합니다."

"예, 곧 나옵니다."

잠시 후에 오명근이 책상 밑의 프린터에다 손을 뻗치더니 출력된 명단을 내밀었다. 10여 장이나 된다. 명단을 받아든 김승구가 오명근을 보았다. 천안통(天眼通).

'5년 후 이 시간의 오명근은?'

그 순간 김승구는 납골당에 안치된 오명근의 사진을 보았다. 앞에 놓인 꽃병의 꽃은 시들었다. 5년 후의 오명근은 죽었다. 어깨를 늘어뜨린 김승구가 서류를 쥐고 자리에서 일어섰다. 천안통은 된다. 그러나 기뻐할 이유는 없구나, 아무리 우주의 법칙이라고 해도.

택시를 타고 오피스텔로 오면서 김승구가 오명근한테서 받은 입국자와 입국 예정자 명단을 보았다. 있다. 세 번째 페이지에 미국 국적의 사크라와 맨더스, 아구로, 민타나, 네 명. 블라디보스토크에서 여객선 '토냐호'를 탔고 오늘 오후 3시에 속초항에 도착할 예정이다. 5시간 남았다.

"그냥 다닐 거야?"

옆쪽 책상에 앉은 이문성이 묻자 정미나는 쓴웃음부터 지었다.

"좀 두고 보다가 결정할 거야."

"지금 킴스코러시아는 문제가 많다던데."

이문성이 의자를 당겨 정미나 옆으로 붙었다. 오전 10시 반, 서울 팩스코 영업본부 안. 러시아에서 돌아온 정미나는 이곳에서 김승구가 팩스코러시아 사장에서 해임되고 직원들과 함께 킴스코러시아를 창립하는 과정을 지켜봐야만 했다. 지금 팩스코한국의 분위기도 어수선하다. 영업부 사원 상당수가 클라크, 김승구를 따라 팩스코러시아로 옮겼다가 다시 킴스코러시아로 옮겨가는 소동이 일어났던 것이다.

그러다 이번에는 김승구가 사건에 휘말렸다는 소문이 났다. 김승구의 애인이었던 나타샤가 호텔방에서 무참히 살해된 사건. 김승구의 살인 혐의는 벗었지만 그 이후로 공식석상은 물론 회사에도 나타나지 않은 것이다. 그러니 죽었다는 소문도 돈다.

지금 이문성은 정미나에게 팩스코한국에 다닐 거냐 아니면 러시아의 킴스코러시아로 갈 것이냐를 묻고 있는 것이다. 김승구를 따라 팩스코러시아로 갔다가 잠깐 귀국한 상황이니 그렇게 물을 수밖에. 정미나가 말했다.

"팩스코러시아로 돌아갈 생각은 없어, 난 클라크, 김승구를 따라갈 생각이니까."

"그 말, 한국 사장이 들으면 위험할 텐데."

지금 팩스코한국 사장은 미국 본사에서 파견된 헌팅턴이다. 정미나가

코웃음을 쳤다.

"나가라면 나가는 거지. 내가 겁낼 것 같나?"

그때 핸드폰이 울렸기 때문에 정미나가 발신자를 보았다. 모르는 번호지만 정미나가 귀에 붙였다.

"여보세요."

정미나의 목소리가 울렸을 때 김승구가 앞쪽의 벽을 보았다. 이곳은 오피스텔 방 안, 오명근을 만나고 바로 오피스텔로 돌아온 것이다. 곧 정미나의 얼굴이 앞에 떴다.

"나야."

"어머."

놀란 정미나의 목소리.

"지금 어디세요?"

낮게 묻는 정미나의 목소리를 들으면서 김승구가 앞쪽에 뜬 정미나의 눈을 보았다.

"잘 들어."

"네."

"바로 회사에서 나와 전철을 타고 신촌역 1번 출구로 나와."

"지금요?"

"지금 바로."

"알았어요."

통화가 끝났을 때 김승구는 자리에서 일어섰다.

화장실에 간 줄 알았던 정미나가 돌아오지 않았지만 이문성은 신경 쓰지 않았다. 정미나는 팀장급 조장이다. 지금은 혼자 뛰는 '솔로'이기도

했기 때문이다.

"익스큐즈 미."

갑자기 앞에서 누가 영어로 말하는 바람에 이문성이 고개를 들었다. 사내 하나가 웃고 서 있다. 30대 중반쯤, 세련된 차림, 영어를 쓰는 걸 보니 중국계다. 그때 사내가 물었다.

"정미나 씨 어디 계십니까?"

"거래처에 간 모양인데요. 약속하고 오신 겁니까?"

이문성이 묻자 사내는 고개를 저었다.

"지나다가 들렀습니다. 그럼 언제 돌아오시지요?"

"모르겠는데, 연락해보시지요?"

"알겠습니다."

"전번 알고 계시지요?"

그러자 사내가 이문성을 빤히 보았는데 초점이 맞춰지지 않았다. 머리 뒤쪽을 보는 것 같더니 고개를 끄덕였다.

"압니다."

"다녀가셨다고 메모해드릴까요? 누구시라고 할까요?"

"아니, 전화하겠습니다."

그때 뭔가 미심쩍은 이문성이 물었다.

"전번 진짜 아세요?"

"예, 010-XXXX-XXXX 아닙니까?"

맞다. 이문성이 다시 컴퓨터로 시선을 돌렸다.

사무실 밖으로 나온 운관이 복도에 서 있던 수하 도인 둘에게 말했다.

"밖에 나갔다."

"도망간 겁니까?"

옆을 따르던 도인 하나가 묻자 운관이 고개를 저었다. 그들은 지금 팩스코 건물의 복도를 걷고 있다.

"거래처 갔어. 하지만 동료 놈한테서 정미나 전번을 땄다."

이문성의 눈을 통해 정미나의 전번을 딴 것이다. 타심통(他心通)의 변형. 이것으로 운관은 대림사에서 소문난 '점술가'로 명성을 떨쳤다. 타심통이 이런 식으로 변형되어 왔던 것이다. 건물 밖으로 나오자 기다리고 있던 도인들이 움직였다. 운관은 부하 도인 다섯을 데리고 온 것이다. 차도 승용차와 SUV 1대씩을 가져왔다. 정미나를 만났다면 바로 '데리고' 나오려고 했던 것이다.

"옵빠!"

김승구를 본 순간 정미나가 커다랗게 소리치며 달려왔다. 신촌역 1번 출구 앞, 깜짝 놀란 김승구가 먼저 뒤를 쳐다봤다가 달려오는 정미나를 다시 보았다. 순식간에 달려온 정미나가 두 팔을 벌리더니 미처 피할 사이도 없이 김승구의 목을 감고 매달렸다. 몸이 딱 붙었고 정미나 젖가슴의 뭉클한 탄력이 느껴졌다. 두 번째로 더운 숨결이 턱에 닿았고 그다음에 향내가 맡아졌다. 전에 맡았던 향내다.

"어."

김승구는 놀라서 외마디 외침만 뱉었을 뿐이다. 지나던 남녀가 힐끗거렸지만 모두 호의가 섞인 표정들이다. 부러운 시선을 보내는 남자도 많았다. 사람들이 많았기 때문에 한 30명은 쳐다봤을 것이다. 김승구가 아직도 매달려있는 정미나의 허리를 잡고 떼 내었다. 그런데 잘 안 된다.

"이제 놔."

"옵빠, 한 번만 꽉 안아주면 놓을게."

그래서 다급해진 김승구가 정미나를 꽉 안았더니 목이 풀렸다. 그러자 정신이 돌아온 김승구가 숨을 고르면서 정미나를 노려보았다.

"너, 왜 이래?"

"왜는?"

"이제 반말 해?"

"자기는 이제 팩스코 사장도 아니잖아?"

"뭐? 자기?"

"그럼, 여보야, 할까?"

"너, 지금."

"말 더듬지 마."

김승구가 우선 정미나의 팔을 끌고 1번 출구 앞에서 벗어났다. 정미나가 순순히 따라오면서 말했다.

"오늘 자기하고 같이 있을 거야."

"지금 이럴 때가 아냐."

"그래. 어디 호텔이나 가, 모텔도 좋고."

"아니, 그게 아니라."

한숨을 쉰 김승구가 정미나를 오피스텔로 데려가기로 마음을 바꿨다. 본래는 근처 커피숍이나 조용한 카페에 들어가 이야기할 생각이었는데.

"와, 궁전이네."

오피스텔로 들어선 정미나가 탄성을 지르더니 침대 위에 털썩 앉았다.

"옵빠, 여기로 와."

"너, 지금 어디서 다녀?"

다가간 김승구가 정미나를 내려다보았다.

"응? 나, 집에서."

정미나가 상기된 얼굴로 김승구의 팔을 끌어당겼다. 아직 12시도 안 된 오전이다. 그때 팔을 뺀 김승구가 정색하고 말했다.

"너, 오늘부터 여기서 살아. 그리고 당분간 회사 나가지 말고."

"정말?"

정미나의 두 눈이 반짝였다. 얼굴은 더 상기되었고 입은 반쯤 벌어졌다. 고혹적인 모습이다. 그때 김승구가 말했다.

"너 위험해, 목숨이 위험하단 말이야."

정미나는 3초쯤이 지나서야 말뜻을 알았지만 아직 열기는 식지 않았다. 김승구가 소리죽여 숨을 뱉으면서 말했다.

"어쨌든, 너 여기 있어. 나 밖에 나갔다 올 테니까."

사방에 적인 상황이다.

5장
좀비

오후 4시 반, 속초시. 김승구가 시내 대양콘도 4층 방 안에서 창밖을 내다보고 있다. 열어놓은 창 앞은 1평쯤 되는 베란다. 그리고 앞쪽으로 바다가 펼쳐져 있다. 속초항이다. 속초항 국제선 터미널에는 방금 '토냐호'가 입항했는데 아직 승객들의 하선은 시작되지 않았다.

창틀에 거치된 베레타 스나이퍼에는 이미 6발이 장전되었고 나팔 모양의 소음기까지 장착되었다. 비싼 총이다. 이태리에서 성능을 인정받아 미군들도 사용하기 시작한 신제품. 유효 사정거리 1,650미터, 철갑소염탄의 관통력이 강철 3센티. 신뢰성, 정밀도가 10점 중 9.8, 최고점이다.

망원렌즈에 눈을 붙이자 여객선에서 내려지고 있는 '트랩'이 보였다. 양탄자가 깔린 2층 계단으로 중간에서 5미터쯤 평지를 지난 다음 다시 계단을 내려간다. 6만 톤급 호화 여객선. 계단까지 초점을 맞췄더니 거리는 1,120미터. 이 거리에서는 10발 9중이다. 바람과 비의 영향을 자동으로 계산하여 초점 위에 목표물만 올려놓으면 각도를 조절해주는 '조정장치'까지 부착되어 있는 총이다. 그러나 변수가 많기 때문에 숙련되지 않으면 명중률은 제로다. 총은 '사람'이 다뤄야 되는 것이다.

김승구는 계단을 겨누고 각도를 맞췄다. 바람이 서풍이었기 때문에 총의 위치도 2도쯤 바꿨다. 총구는 첫 번째 계단에서 평지로 내려왔을 때의 1미터 지점에 맞춰 놓았다. 1발이 실패하면 그대로 총구를 옆으로 돌려 2탄, 3탄은 두 번째 계단의 맨 위쪽이다. 계단은 30여 개가 되었기 때문에 3탄이 실패하면 목표물은 아래쪽으로 떨어지게 될 것이다. 그때 균형을 잃었을 테니까 4탄 5탄까지 쏠 수가 있다.

이제 승객들이 내려올 때가 되었다. 사크라, 맨더스는 특등석에 탔으니 제일 먼저 내려온다. 김승구가 의자를 당겨 앉고는 다시 망원렌즈에 눈을 붙였다. 배율이 뛰어난 렌즈여서 바로 10미터쯤 앞에 놓인 것처럼 계단이 보인다.

둥근 얼굴, 검은 머리의 여자, 무표정한 눈. 그러나 옷차림은 고급스럽다. 중국계로 보인다. 그 뒤를 따르는 동양인 사내, 양복 차림, 비대한 체격. 둘은 부부 같다. 김승구가 망원렌즈의 조준경을 뒤쪽으로 옮겼다. 지금 특등석 손님들이 내리고 있다. 아이들을 앞세운 러시아인 가족 7, 8명. 부자들의 한국 여행. 그다음은 관리 일행으로 보이는 러시아 사내들 7, 8명. 그다음이 여자들 셋, 러시아 여자들이다. 화려한 화장, 명품 코트, 연예계 일행 같다. 그다음이 가족, 아이 한 명과 30대의 백인 부부. 그런데 여자가 사크라를 닮았기 때문에 김승구는 바짝 긴장했다.

조준경을 사크라의 얼굴에 겨누었더니 마침 고개를 돌려 이쪽을 본다. 1,120미터의 거리를 두고 두 시선이 마주쳤다. 여자의 눈동자가 반짝였다. 여자가 이쪽을 향해 웃는다. 어깨까지 늘어진 검은 머리칼, 흰 이, 꽃이 활짝 펴지는 것 같은 웃음. 김승구의 손가락이 방아쇠에 걸렸다. 일단, 방아쇠에 힘이 실렸고 '딸깍' 소리와 함께 1밀리쯤 뒤로 젖혀졌다. 이단이 되면 발사된다.

그때 김승구의 심장 박동이 빨라졌고 머리 위쪽이 서늘해진 느낌이 온다. '예감', 김승구는 눈을 치켜떴다. 여자의 웃는 얼굴이 아직도 이쪽을 응시하고 있다. 김승구는 방아쇠에서 손을 떼었고 여자도 고개를 돌렸다. 앞장 선 여자가 1탄 지역, 2탄 지역, 3탄 지역을 지나 두 번째 계단을 내려간다. 김승구는 총구를 다시 위쪽으로 돌렸다.

1시간 후 김승구가 속초 세관의 입국과장 유병수와 마주앉아 있다. 이곳은 여객선 터미널 안의 세관 임시 출장소. 이곳에서 여객선 승객의 입국심사 업무를 맡는다. 이미 심사장은 텅 비었다. 여객선 승객들이 모두 빠져나갔기 때문이다. 유병수는 45세, 세관 업무만 18년인 베테랑. 유병수가 웃음 띤 얼굴로 말했다.

"예. 사크라 아만다, 맨더스 유프는 토냐호에 승선했고 조금 전 한국에 입국했습니다."

유병수가 출력된 서류를 김승구 앞에 내밀었다.

"여기 여권 카피가 있네요."

김승구가 여권 카피를 보았다. 사크라가 웃음 띤 얼굴로 찍혀 있다. 바로 아이와 함께 나오던 그 여자가 맞다. 고개를 든 김승구가 유병수를 보았다. 유병수는 이미 타심통(他心通)으로 김승구에게 빨려든 상태.

"입국장은 CCTV로 모두 기록해 놓지요?"

"물론입니다."

"사크라와 맨더스가 입국할 때의 CCTV를 보십시다."

"그럼 기록실로 가시지요."

유병수가 먼저 자리에서 일어섰다.

“저 여자가 사크라입니다.”

CCTV 화면을 재생하고 나서 유병수가 바로 손으로 가리키며 말했다.

“그 뒤에 맨더스가 서 있군요.”

그 순간 김승구가 숨을 들이켰다. 맨 처음에 나왔던 둥근 얼굴, 검은 머리의 여자다. 뒤에 선 비대한 사내. 그리고 그 뒤쪽에 사크라와 맨더스가 서 있다, 아이를 데리고. 그런데 아이가 동양 아이다, 10살쯤 된 사내아이. 그때 유병수가 손으로 뒤에 선 사크라의 얼굴을 짚었다.

“이 여자가 사크라 아닙니까?”

“맞아요.”

CCTV에서 사크라, 맨더스가 동양인 부부의 뒤에 붙어서 입국 심사대로 다가간다. 특등실 손님이어서 그들이 가장 선두다. 두 팀은 각각 양쪽의 심사대를 향해 다가갔고 뒤를 승객들이 따른다. CCTV에는 이제 두 가족의 뒷모습만 비친다. 그때다. 김승구가 말했다.

“화면 정지해 봐요.”

기록실에는 둘뿐이어서 유병수가 화면을 중지시켰다. 그때 김승구가 말했다.

“조금 뒤로, 뒤로.”

유병수가 조금씩 화면을 뒤로 돌렸을 때 김승구가 손을 들었다.

“정지.”

화면이 정지되자 김승구가 손으로 화면 한쪽을 짚었다.

“이것.”

“뭡니까?”

유병수가 눈을 둥그렇게 떴다. 두 가족이 겹치는 순간이다. 비대한 동양인 부부가 각각 사크라와 맨더스와 스치고 있다.

"확대해 봐요."

김승구가 말하자 유병수가 화면을 확대했다. 그 순간 유병수가 몸을 앞쪽으로 기울였다. 중국인 부부가 각각 사크라와 맨더스의 몸에서 뭔가를 집는 자세다. 뭔가는 보이지 않는다. 여자는 사크라의 옷에서 뭔가를 떼는 것 같고 남자는 맨더스의 어깨에서 뭔가를 집는다. 그때 김승구가 말했다.

"화면을 조금 앞으로."

그러자 유병수가 화면을 조금 앞으로 돌렸다. 두 팀이 각각 갈라서면서 옆얼굴만 보이는 순간.

"정지."

유병수가 화면을 정지시켰다.

"확대."

화면을 확대한 유병수의 입에서 외침이 터졌다.

"아앗!"

옆얼굴이 확대되었다. 그런데 조금 전까지 사크라였던 여자가 비대한 중국 여자가 되고 맨더스는 중국 남자가 되었다. 중국인 부부가 동양인 아이를 데리고 간다. 맞는 구조가 되었다.

"사람이 바뀌었어!"

유병수가 헛소리처럼 말했을 때 김승구가 어금니를 물었다. 보통 연놈들이 아니다. 기다리고 있을 줄 예상하고 몸을 바꿨다. 그것이 상대방의 몸에 뭔가 부적을 붙여놓는 것으로 바꾼 것이다. 그것을 떼어내는 순간에 원상태로 돌아왔다.

"숨겨놓은 거다."

장천이 웃음 띤 얼굴로 말했다.

"그쯤은 대비할 만하지."

호텔방 안, 방 안에는 다시 셋이 둘러앉았다.

"그렇다면 놈이 이곳도 알고 있다는 건 확실해졌고."

혼잣소리로 말한 장천이 장복을 보았다.

"진(陣)은 구축되었지?"

"예, 사형."

"놈은 전혀 예상하지 못한 방법으로 들어올 거야."

"일단 진(陣) 안에 들어오면 그때부터는 실전이 됩니다."

"1천 년간 닦아온 대림사의 진법(陣法)은 몽골군도, 여진군도 뚫지 못했다."

정색한 장천이 흐린 눈으로 두 법사를 보았다.

"놈의 능력이 얼마나 되는지 이번에 밝혀지겠지."

그때 탁자 위의 핸드폰이 울렸기 때문에 장천이 발신자를 보았다. 푸시킨이다. 장천이 핸드폰을 귀에 붙였다.

"예, 실장님."

"부두교 사제들도 도착했는데, 성과는 있습니까?"

"성과요?"

이맛살을 찌푸린 장천이 앞에 앉은 운관과 장복을 번갈아 보면서 쓴웃음을 지었다.

"서둘지 마시오, 실장님. 서둘다가 실수하게 되니까."

"부두교는 이미 러시아에서 김승구의 측근들을 잡았어요. 알고 계시지?"

“김승구의 애인을 죽여 놓고 덮어씌우려고 했다는 건 아는데, 또 있습니까?”

“측근 한 명을 잡았는데 자백을 받지는 못했죠.”

“또 죽였습니까?”

“혹독한 사람들이오.”

“죽인 모양이군.”

“어쨌든 정보가 있으면 수시로 보고해주시오, 서로 협조해서 잡아야 되니까.”

“알겠습니다.”

“다시 연락드리지.”

통화가 끊겼을 때 장천이 정색하고 둘을 보았다.

“협조는 개뿔. 비자금 은닉한 곳을 먼저 찾는 놈이 임자다.”

대림사의 진면목이 드러났다. 그때 운관이 말했다.

“부두교도 마찬가지 생각일 것입니다.”

장천이 고개를 끄덕였다. 비자금의 실체를 안 이상 지금은 사례금이 문제가 아닌 것이다.

방심했다. 돌아오는 차 안에서 김승구가 어금니를 물었다. 오신통(五神通)을 소유하고 있을 때의 ‘안하무인’이었던 자세가 드러났다. 이제는 자신보다 월등한 능력을 보유한 상대가 나타난 것이다. 더구나 이 상대는 살수(殺手)를 쓰는 데다 변신에 능하다. 오신통은 살수가 없는 데다 변신 능력이 없다. 부두교만 해도 이런 상황인데 대림사는?

김승구가 고개를 저었다. 모두 내 업보다. 내가 만든 죗값을 내가 치르고 있다. 모두 자신이 벌여놓은 일 때문에 이렇게 되었기 때문이다. 렌트

한 대형 승용차는 평일의 고속도로를 질주하고 있다.

이제 밤이다. 창밖은 어둠에 덮여 있다. 김승구가 무의식중에 사크라의 얼굴을 떠올리고는 귀를 기울였다. 그러나 천이통(天耳通)은 또 막혔다. 왼손에 은팔찌를 차고 있어도 그렇다. 그렇다면 숙명통(宿命通)은?

그 순간 눈앞에 서 있는 여자가 보였다. 금장식의 화려한 옷, 검은 머리, 날카로운 눈매의 미인, 얼굴은 다르지만 사크라의 전생(前生)이다. 이집트의 여왕 신드라.

장군 신분인 김승구는 이미 깊은 상처를 입고 땅바닥에 쓰러져 상반신만 일으킨 상태, 그때 온몸이 토막토막 끊어지는 것 같은 고통이 느껴졌다. 주위를 둘러싼 무장 병사들. 손에 각각 창과 칼을 쥔 채 김승구를 겨누고 있다.

이곳은 궁정의 마당, 앞에 선 신드라의 얼굴에서 웃음이 떠올랐다. 권력욕이 강하고 간계가 뛰어난 신드라는 왕비였을 때 왕을 독살했던 것이다. 왕에 충성했던 장군인 아가멤몬은 반란을 일으켰다가 실패하고 지금 신드라 앞에 끌려왔다. 그때 신드라가 날카로운 목소리로 물었다.

"아가멤몬, 나에게 충성하겠다면 살려주마. 너에게 노예 500을 주고 나일 강가의 궁전 하나를 넘겨주겠다. 내 자문관이 되어서 살지 않겠느냐?"

그때 아가멤몬이 말했다. 아가멤몬이 바로 김승구다. 김승구의 몸에 다시 고통이 몰려왔다.

"그리고 밤에 네 침대로 끌려가서 네 더럽고 악취 나는 몸을 안으란 말이냐?"

신드라의 눈빛이 강해졌지만 입술 끝이 웃음을 만들었다.

"아가멤몬, 네 눈빛을 보면 너도 나를 원하고 있다는 것을 알 수가 있지."

"후생(後生)에서 이렇게 되기를 바라면서 나는 현생(現生)을 떠날 테다."

"어떻게 말이냐?"

"네가 욕정을 못 참고 나에게 매달리다가 죽는 업보를 받으리라, 이 색녀(色女)야."

아가멤몬이 피투성이가 된 입을 벌리며 웃었을 때 신드라가 눈짓을 했다. 그러자 사방에서 창이 날아왔다.

"윽!"

저도 모르게 신음을 뱉은 김승구가 숙명통에서 깨어났다. 수십 개의 창이 아가멤몬의 몸에 꽂혔던 것이다.

수천 생(生) 전(前)의 일이다. 장소는 이집트, 거리도 엄청 떨어졌다. 달리는 렌트카 안에서 김승구가 궁리했다. 숙명통(宿命通)은 된다. 별로 현 상황에 도움이 안 되는 능력이니까 풀렸다는 생각이 든다.

이곳은 대림동의 개인주택 안, 푸시킨이 팩스코한국에 연락해서 임대해 놓은 2층 단독주택이다. 사크라와 맨더스는 주택에 입주하자마자 지하실에 제단을 차려놓고 신(神)을 모셨다. 신은 수십 명으로 모두 능력이 있다. 사크라는 최상급 신인 오로런(Olorun)의 능력을 보유하고 있었기 때문에 하급신 오바탈라(Obatala) 능력자인 맨더스가 시종하고 있다.

"오로런이시어."

제단에 하나의 향을 피우고 난 맨더스가 사크라를 보았다.

"오늘 밤 대림사 도인들을 만나실 작정입니까?"

"내가 만나서 능력을 봐야겠어."

사크라가 이를 드러내고 웃었다.

"널 보내 탐색시켰더니 아무것도 얻어내지 못했잖아?"

"능력을 보여 달라고 하기가 거북했습니다. 시키는 것 같아서요."

"네가 능력을 보여주면 그자들이 대응할 것 아니냐?"

사크라가 말을 이었다.

"능력을 보일 수밖에 없을 정도로 말이다."

시계를 본 사크라가 지시했다.

"푸시킨한테 먼저 연락해라, 그쪽 셋하고 우리 둘이 만나자고."

영등포 크리스탈호텔, 이곳이 대림사(大林寺)의 성(城)이다. 김승구의 눈에는 입을 '떡' 벌리고 있는 악마의 몸통처럼 느껴졌다. 밤 12시 반, 김승구는 지금 크리스탈호텔 비스듬히 건너편의 삼겹살 식당에 앉아 있다. 속초에서 곧장 이곳으로 온 것이다. 의자 옆에는 베레타 스나이퍼가 든 가방이 세워져 있다. 이놈들은 이곳에서 부르고 있다. 오너라, 하고. 김승구가 한 모금 소주를 삼키고는 삼겹살을 한 점 씹었다.

오전 1시 25분, 이곳은 크리스탈호텔이 보이는 국신빌딩 12층 옥상이다. 김승구는 옥상에 베레타 스나이퍼를 거치해놓고 엎드려 있었는데 입에서 삼겹살 냄새가 풀풀 났다. 혼자서 소주 두 병을 마시고 올라온 길.

속초에서 허망하게 바람을 맞은 후라 이번에는 되건 안 되건 '쏴 버릴' 작정. 오신통(五神通) 능력이 무력화된 상태여서 '저질러나 보자'는 심보가 꽉 차 있다. 상대는 대림사 도인(道人)들. 안에는 들어가지 않겠다. 도인들과는 아직 원한이 생성되지 않았지만 '나'를 잡으러 온 놈들 아닌가?

김승구가 망원렌즈에 눈을 붙였다. '적외선 투시장치'가 부착된 '야간

용'에는 조그만 불빛에도 목표가 선명하게 보인다. 크리스탈호텔 벽까지는 454미터. 중간에 빌딩이 대여섯 개나 놓여 있기 때문에 상대는 어디서 총탄이 날아왔는지도 모를 것이다.

김승구가 707호실을 겨누었다. 이곳은 도인(道人)놈들의 방이다. 놈들의 방은 모조리 체크해 놓았다. 여기서 보이는 방은 대략 10개 정도. 절반 정도다. 707호실까지의 거리는 462미터다.

들어왔다, 푸시킨이 먼저 들어오고 2분쯤 후에 사크라와 맨더스가. 이곳은 701호실. 702호실과 문으로 연결되어서 문을 개방하니까 40평쯤의 저택 구조가 되었다. 701, 702호실은 특실이다. 응접실에서 기다리던 장천, 운관, 장복이 자리에서 일어나 그들을 맞는다.

"어서 오시오."

장천이 두 손을 모으고 대표로 인사를 했다. 45세, 그중 좌장이다. 사크라가 웃음 띤 얼굴로 가볍게 고개를 숙여 인사를 받는다.

"반갑습니다."

손을 내밀지는 않았다.

"처음으로 다 모였네요."

푸시킨이 웃음 띤 얼굴로 그들을 둘러보며 자리에 먼저 앉는다. 양측 일행이 서로 마주보고 앉았을 때 잠깐 어색한 정적이 덮였다. 오전 1시 30분, 푸시킨이 입을 열었다.

"김승구를 찾는 것이 급선무요, 여러분."

장천과 사크라의 시선이 마주쳤다.

"그런데 아직 김승구의 그림자도 찾지를 못해서 걱정이오."

푸시킨이 양쪽을 둘러보았다.

"그래서 오늘은 서로 작전을 상의하도록 합시다. 이번 기회에 양측의 능력도 알려주는 것이 도움이 될 것이오."

사크라가 제의한 것을 푸시킨이 말하고 있다. 푸시킨은 애초부터 조정능력이 없는 자다.

김승구가 유리창에 비친 사내의 얼굴을 본다. 중국인, 30대쯤, 웃음 띤 얼굴로 누구와 이야기를 하고 있지만 여기서는 상대가 보이지 않는다. 얼굴과 상반신만 드러난 상태, 유리창 안에 있어서 윤곽은 흐리다. 거리는 463미터. 왔다 갔다 했기 때문에 462미터에서 1미터쯤 옮겨졌다.

운관 법사 휘하의 도인(道人) 방영위는 38세, 타심통에 뛰어났을 뿐만 아니라 권법에도 일가견이 있는 인물이다. 대림사는 3천여 명의 도인들에게 서열 순위를 매겼는데 이번에 장천을 따라온 30명의 도인도 모두 서열이 있다. 방영위는 275위. 앞에 선 같은 파의 동료 우견은 321위다. 방영위가 두 손을 흔들어 말을 이었다.

"이봐, 이번 사업이 끝나면 나는 조장이 될 거야. 법사님한테서 내락을 받았어."

방영위의 얼굴에 웃음이 떠올랐다.

"그때 널 부조장 시켜줄게."

그 순간이다. '퍽썩' 소리가 나더니 옆쪽 유리창이 깨졌다. 놀란 우견이 유리창을 보고 나서 고개를 돌렸을 때다.

"악!"

우견의 입에서 짧은 외침이 터졌다. 방영위가 서 있었는데 머리통이 사라진 것이다. 목에서 피가 쑥쑥 솟아오르고 있는데도 머리 없는 몸이 움직였다. 두 손을 휘젓고 다리 한쪽을 들었다 내렸다 한다.

"으악!"

우견이 비명을 질렀을 때 그때서야 방영위가 방바닥에 쓰러졌다. 쓰러져서도 계속 꿈틀거린다. 방바닥은 주먹만 한 핏덩이가 흩어져 있었는데 그것이 방영위의 부서진 머리다.

"으아악!"

우견도 권법의 고수지만 이런 장면은 처음 겪는다. 벽에 등을 붙인 우견이 비명을 질렀을 때다.

"퍽썩!"

유리창 부서지는 소리가 다시 들리더니 이번에는 우견의 가슴에 머리통만 한 구멍이 뚫렸다.

두 번째 총탄이 옆방 벽을 뚫는 바람에 소동은 금방 대림사 지휘부로 알려졌다. 장천의 방에서 막 '전략'을 상의하던 지휘부와 부두교 사제 둘은 놀라 회의를 중단했다. 사회를 보던 푸시킨은 탁자 밑으로라도 숨을 기세였고.

"총이야."

장천이 헛소리처럼 말했는데 '아연한' 표정이다.

"내가 가보겠습니다."

보고를 하려고 달려온 부하들이 쳐다보고 있었기 때문에 장복이 일어섰다.

"이것 봐, 저격이야."

장천이 손을 들어 말리는 시늉을 하다가 곧 내렸다. 사크라와 맨더스가 앞에 앉아 있다는 것을 그때서야 느낀 것 같다.

"조심해."

그때 사크라가 말했다.

"당했군요."

막 달려가는 장복만 빼놓고 방 안의 시선이 모였다. 사크라가 쓴웃음을 짓고 말했다.

"주술과 저격총이라니."

김승구는 저격 위치를 바꿨다. 그래서 타깃도 변했다. 새 타깃이 3개 늘어났고 4개가 줄어들었다. 이번에는 612호실. 707호실 소식이 전해졌기 때문에 방 안의 사내 둘이 분주하게 움직였다. 첫 탄이 발사 된 지 3분쯤이 지났다. 앞으로 2분만 더. 이미 상황은 지휘부에 보고가 되었을 터. 시간이 촉박하다.

조준경에 잡힌 사내는 30대쯤, 붉은 얼굴, 가끔 창밖을 힐끗거리면서 자주 움직여서 보였다 사라졌다 한다. 방 안에 둘이 있는데 한 놈은 전화를 받는 중이다. 그래서 어깨 한쪽만 보였기 때문에 포기. 김승구는 렌즈에 나타난 사내의 머리통을 겨눴다. 겨누고, 일단, 이단, 쐈다.

"파삭!"

유리창 터지는 소리. 이곳은 베란다 유리가 아니라 유리창이어서 소리가 다르다. 전화기를 귀에 붙이고 있던 채성기는 고개를 돌렸다가 입을 딱 벌렸다. 뒤쪽에 서 있던 황준이 막 옆으로 쓰러지고 있다. 황준의 머리 반쪽이 없어졌다. 그런데 남은 머리의 눈 하나가 놀란 듯 치켜떠져 있다. 부서진 입에서 이가 튀어나오고 있다. 남은 반쪽의 안은 붉은 살덩어리로 가득 차 있다.

"으악!"

전화기를 내동댕이친 채성기가 문 쪽으로 달려 나갔다.

"퍽!"

그 순간 다시 유리창 깨지는 소리가 들리더니 채성기의 몸통에 구멍이 생겼다. 구멍이 커서 축구공도 들어갈 것 같다.

"위험합니다!"

현장인 707호실 앞에 서 있던 조장 이찬이 소리쳤다.

"밖에서 쏘고 있습니다!"

장복은 주춤했다가 곧 벽에 등을 붙이고 멈춰 섰다. 장복은 '경공'의 고수였지만 총탄을 피할 정도는 아니다. 그때 복도로 도인 서너 명이 달려왔다.

"사숙! 612호실의 채성기, 황준이 당했습니다!"

그 순간 장복의 온몸에서 소름이 돋아났다. 속절없다. 이게 무슨 꼴인가?

"나가자."

사크라가 말했을 때 맨더스는 앞에 앉은 장천의 눈치부터 보았다. 방금 612호실의 도인 둘이 총격을 받고 사망했다는 보고를 들은 참이다. 중국인들은 서로 '중국어'로 암호 같은 이야기를 하고 있었기 때문에 사크라는 알아먹을 수가 없었다. 그런데 푸시킨이 다그치듯 묻자 상황 설명을 안 해줄 수가 없었던 것이다.

장복이 뛰쳐나간 지 3분쯤 후에 두 번째 방이 당했다. 10분도 안 되는 사이에 4명이 총격으로 사망. 사크라가 자리에서 일어나 푸시킨과 장천을 번갈아 보았다.

"지금 작전을 협의하고 서로의 특기를 내보일 경황이 없는 것 같습니다."

"잠깐만."

조금 진정이 된 푸시킨이 아직 불안정한 표정으로 사크라를 보았다.

"나, 좀 데리고 나가 주시오."

사크라의 얼굴에 쓴웃음이 떠올랐다.

"그러지요."

사크라가 장천을 보았다.

"법사님, 제가 도울 일이라도…."

"됐습니다."

손까지 들어 보인 장천이 입맛을 다셨다.

"유감입니다. 다음 기회에 뵙지요."

계단을 내려온 김승구가 거리로 나와 지나는 택시를 세웠다. 이곳은 CCTV가 없는 구역이다. 골프가방을 싣고 택시에 오른 김승구가 길게 숨을 뱉었다. 일단 대림사 측에 '경고'를 했다. 함정을 파놓고 기다리는 놈들에게 나는 '몽골군'이나 '여진군'이 아니라는 것을 일깨워준 셈이다. 호텔에다 딱 공개적인 진(陣)을 차려놓고 '적'을 부르다니, 기가 막혀서.

그런데 그 부두교 연놈들은 어디에 있단 말인가? 김승구는 사크라와 맨더스가 푸시킨과 함께 현장에 있었다는 것을 알지 못하고 있다. 이번에 선수를 쳤으니 망정이지 김승구도 허점투성이다.

오전 10시, 하바로프스크는 오전 11시다. 서경아가 김승구의 전화를 받는다. 배기남의 장례식은 이틀 전에 치러졌다. 물론 김승구는 장례식에 참석하지 못했지만 클라크를 비롯하여 토머스, 제이슨, 그리고 하바로프스크 주지사 말렌코프까지 참석했다. 나타샤의 장례식 못지않은 조문객이 찾아왔다. 서경아가 응답하자 김승구가 말했다.

"내가 지금 서울에 있습니다. 일 때문에 참석 못 했습니다."

그때 서경아가 말했다.

"다 알아요. 그것 때문이죠?"

그것이란 비자금이다. 서경아의 얼굴이 붉게 상기되었다.

"모두 내 잘못이에요. 내가 저질렀어요."

김승구는 숨을 죽였고 서경아의 목소리가 떨렸다.

"나 때문에 그 사람도 죽은 것이라고요."

"아니, 그것은…."

"내가 끌어들인 것이나 같아요."

"그러지 마시고…."

"모두 저한테 말을 않는데 분위기를 봐도 알아요."

김승구는 숨을 골랐다. 맞는 말이긴 하다. 팩스코 회장 킹스턴의 비자금 세탁을 처음 발견하고 '작전'을 세운 것이 서경아였으니까. 이윽고 김승구가 말했다.

"이번 일 매듭을 짓고 나면 서울로 돌아와 사실 수도 있을 것입니다. 그 말씀 드리려고 했습니다."

"아니. 전 여기서 아이 키우고 살 거예요."

서경아가 바로 말을 잘랐다.

"그리고 그 사람도 여기 묻혀 있으니까요."

'아이' 생각을 잠깐 잊었구나. 배터문, 배씨 성의 지도자. 50개 구역으로 나뉜 지구의 시베리아 특별구인 제1구역 총통이 배터문이다. 배씨 성을 가졌으니 서경아의 뱃속에 있는 자식이 아닐까?

"소각해."

장천이 한마디로 지시했다. 시체 4구를 말한다. 유리창 깨진 것, 바닥의 피, 금방 치웠다. 시체는 비닐로 싸서 쌓아 놓았는데 그 처분을 말한다. 호텔 2개 층을 거의 전세 내다시피 했기 때문에 막고 감춰서 수습할 수가 있었다.

곧 도인들이 비닐로 싼 시체를 엘리베이터에 싣고 지하 주차장으로 내려간다. 피비린내는 향수로 범벅을 해서 지웠고 엘리베이터는 독차지를 했기 때문에 눈을 가렸다. CCTV? 아예 테이프를 다 빼내버렸다. 오전 11시, 한낮에 이뤄진 일이다.

'크리스탈'에 다녀온 후에 사크라의 행동이 달라졌다. 눈빛부터 강해졌고 앞뒤를 자꾸 생각했으며 제단실에 내려가 하나쉬 향에 싸인 채 주문을 외웠다. 오로런의 능력을 알 수 없는 맨더스는 조심스럽게 지켜볼 뿐. 김승구에 대해서 와락 경계심이 증가되었다는 것을 알 수 있다.

김승구는 지금 오피스텔에서 정미나가 차려준 늦은 아침밥을 먹고 있다. 조금 전 서경아한테 전화를 했을 때 분위기가 침체되어 있었다가 지금은 조금 나아진 상태. 정미나는 집 안에 박혀있는 지 사흘째가 되었지만 답답하지 않은 것 같다. 쉴 새 없이 떠들면서 왔다 갔다 했는데 김승구가 밥을 먹다가 말대답을 하랴, 고개를 들어 쳐다보랴 정신이 없다.

"참, 내가 아침에 임하경한테 연락을 했어."

물그릇을 갖다 놓으면서 정미나가 말했을 때 김승구가 수저를 든 채 움직임을 멈췄다. 김승구가 눈을 크게 떴다.

"너, 전화를 했어?"

"응, 잘 있느냐고. 내가 여기 있다고는 하지 않았어."

정미나가 웃음 띤 얼굴로 앞자리에 앉았다.

"왜? 나도 양심은 있다고. 열심히 일하는 임하경한테 스트레스 줄 생각은 없어."

"이런."

눈썹을 모은 김승구가 천이통(天耳通)을 팩스코러시아의 사장이 된 머피한테 대었지만 '먹통'이다. 임하경은 아직도 팩스코러시아에서 근무하고 있는 것이다. 머피는 임하경을 감시하고 있을 것이 분명했다. 임하경 핸드폰의 수신자와 수신자 위치를 체크하는 것은 쉬운 일이다. 수저를 내려놓은 김승구가 정미나를 보았다.

"그게 언제야? 얼마 전이야?"

"한 시간 반쯤."

김승구의 기세에 놀란 정미나가 정색하고 물었다.

"내가 잘못했어?"

"놓쳤어."

푸시킨이 한숨을 쉬고 나서 말했다.

"발 빠르게 움직였지만 간발의 차이로 도망갔어. 연놈들은 대림교 도인들이 도착하기 10분 전에 오피스텔을 떠났다고."

"갓 댐."

팩스코한국 사장 헌팅턴이 투덜거렸다.

"임하경을 잡아서 미끼로 삼는 것이 어때요?"

"그 생각도 해보았지만 김승구가 연락을 하는 사이가 아니라서."

이번에는 푸시킨이 투덜대듯 말했다.

"그런 식이라면 킴스코러시아를 차리고 나간 클라크나 토머스, 제이슨을 잡는 것이 낫지."

"갓 댐."

푸시킨과 헌팅턴은 팩스코한국 사장실에서 이야기 중이다. 김승구의 예상대로 팩스코러시아 사장 머피는 임하경의 핸드폰 수신자를 추적했던 것이다. 그러고는 바로 푸시킨에게 연락을 했고 그것이 대림사로 넘어갔다. 하지만 간발의 차이로 둘을 놓쳤다. 푸시킨이 말을 이었다.

"어쨌든 이미 전쟁은 시작되었어. 곧 마주치게 될 거야."

이지현의 전화가 온 것은 김승구가 새 아지트에 입주한 직후다. 오후 1시 반, 이곳은 테헤란로에 위치한 호텔식 오피스텔. 임대인 대부분이 독신 외교관이거나 외국 상사원이다. 계산은 호텔식으로 한 달분 선금을 내면 바로 입주가 가능하다.

"응, 나야."

김승구가 응답했을 때 이지현이 바로 말했다.

"오늘 7시에 저녁 약속이 있어."

"저녁 약속?"

"응, 원청업체인 대양그룹 기조실 상무하고 한성운송 대표하고."

순간 김승구가 숨을 들이켰다. 그동안 이지현은 김승구가 러시아에서 '주입'한 대로 꾸준히 계획을 진행하고 있었던 것이다. 이지현이 말을 이었다.

"재계약 이야기를 하자고 하니까 안 나올 수가 없지. 난 기조실 담당 상무 비서 역할을 했어."

"잘했다."

"청담동 일식집 '기리시마'야."

"알았다."

김승구가 핸드폰을 귀에서 떼었을 때 방 정리를 하던 정미나가 허리를 펴고 물었다.

"누구야?"

"왜?"

"분위기를 보니까 여잔데, 나 모르는 여자야?"

"응."

"오늘 만나기로 했어?"

"응."

정미나가 청소기를 내려놓고 바짝 다가와 섰다.

"난 이런 데 계속 가둬두고 밖에 나가서 여자 만난다고?"

"그 여자는 너하고 다르다니까?"

그 말이 정미나를 열 받게 했다. 눈을 치켜뜬 정미나가 더 바짝 다가섰다.

"못 들어 주겠네. 어떤 면에서? 설마 지성이나 교양은 아니겠고, 걔 가슴이 크냐? 엉덩이가 커? 아니면…."

정미나의 얼굴이 빨개졌다. 그때 김승구가 한숨을 쉬었다.

"그래."

"뭐?"

"그렇다고."

이번에는 정미나의 얼굴이 하얗게 굳어졌다. 정미나가 한마디씩 힘주어 묻는다.

"뭐가 그렇다는 거야?"

"걔 테크닉이 뛰어나."

숨을 들이켠 정미나가 입을 딱 벌렸을 때 김승구가 어깨를 늘어뜨렸다.

"사람 죽이는 테크닉."

이용호를 위해 위증한 또 하나의 친구 윤기동을 만나는 것이다.

오후 6시 40분, 크리스탈호텔 지하 3층 주차장 안. 흐린 조명 아래에 10여 대의 차량만 주차되어 있을 뿐 황량하다. 안쪽의 더 어둑한 구석자리에 대여섯 명이 모여 서 있다. 그중 안쪽에 서 있는 남녀가 사크라와 맨더스다. 둘이 다시 이곳에 온 것이다. 앞에 선 셋은 장천과 운관, 장복이다. 사크라가 입을 열었다.

"어젯밤 죽은 시체는 어디에 두었어요?"

"시체?"

장천이 의외인지 옆에 선 운관과 장복을 번갈아 보았다. 그때 운관이 눈을 가늘게 뜨고 사크라를 보았다.

"왜 그걸 묻습니까?"

운관의 시선을 받은 사크라가 고개를 끄덕였다.

"당신은 타심통(他心通)을 하는군요."

"여사제님도 안목이 높으십니다."

그때 장천이 사크라에게 물었다.

"조금 전 시체 처리를 물으셨는데 왜 묻습니까?"

"혹시 아직 처리하지 않으셨나 해서요."

"처리했습니다."

시체 처리 책임을 맡은 장복이 말했을 때 사크라가 지그시 시선을 주었다. 그러고는 쓴웃음을 지었다.

"아직 한 구가 남아 있군요."

"아니."

당황한 장복의 눈동자가 흔들렸다. 그때 장천이 장복을 노려보았다.

"정말이냐?"

"사형."

장복이 어깨를 치켰다가 내렸다.

"3구는 소각했는데 아직 1구가 남아 있습니다. 오늘 밤에 소각할 예정이었는데요."

"이런 망할 놈."

"걱정하지 마십시오. 오늘 밤에 끝냅니다."

그때 장천이 고개를 돌려 사크라를 보았다.

"도대체 왜 시체에 대해서 묻소?"

"시체를 어디다 두었지요?"

사크라가 되물었을 때 장천의 눈이 커지더니 어깨를 부풀렸다가 내렸다.

"아아."

장천이 사크라를 노려보면서 말했다.

"시체에서 부적으로 쓸 부분이 있소?"

"아니요."

고개를 저은 사크라의 시선이 주차장 구석 쪽의 차로 옮겨졌다.

"저 차 트렁크에 뒀나요?"

대형 세단이다. 놀란 장복이 사크라를 보았다.

"어떻게 아시오?"

"냄새가."

"아니, 향수에 담가 놓았는데. 비닐로 10겹도 더 싸고…."

"가 보십시다."

사크라가 그쪽으로 발을 떼었기 때문에 저절로 남은 넷도 움직였다. 차로 다가가면서 사크라가 옆에서 걷는 장천에게 말했다.

"실은 오늘 시체를 보려고 왔습니다."

오후 7시 5분 전이 되었을 때 일식당 '기리시마' 앞에서 택시가 멈추더니 이지현이 내렸다.

"이지현."

발을 떼었던 이지현이 뒤에서 부르는 소리에 놀란 표정으로 고개를 돌렸다. 김승구가 다가오고 있다.

"어머, 같이 만나려고?"

이지현이 묻자 김승구가 고개만 끄덕였다. 둘은 나란히 '기리시마' 안으로 들어섰다.

"어?"

방에서 대양그룹 기조실 장 상무를 기다리던 윤기동이 들어서는 둘을 보더니 놀란 외침을 뱉는다.

"너, 지현이 아니냐?"

"안녕하셨어요, 아저씨?"

이지현이 웃음 띤 얼굴로 인사를 했다.

"넌 여기 웬일로…."

그렇게 묻던 윤기동의 시선이 뒤에 선 김승구와 부딪쳤다. 그때 윤기동이 커다랗게 고개를 끄덕였다.

"알았습니다."

뭘 알았는지 알 수 없지만 이지현은 김승구와 함께 나란히 윤기동의 앞자리에 앉았다. 그때 종업원이 문을 열고 주문을 받으러 들어왔지만 윤기동이 이따 부르겠다면서 돌려보냈다. 방에 셋이 남았을 때 김승구가 이지현에게 말했다.

"들어봐."

그때 윤기동이 헛기침을 했다.

"그날 저녁에 이용호가 나하고 전태수한테 그랬어. 내가 술 마시다가 한 시간쯤 나가 있을 테니까 너희들이 알리바이 좀 만들어 달라고 말이야."

윤기동이 흐려진 눈으로 이지현을 보았다.

"그때 네 아버지는 딴 여자가 있었거든. 그걸 나하고 전태수는 알고 있었다."

이지현은 숨만 쉬었고 윤기동이 옛날을 떠올리는 듯 눈을 가늘게 떴다.

"그날 밤도 난 네 어머니한테 알리바이를 만들어 주는 것으로 생각했어. 용호는 자주 그랬으니까."

"…."

"우리하고 술 마신다고 하고 그 여자를 만나러 갔지. 두 시간, 어떤 때는 세 시간을 말이야."

"…."

"그래서 우리는 걱정 말고 갔다 오라고 했지. 이따 술값이나 내라고 했어."

"…."

"네 아버지는 한 시간이 조금 지나서 돌아왔더라. 그래서 너무 일찍 온 것 아니냐면서 우리는 웃고 헤어졌단다."

"…."

"그런데 다음 날 아침에 신문을 보니까 그 여자가 다리에서 뛰어내려 자살을 한 거야. 예감이 이상했지."

"…."

"그러고 나서 경찰에서 연락이 왔어. 나하고 전태수더러 나오라고 말이야. 네 아버지가 증인으로 우리를 세웠더군. 그 여자가 죽은 시간에 우리하고 술 마셨다는 증인으로."

"…."

"증언했지, 네 아버지는 우리하고 같이 있었다고. 단 5분도 자리를 비우지 않았다고 했어."

그때 이지현이 물었다.

"아버지가 그 시간에 그 여자를 살해했군요."

"그런 것 같다."

"그 여자 이름 아세요?"

"김진숙이야. 나도 두어 번 봤어."

윤기동이 다시 눈을 가늘게 떴다.

"한 살쯤 되는 사내아이가 하나 있었어, 아니 두 살인가?"

그때 김승구가 똑바로 윤기동을 보았다.

"자, 이제 그만 집에 가시죠."

"아, 가야지."

윤기동의 눈동자에 초점이 잡혔다. 몸을 세운 윤기동이 이지현과 김승구를 번갈아 보더니 일어섰다.

"만나서 반가웠어."

트렁크를 열자 강한 악취가 맡아졌다. 향수를 잔뜩 뿌린 것이 더 고약한 악취로 변했다. 시체는 비닐로 겹겹이 싸여 있었는데 마치 누에고치 같았다. 그때 사크라가 장복에게 말했다.

"풀어요."

"예?"

장복이 눈을 치켜떴다.

"왜요?"

"칼로 비닐을 자르면 되겠네."

"글쎄, 왜요?"

"글쎄, 자르기나 해, 이 노란 원숭이야."

뒷말은 스페인어여서 맨더스만 알아들었다. 그때 장복이 장천에게 하소연했다.

"사형, 이 시체는 머리 반쪽이 없어진 황준입니다. 끔찍해서 비닐을 벗기면 안 됩니다."

그때 맨더스가 주머니에서 잭나이프를 꺼내더니 비닐을 쓱쓱 자르기 시작했다. 비닐이 베어지면서 늘어진 사지가 드러났다. 머리는 비닐로 수십 겹을 감아 놓아서 맨더스가 여러 번 칼질을 해야만 했다. 그때마다 피와 살점이 함께 튀어나오더니 비닐을 다 잘랐을 때는 끔찍한 형상이 드러났다. 장천마저 외면할 정도였다. 황준의 머리는 반쪽이 없어졌고 뼈와 살점이 다 문드러졌다. 눈 한쪽만, 반만 남은 얼굴에 붙어 있는 데다 입술은 다 날아갔고 이만 서너 개 붙어 있다.

그때다. 사크라가 가져온 주머니에서 주먹만 한 덩어리를 꺼내더니 거기에 라이터로 불을 붙였다. 그 순간 덩어리에 불씨가 붙으면서 자욱한 연기가 피어올랐다. 마치 연막탄을 터뜨린 것처럼 금방 연기가 덮이는 것이다. 그러나 연기는 맵지도, 따갑지도 않았다. 과일 태우는 냄새, 냄새가 달고 느끼한 느낌만 든다. 곧 사람들의 얼굴도 보이지 않을 정도로 연기가 뒤덮였다. 그러나 그 연기 덩어리는 주차장 구석에만 덮여 있다. 차와 사람들만 뒤덮었을 뿐이다.

그때 장천은 사크라의 주문 외우는 소리를 듣고 온몸이 차가워지는 느낌을 받는다. 하나쉬 연기를 처음 맡지만 아편 비슷한 효과를 내는 것 같다. 나쁜 기분이 아니었기 때문에 장천이 옆에 서 있는 운관에게 말했다.

"시체에 향내를 덮고 제사를 지내주는 모양이군."

운관은 대답하지 않았다.

잠깐 시간이 지났다, 아니 조금 긴 시간인 것도 같다. 선 채로 몽롱한 상태가 되었던 장천이 눈을 떴다. 어느새 눈을 감고 있었던 것이다. 그때 장천은 연기가 거의 가신 것을 보았다. 차 쪽에만 연기가 아직도 자욱했을 뿐 주변은 거의 걷혀 있다. 장천이 옆에 선 운관과 장복을 보았다.

"제사가 끝난 것 같군."

그것은 차 트렁크 뒤에 서 있던 사크라와 맨더스가 뒤로 물러나고 있었기 때문이다. 사크라의 노래 부르는 것 같은 주문 소리도 그쳤다. 그때다. 이제 연기가 더 엷어진 차 트렁크에서 무언가 꿈틀거리는 형체가 보였다.

"앗!"

먼저 놀란 외침을 뱉은 것은 운관이다. 차 트렁크에서 뭔가 나오고 있다. 큰 짐승 같다. 이제 트렁크 주위의 연기는 다 가셨다. 그때다.

"으악!"

장복이 비명을 질렀다. 장천도 숨을 들이켜면서 하마터면 외침이 튀어 나올 뻔했다. 보라, 괴물이 나오고 있다. 바로 머리가 반 없어진 황준이다. 황준이 하나밖에 없는 눈을 치켜뜨고 그들을 보았다. 그 순간 입을 딱 벌리는 바람에 이가 한 개 밑으로 떨어졌다. 그 황준이 한 발짝 다가왔기 때문에 다시 장복이 비명을 질렀다.

"으으악!"

"이건 도대체!"

놀란 장천이 버럭 소리쳤다. 두 손을 앞으로 내밀고 있는 것이 이쪽으로 한 걸음씩 다가오는 황준을 칠 기세다. 운관은 이미 가슴에서 두 자루의 단검을 꺼내 쥐고 있다. 황준이 한 걸음 더 다가와 두 팔을 벌렸다. 이제 하나 남은 눈을 치켜떴고 이가 두 개밖에 남지 않은 반쪽 입을 딱 벌렸으니 이런 끔찍한 형상이 없다. 황준이 살아있는 것이다.

"으아아!"

그 순간 황준의 입에서 기괴한 외침이 터졌기 때문에 분위기가 절정에 닿았다. 장천은 황준을 막 덮칠 기세였고 운관은 단검을 던지려고 팔을 치켜들었다. 그때였다. 사크라가 소리쳤다.

"잠깐만!"

날카로운 외침이 지하 주차장을 울렸다. 모두 주춤했을 때 사크라가 황준에게 무엇인가를 던지면서 주문을 외웠다. 짧은 주문이다. 그 순간 황준이 두 팔을 늘어뜨리면서 몸을 돌렸다. 그러더니 한 걸음씩 휘청거리며 걸어가 나왔던 차의 트렁크로 구겨지듯이 들어갔다. 그때 맨더스가 달려가 트렁크의 문을 닫았다.

"회생술(回生術)이오?"

트렁크가 닫혔을 때 장춘이 버럭 소리쳐 물었다. 놀란 화풀이를 하는 것 같다. 운관은 아연한 표정이었고 장복은 이제야 어깨를 부풀리고 있다. 그때 사크라가 말했다.

"좀비(zombi)요."

"좀비?"

"부두교에서는 회생시킨 사자(死者)를 그렇게 부릅니다."

"허어."

마침내 장천이 한숨을 내쉬면서 탄복했다.

"내 견문이 이렇게 짧다니, 내가 우물 안의 개구리로 큰 세상을 몰랐구나."

그때 운관이 물었다.

"황준은 숨도 쉬지 않았고 심장 박동도 멈춰 있었소. 혼(魂)은 남았소?"

사크라가 고개를 끄덕였다.

"그 혼(魂)이 내 손아귀에 들어 있소."

손바닥을 내민 사크라가 트렁크를 향해 활짝 펴 보였을 때다.

"으으으!"

괴상한 외침과 함께 트렁크를 안에서 두드리는 소리가 났다. 사크라가 손을 내렸더니 뚝 그쳤다.

"당신이 조종하는 거요?"

장춘이 묻자 사크라가 이를 드러내고 웃었다.

"이제 저 좀비는 내 지시만 받습니다."

"언제까지?"

"혼(魂)이 없어질 때까지."

"어떻게 없어지는데?"

"곧 알게 되시겠지요."

"이런."

이제는 화가 머리끝까지 치밀어 오른 장복이 사크라에게 한 걸음 다가섰다. 눈을 치켜뜨고 있다. 황준은 장복의 수하다.

"이, 사술(邪術)을 쓰는 요녀야! 내 수하의 혼을 내놓아라!"

"황준을 트렁크에서 불러내줄까?"

"닥쳐!"

그 순간 몸을 날린 장복이 사크라를 덮쳤다. 살수(殺手)는 아니다. 사크라의 손을 목표로 삼았다, 손바닥 안에 뭐가 있는 것 같았기 때문에. 그것으로 황준을 움직이는 것처럼 보였다. 장복의 움직임도 전광석화 같다. '번쩍' 하는 사이에 다섯 걸음이나 떨어진 곳에서 사크라의 앞으로 다가와 한쪽 손을 잡았다. 그러나 그것은 장복의 착각이었다. 손이 공간을 쥐었고 사크라의 몸이 흔들리면서 향내가 장복의 폐로 흡입되었다.

"컥!"

갑자기 심장에 충격을 받은 장복이 가슴을 움켜쥐었다. 그러고는 그 자세로 움직이지 않았다.

"부두교의 호신술인가?"

그때 운관이 뱉듯이 말하더니 온몸을 빙글빙글 두 번 돌리면서 사크라에게 다가왔다. 그 순간 사크라가 손을 뿌리면서 몸을 피했지만 번쩍이는 섬광이 일어났다. 주차장은 어두웠지만 검빛은 보인다.

"앗!"

외침은 옆으로 물러나 있던 맨더스의 입에서 터졌다. 보라, 사크라의 재킷 소매 하나가 팔꿈치 아래에서부터 싹둑 떨어져 있다. 그것을 운관이 쥐고 있는 것이다. 몸을 피했던 사크라의 얼굴에 쓴웃음이 떠올랐다.

"놀랍군."

사크라가 옷이 잘린 팔을 들어 보이면서 말을 이었다.

"내 팔을 잘랐을 수도 있었겠네."

"그것이 대림사 단검법이지. 아직 37가지가 남아 있어."

운관이 말했을 때다. 이번에는 맨더스가 한 걸음 나섰다.

"이 기회에 당신들 실력을 보기로 하지. 그래야 협동 작전에 도움이 될 테니까."

말이 끝난 순간에 맨더스가 몸을 날렸다, 목표는 운관. 맨더스는 두 팔을 치켜들었는데 허점투성이다. 거리가 5미터도 안 되어서 맨더스는 순식간에 운관의 앞으로 다가섰다.

'이건 뭐야?'

두 팔을 든 맨더스가 반 발짝 앞까지 덮치듯이 왔을 때 운관의 머릿속 생각이다. 그러나 반사적으로 몸을 비틀면서 단검으로 맨더스의 위아래를 휘둘러 베었다. 운관은 대림사 5법사 중 하나로 타심통(他心通)은 물론 검술의 달인이다. 지금 운관은 맨더스의 상의와 하의를 갈가리 찢은 것이다. 상의가 세 번, 하의가 두 번 단검이 긋고 지났으니 곧 괴상한 모습이 될 것이다.

그때 장천이 숨을 들이켰다. 지금 운관과 맨더스는 한 차례 부딪치고 떨어진 상태, 막 정지한 순간이다. 보라, 운관의 저고리 끝에 불이 붙었다. 이게 웬일인가?

"아앗!"

그때서야 제 몸에 불이 붙은 것을 발견한 운관이 펄쩍 뛰었다. 급박한 상황이었지만 그 꼴이 우스워서 장천도 저절로 '풀썩' 웃었다.

"앗, 뜨거!"

이게 물론 살수(殺手)는 아니다. 운관의 놀란 외침에 장복까지 따라 웃었으니 분위기가 묘하게 돼 버렸다. 맨더스는 두 손을 늘어뜨린 채 멀쩡한 모습으로 서 있고, 칼날은 옷자락에 닿지 않은 것 같다. 이번에는 맨더스의 승. 최상급 신(神) 오로런(Olorun)은 소매가 잘렸는데 하급신 오바탈라(Obatala)가 상대를 이긴 꼴이다. 그런데도 사크라가 만족한 표정으로 말했다.

"내 사제는 몸이 빠르고 방화의 도술이 뛰어나지. 당신 몸의 털만 모조리 태울 수가 있답니다."

"이런 망할."

분기가 치솟은 운관이 어깨를 부풀렸을 때 손을 들어 막은 장천이 사크라를 향해 정면으로 섰다.

"각자의 능력을 보여드리는 것이니까 이 동생의 수단을 어여쁘게 봐주시기 바라오."

말이 끝난 순간 장천의 몸이 보이지 않았다. 빠르다. 몸이 없어진 것이 아니라 옆에 선 운관, 장복, 맨더스의 몸통을 이용해서 사크라에게 접근한 것이다. 둔갑술의 발원은 바로 이것이다. '숨어서 보이지 않는 것'이다. 대림사 수석법사 2명 중 1인인 장천은 각종 무술에 뛰어났을 뿐 아니라 성격이 치밀하고 잔인했다. 겉은 호인이지만 안에는 독사가 들어 있는 위인이다.

"으앗!"

놀란 외침은 맨더스한테서 터졌다. 모르고 있다가 갑자기 재킷이 뒤에서 쭉 찢어져 두 조각이 난 것이다. 다음 순간 사크라가 옆으로 몸을 날리면서 손바닥을 펼쳤다.

"펑!"

어느새 손에 쥐고 있던 하나쉬 분말이 터지면서 자욱한 연기가 뒤덮였다. 또 연막탄이다.

"으핫핫!"

연기 속에서 장천의 웃음소리가 울렸다.

"우린 두 번은 속지 않는다!"

그때 장천과 운관, 장복은 어느새 연기 덩이 밖으로 뛰어 나와 있다. 진(陣)을 펼친 것이다.

'하나쉬'는 수많은 용도로 쓰인다. 좀비를 깨우고 재우거나 마취효과, 연막은 물론 상대의 기(氣)는 죽이되 이쪽은 순식간에 기력이 수십 배 증진된다. 그런데 사크라는 하나쉬를 터트린 순간에 정신이 번쩍 들었다. 헛칼질을 한 느낌, 그때 장천의 웃음소리가 울린 것이다. 다음 순간 사크라는 허리를 조이는 느낌을 받고 소스라쳤다.

"앗!"

놀란 외침은 연기 속의 맨더스에게서 터졌다. 사크라는 허리에 닿은 가는 철선을 보았다. '철선'이라니, 실처럼 가는 선. 손을 대려고 했다가 멈췄다. 손가락이 잘려나갈 것 같았기 때문이다. 선이 가는 방향으로 따를 수밖에 없다. 다음 순간 사크라는 와락 안쪽으로 당겨졌다.

그 순간에 상황을 알았다. 아, 그물이다. 세 놈이 선으로 연결되어 한 쪽, 그러니까 장천 쪽으로 당겨진다. 어느새 '하나쉬 향' 밖으로 나왔단 말인가?

"윽!"

사크라의 몸이 맨더스와 부딪쳤다. 맨더스가 놀라 외친 비명이다. 이제 둘은 하나쉬 향 속에서 철선에 묶인 꼴이 되었다, 그물에 감긴 고기 꼴.

"이런."

사크라의 얼굴에 쓴웃음이 번졌다.

"됐다."

장천이 눈을 치켜뜨고 두 손에 쥔 철선을 와락 끌어당기려는 순간이다.

"펑!"

자욱한 하나쉬 구름 안에서 뭔가 터지는 소리가 울리더니 철선이 느슨해졌다.

"어?"

놀란 장천이 철선을 당기자 곧 양쪽에서 운관과 장복이 다가왔다. 둘은 제각기 손을 늘어뜨리고 있다.

"어떻게 되었습니까?"

고기를 모는 역할이 되었던 운관이 묻자 장천이 흩어지는 하나쉬 덩어리를 노려보았다.

"놓쳤다."

하나쉬 구름은 순식간에 지워지더니 철선에 감긴 작은 조각이 끌려왔다.

"으음."

장천의 입에서 탄성이 터졌다. 철선에 손가락 한 개 크기의 닭 뼈가 묶여 있는 것이다. 사람 둘이 닭 뼈로 바뀐 셈이다. 그때다.

"깔깔깔."

뒤쪽에서 여자의 웃음소리가 울렸기 때문에 셋은 소스라쳤다. 사크라다.

사크라가 맨더스와 함께 다가와 섰다, 다섯 발자국 거리로.

"됐어요. 대림사 능력은 인정합니다."

사크라가 사근사근한 목소리로 말을 잇는다.

"조금 더 나가면 서로 상처를 입을 테니 이쯤 그만둡시다."

"좋소."

장천의 얼굴에도 쓴웃음이 번졌다.

"부두교의 능력도 놀랍소."

"현실 무공 면에서는 대림사가 월등한 것 같습니다."

사크라가 눈으로 장복을 가리켰다.

"저분의 경공이 발휘되었다면 우리도 보지 못했을 것입니다."

치켜진 장복이 금방 분을 풀고는 어깨를 늘어뜨리고 묻는다.

"근데 저기 트렁크에 가둔 황준이는 어떻게 되는 거요?"

"필요할 때 부르면 되거든요."

사크라의 얼굴에 다시 웃음이 떠올랐다.

"좀비 병사 하나는 능히 생자(生者) 다섯을 상대한다고 오로런(Olorun) 본체께서 말씀하셨습니다."

"염병."

다시 부아가 난 장복이 사크라를 노려보았다.

"저런 부하는 1백 명도 싫소. 그냥 죽입시다."

"지금 죽은 몸입니다."

사크라가 웃음 띤 얼굴로 장복을 보았다.

"그리고 저 좀비는 이제 귀하의 부하가 아니죠. 내 좀비 병사입니다."

"무엇이?"

그때 장천이 나섰다.

"그건 나중에 해결하도록 하고, 저거 그대로 둬도 괜찮겠소?"

'저거'란 황준을 말한다. 그때 사크라가 고개를 끄덕였다.

"부르지 않으면 썩지 않는 시체나 똑같습니다. 피도 흐르지 않고 냄새도 나지 않지요. 개도 냄새를 맡지 못합니다. 그러나 깨어나면 1백리를 달려도 지치지 않고 팔다리가 떼어져도 죽지를 않지요."

그러더니 사크라가 깔깔 웃었다. 웃음소리가 주차장 벽에 부딪쳐서 기괴하게 울렸다. 그때 장천이 말을 이었다.

"심장이 뛰지 않지만 파내면 도리가 없겠지."

사크라는 대답하지 않는다.

일식당 '기리시마'에서 나온 김승구와 이지현이 근처 카페에 들어가 앉았을 때는 오후 9시 반이다. 윤기동과는 '기리시마' 앞에서 헤어지고 이곳으로 온 것이다. 맥주를 시켜놓고 마주보며 앉았을 때 이지현이 물었다.

"윤기동은 놔두는 거야?"

김승구의 얼굴에 쓴웃음이 떠올랐다.

"집에 들어가서 죽을 거야."

"어떻게?"

"화장실에 들어가서 목을 맬 거야."

"그렇구나."

고개를 끄덕인 이지현이 눈을 크게 뜨고 김승구를 똑바로 보았다.

"넌 누구야?"

아까부터 묻고 싶었던 말이다. 그때 김승구가 이지현의 시선을 받았다.

"난 네 아버지가 죽인 김진숙의 아들이야."

그 순간 숨을 들이켠 이지현이 천천히 고개를 끄덕였다.

"그렇구나."

이지현의 눈이 가늘어졌다.

"이제 기억나, 네 목소리, 산속에서 날 치한으로부터 구해줬던 그 목소리. 바로 너였어."

김승구는 이지현을 응시한 채 대답하지 않았다. 이제 위증한 친구 둘은 다 죽였다. 나머지 둘 남았다.

밤 12시 반, 김승구가 응접실에서 책상다리를 하고 앉아 상념에 빠져 있다.

'부처가 나한테 능력을 준 것은 내가 전생(前生)에 시종장으로 부처의 생명을 구한 적이 있었기 때문은 아니야. 인연의 끈이 닿았던 것이지. 부처는 내가 꼭 뭐가 되기를 바란 것 같지도 않아. 내가 능력을 써서 이루는 세상이 바로 다음 세상이라고 믿는 것 같고. 그다음에 악마가 들어와서 능력을 방해한 것이 맞고. 다시 부두교, 대림사가 엎친 데 덮친 격으로 덤벼들었는데, 정신없네. 부처는 내버려두고 있을 작정이군. 이대로 버티다가는 죽도 밥도 안 되겠는데.'

김승구의 고개가 침실 쪽으로 돌려졌다. 침대에는 정미나가 잠이 들어 있다. 대림사 일당들이 정미나부터 잡아서 미끼로 쓰려고 했기 때문에 간발의 차이로 빼냈기는 하지만, 저렇게 가둬둘 수만은 없다. 본인은 좋다고 하지만 며칠 더 지나면 지겨워하겠지. 김승구가 고개를 저었다.

'천리 길도 한 걸음부터야. 세상을 바꾸는 것도 내 주변부터 정리하고 나서야.'

오전 6시 반, 화장실에서 나오던 헌팅턴이 숨을 들이켜면서 멈춰 섰다. 그러더니 저절로 말이 나왔다.

"예, 저쪽 서재로 가십시다."

헌팅턴이 먼저 앞장을 섰다.

서재 안, 헌팅턴과 김승구가 마주보고 앉아 있다. 불은 켜지 않았지만 헌팅턴의 눈은 줄로 매달아 놓은 것처럼 김승구의 눈에 박혀 있다. 헌팅턴이 말했다.

"푸시킨은 안가 3호에 있고요, 부두교 일행은 안가 7호에 투숙하고 있습니다."

헌팅턴이 고개를 끄덕였다.

"안가 3호, 7호 주소는 적어드리지요. 그건 컴퓨터에 입력 안 시키고 제 머릿속에만 기록되어 있어서요."

"…"

"뭐, 본사에서 다른 지시는 없습니다, 푸시킨한테 절대적으로 협력하라는 회장 지시밖에."

"…"

"아, 물론이죠. 사장님이 가시면 즉시 오셨다가 간 기억은 싹 지우지요."

고개를 끄덕인 김승구가 자리에서 일어섰다. 이곳은 팩스코한국 사장 헌팅턴의 저택 안. 여기까지 오느라고 경비원 넷의 머릿속을 헌팅턴처럼 개조했고 CCTV 3개의 작동을 중지시켰으며 밖과 안에 있던 도베르만과 마르치스에게 '개 말'로 지시를 해야만 했다. 신족통(神足通)이 그립다.

오전 9시 반, 대림동. 사크라가 옆에 선 맨더스에게 물었다.

"몇 명이야?"

"다섯 명입니다, 오로린."

"그것으로는 부족해."

"예, 금세 늘리겠습니다."

둘은 이층 베란다에서 옆집을 바라보고 서 있었는데 마침 아래쪽으로 개 한 마리가 지나갔다. 한국의 진돗개다.

"저 개는 잡종 같네. 처음 보는 종인데."

사크라가 흰색 진돗개를 내려다보고 말했다.

"이집 갠가?"

"그런 것 같네요."

"어젯밤은 보이지 않던데."

"도망갔다 왔겠지요."

"그럴까?"

"하나쉬 독을 바르면 잠깐 발광을 하지 않습니까?"

"난 개가 질색이야."

"죽일까요?"

"저건 좀비도 안 되고 처리하기가 곤란해. 놔둬라."

"예, 오로린."

그때 진돗개가 힐끗 시선을 주더니 꼬리를 내리고 다시 앞을 지나갔다.

"저런 개 같은."

맨더스가 욕을 했지만 실은 욕도 아니다, 개를 개라고 했으니까.

타심통(他心通)만 줄곧 썼더니 내공(內功)이 강해졌다. 타심통 활용 범위가 넓어졌다는 뜻. 눈이 보이지 않게 된 사람이 대신 청각이나 촉각, 후각이 더 예민해진다는 것과 같은 이치.

"갔다 와."

김승구가 불쑥 그렇게 말한 것도 그 때문.

"응? 어딜?"

반바지 차림으로 김승구 앞을 왔다 갔다 하던 정미나가 걸음을 멈췄다. 두 눈이 둥그레져 있다. 김승구가 말을 이었다.

"동유럽 여행. 패키지 말고 친구하고 둘이 다니는 게 낫지."

"엄, 어떻게 알았어?"

"네 얼굴에 쓰여 있으니까."

"내 친구 정아가 파리에 유학 가 있는데 걔가 지금 쉬는 중이야."

"그래. 파리에 가서 걔 만나고 동유럽 여행을 가, 두 달쯤."

"나, 그동안 자기 보고 싶어서 어떻게 해?"

"두 달쯤은 참아야지."

자리에서 일어선 김승구가 구석에 세워놓은 골프가방을 열더니 1만 불 뭉치 3개를 꺼내 정미나에게 내밀었다.

"이거 여행비다."

"으악!"

놀란 정미나가 비명을 질렀지만 두 손으로 돈뭉치를 받았다. 이번 타심통은 정미나의 눈을 보지 않았어도 보이고 들렸다. 정미나의 기척만 듣고도 마음을 읽을 수 있었던 것이다. 정미나를 외국으로 보내면 일단 주변의 부담이 하나 덜어진다. 아, 인연이란 이럴 때 얼마나 부담이 되는지.

오후 3시 반, 2층 저택에서 직선거리로 3백 미터 떨어진 7층 건물의 6층 사무실. 이곳은 임대로 내놓은 곳이어서 비었다. 창가에 베레타 스나이퍼를 거치해놓은 김승구가 망원렌즈에 잡힌 2층 저택을 겨냥했다. 렌즈에 표시된 거리 측정기에는 308미터, 이 거리라면 풍향에 거의 영향을 받지 않고 맞힌다. 10발 10중.

2층 베란다에 앉아 있는 중년 남녀가 보였다. 그리고 아래쪽 정원에 젊은 남녀 둘, 담장 쪽에 여자 하나가 빨래를 널고 있다. 저곳이다. 사크라와 맨더스, 그리고 하인들이다. 한국인으로 변신을 했지만 중년 남녀가 사크라와 맨더스이고 셋은 하인일 것이다.

"김승구 그놈은 우리를 한국으로 끌고 왔지만 사업 기반은 러시아야. 러시아로 돌아갈 수밖에 없어."

장천이 운관과 장복을 번갈아 보았다.

"운관, 네가 러시아로 먼저 돌아가라."

"가서 뭘 합니까?"

"이번에는 우리가 먼저 선수를 치고 기다리는 것이지. 그놈 사업체를 닥치는 대로 부수고 죽여."

"그렇군요."

운관의 얼굴에 웃음이 떠올랐다.

"그놈이 이곳으로 들어오기만 기다리기가 지겨웠는데 잘 되었습니다."

"네가 네 수하들을 데려가라."

"예, 사형."

"킴스코러시아는 물론이고 사업장도 때려 부숴."

"그놈이 돌아오지 않을 수 없도록 만들지요."

그때 장복이 불쑥 물었다.

"저기, 황준을 어떻게 하지요?"

좀비 이틀째가 된 황준을 말한다. 황준은 지금도 트렁크에 있다. 장천과 운관이 서로의 얼굴을 보았지만 결국 대답은 안 나왔다.

타심통(他心通).

지금 김승구는 망원렌즈에 찍힌 중년 여자의 얼굴에 대고 타심통을 발동한 것이다. 그런데 반응이 없다, 벽에 대고 쏘는 것이나 마찬가지로. 여자의 얼굴은 선명하게 드러났는데 무표정하다. 가끔 입술을 달싹이며 옆에 앉은 남자와 대화를 나누고 있지만 표정이 없네. 김승구는 한숨을 쉬었다. 이제는 타심통도 막히네. 오후에 정미나한테는 기척만 듣고도 통하더니.

맨더스가 다가갔을 때 여자가 고개를 들었다. 20대쯤의 젊은 여자, 긴 머리는 뒤에서 묶고 반팔 셔츠에 바지를 입었다. 집 앞이어서 슬리퍼를 신었다. 여자가 무슨 일이냐고 묻는 것처럼 눈을 조금 크게 뜬 순간이다. 맨더스가 손을 뻗어 여자의 목에 붙였다. 비닐장갑을 낀 손이다. 그리고 장갑에는 하나쉬의 독이 잔뜩 묻어 있다.

"어머!"

놀란 여자가 손으로 목을 만지더니 물기를 보고는 눈을 치켜떴다.

"이것 보세요!"

여자의 날카로운 외침, 그때 맨더스는 몸을 돌렸다.

"여보세요! 아저씨!"

뒤에서 여자가 목소리를 더 높였지만 맨더스는 들은 척도 하지 않았다. 이곳은 주택가 골목 안, 바로 옆집이 맨더스의 은신처였고 그 옆집이 3층 저택. 차 한 대가 지날 수 있는 일방통행로여서 행인이 드물다. 여자의 외침에 멀리서 걷던 사내 하나가 이쪽을 바라보았을 뿐이다.

"애란아, 왜 그래?"

문 앞에서 애란이 소리 지르는 바람에 집 안에 있던 어머니가 놀라 달려 나왔다. 그때 애란이 식식거리며 말했다.

"저, 미친놈이 갑자기 내 목을 만지고 가잖아?"

애란이 아직도 목에 묻은 물기를 손바닥으로 닦으며 말했다. 그때는 맨더스가 앞쪽 골목으로 꺾어져 자취를 감춘 후다.

"어떤 나쁜 놈이."

화가 난 어머니가 고개를 들고 앞쪽을 두리번거렸을 때다.

"으윽!"

애란이 갑자기 목을 움켜쥐더니 뒤로 벌떡 넘어졌다. 그러더니 두 다리를 쭉 뻗고 떨기 시작했다. 두 눈이 금세 뒤집혀서 흰자위만 나왔고 입에서는 거품이 일어났다. 얼굴색이 붉게 물들기 시작했다.

"으악!"

어머니가 비명을 질렀다.

"여보! 영구야!"

어머니가 아우성을 치자 집 안에서 아버지와 남동생이 달려 나왔다. 그러고는 어머니와 함께 제각기 애란의 몸을 잡았다. 대문 안에서 소동이 일어났다.

"119! 119!"

아버지가 애란의 몸을 안고 소리쳤다. 그때 어머니가 입에 거품부터 물고 쓰러졌다. 그것을 본 아버지가 어머니를 부둥켜안고 흔들다가 이어서 쓰러져 사지를 떨었다. 전화를 걸려고 안으로 달려가던 남동생이 정원의 잔디밭 위에 쓰러지더니 뒹굴었다.

3분쯤 후에 가장 먼저 애란이 일어섰다. 먼지가 묻은 바지를 툭툭 털고 저만치 떨어진 슬리퍼를 발에 꿴 애란이 이리저리 널브러진 식구를 둘러보았다. 무표정한 얼굴이다. 그때 행인 세 명이 다가왔기 때문에 애란이 안에서 대문을 닫았다.

그때 어머니가 땅바닥에서 일어나 흐트러진 머리를 가다듬었다. 이어서 아버지가 무표정한 얼굴로 일어나 안으로 들어갔고 아들도 몸을 세우더니 함께 들어갔다. 그동안 그들은 한마디 말도 나누지 않았으며 시선도 부딪치지 않았다. 표정이 없는 얼굴도 똑같다.

"그것도 좋은 방법이야."

푸시킨이 장천의 말을 듣고 고개를 끄덕였다. 지금 장천은 푸시킨의 전화를 받고 있다. 운관을 러시아로 보내겠다는 내용이다.

"과연 손자병법을 쓴 중국인다운 전술이야."

"성동격서라고 하지."

중국어로 말했기 때문에 기분이 나빠진 푸시킨이 짜증을 냈다.

"그, 냄비끼리 부딪치는 말은 무슨 뜻이야?"

"동쪽에서 소리 지르고 서쪽을 친다는 거요."

"미친놈이네. 왜 그렇게 바쁘게 다녀?"

"그만둡시다."

다시 기분을 푼 푸시킨이 화답했다.

"내가 머피한테 적극 협력하라고 할 테니까, 걱정 마. 수시로 보고나 해줘."

"누가 미친놈이오?"

헌팅턴이 묻자 푸시킨이 고개부터 저었다.

"아냐, 아무것도."

헌팅턴의 시선을 받은 푸시킨이 정색했다.

"당신은 모르는 것이 이로와."

푸시킨과 헌팅턴의 시선이 마주쳤다가 떨어졌다. 푸시킨은 작전 내용을 말 안 한다.

그 순간 김승구의 머릿속에서 섬광이 번쩍였다. 이것은 헌팅턴의 눈을 통해 푸시킨의 시선과 마주쳤기 때문. 그래서 푸시킨의 '뇌'에서 장춘과의 대화를 듣는다, 녹음테이프를 재생시킨 것처럼. 이곳은 사크라의 저택을 내려다보는 7층 건물의 6층 빈 사무실 안.

"우리가 1개 팀을 러시아로 돌려보내 김승구의 사업 기반을 뒤집어 놓을 작정이오."

장춘이 말을 잇는다.

"그럼 그놈이 우리를 이곳으로 끌어들인 것처럼 그놈도 끌려들지 않고는 배기지 못할 거요."

"그것도 좋은 방법이야."

푸시킨의 목소리까지 들린다.

"주변 앞뒤, 좌우 6채에 사는 30여 명이 모두 좀비가 되었습니다."

맨더스가 돌아와 보고했다.

"이제 그것들이 뿜어내는 바이러스를 한 번만 호흡해도 좀비가 될 테니까 좀비가 급속도로 늘어날 것입니다."

"됐다."

사크라가 웃음 띤 얼굴로 고개를 끄덕였다.

"지금쯤 김승구가 망원렌즈로 이쪽을 보고 있을 거다."

"어제는 크리스탈호텔을 겨누었는데 오늘은 이쪽이라고 확신하십니까?"

"그래서 좀비로 벽을 쌓는 거다."

이제는 사크라가 '깔깔' 웃었다.

"이곳은 팩스코한국의 안가(安家)야. 김승구쯤이면 곧 찾아낼 거다."

오후 5시 반, 김승구는 거리로 나왔다. 빈 사무실에 베레타 스나이퍼를 거치시킨 채 나온 것이다. 아직 한낮, 대림동 주택가는 조금 붐비기 시작했다. 아이들이 학교에서 돌아오는 시간이다. 건물에서 저택과의 안가(安家)까지는 직선거리로 300미터지만 가려면 길을 1킬로도 넘게 걸어야 한다. 길이 휘어지고 사거리를 2개나 건너야 되기 때문이다.

이윽고 저택 지붕이 먼발치에서 보이기 시작했을 때 김승구는 숨을 자주 들이켰다. 하나쉬 향, 감추고 있어야할 하나쉬 향 냄새가 난다. 그것도 이곳저곳에서, 저택과의 거리는 길로 계산하면 2백 미터나 남았는데. 김승구가 주춤주춤 걸음을 늦췄다. 망원렌즈로 보는 주변 건물의 인간들 표정이 이상해서 와본 것이다.

6장
극복하다

그 순간 김승구가 걸음을 멈추더니 재빨리 옆쪽 골목으로 들어가 벽에 등을 붙이고 섰다. 골목 안은 비었다. 숨을 들이켠 김승구가 고개를 들고는 소리쳤다.

"누구 있으면 이리 와라!"

김승구의 '외침'이 동네에 퍼졌다. 사람들은 못 들었다, 아니 들었어도 무심했다. '개 짖는' 소리였기 때문이다. 김승구가 다시 소리쳤다.

"누구 없냐? 이 동네는 개도 없어?"

그때 진돗개 한 마리가 혀를 내놓고 골목 안으로 달려 들어왔다. 흰색 진돗개는 가쁜 숨을 거칠게 뱉는다. 개가 김승구 앞으로 다가왔다.

"아저씨가 부르신 거요?"

"그래. 내가 불렀다."

김승구가 앞에 선 진돗개에게 물었다.

"이 동네가 이상하지 않아?"

"큰일 났습니다."

기다렸다는 듯이 개가 헐떡이며 말했다.

"모두 짐승이 되었습니다."

"짐승이 되다니?"

"214번지 이층집에 입주한 두 남녀가 옆집에 사는 우리 주인집 식구들을 짐승으로 만들고 나서 계속…."

"잠깐만."

김승구가 개를 노려보았다.

"그, 네 이웃집에 입주한 남녀가 외국인 아니었냐?"

"그렇습니다. 여자가 대장입니다."

개가 헐떡이며 말을 이었다.

"그것들이 장갑에 물을 묻혀서 주인아저씨 손을 잡으니 바로 자빠져서 경련을 일으켰다가 깨어났습니다. 놀란 식구들이 달려왔다가 바로 숨을 들이켜고 나서 쓰러지더란 말입니다."

"…."

"그러고 나서 다시 일어나면 짐승이 됩니다. 벌써 이 동네의 10여 가구 주민이 짐승이 되어 있습니다."

"짐승이라고 했는데, 어떤 상태냐?"

"말을 못 합니다. 서로 바라보고 입을 들썩이지만 괴상한 신음이 나옵니다. 그리고 모두…."

"뭐냐?"

"우리 3층집에 귀를 곤두세우고 있습니다. 우리 집에 와 있는 남녀의 지시를 기다리는 것 같습니다."

"3층집에 있어?"

"예. 옆집인 우리 주인집으로 옮겼습니다. 우리 주인 식구들은 2층집으로 쫓겨났고요. 아무 소리 못 하고 갔습니다."

그렇구나. 그래서 사람들이 이상했던 것이다. 옆집 사람들과 집을 바꿨다니, 하마터면 애먼 사람들을 변신한 부두교 사제들인 줄 알고 쏴 죽일 뻔했다. 김승구가 개를 똑바로 보았다.

"니 이름이 뭐냐?"

"예, 위스키입니다."

"위스키?"

"예, 주인이 술을 좋아해서."

"니 주인은 이제 짐승이 되었다니까 내가 새 이름을 주지. 넌 소주야."

"그것도 술 이름 아닙니까?"

"한국 개니까 한국 술로 해."

"예, 주인님."

"네가 할 일이 있다."

김승구가 똑바로 소주의 눈을 보았다. 타심통(他心通)을 심어놓으려는 것이다. 소주의 눈을 통해서 동네를 수색할 작정이다. 이제 소주는 걸어 다니는 CCTV가 되었다.

독약은 인간의 피를 원료로 투명한 액체로 만든 다음 하나쉬 향에 오랫동안 익혀놓은 것으로 좀비 제조약이다. 오로런인 사크라만 제조, 소지할 수 있는 약으로 좀비가 되면 천하무적 병사가 된다. 인간 냄새만 맡으면 환장을 하도록 되어있는 좀비지만 오로런인 사크라의 명령을 들으면 지랄발광도 뚝 그치는 것이다. 오후 8시 반, 사크라가 응접실에서 맨더스에게 말했다.

"대림사는 호텔 안에 '기문둔갑진'을 설치했다지만 우리의 '좀비진'이 더 효율적이야."

사크라가 이를 드러내고 웃었다.

"좀비의 후각과 청각은 인간의 3배야. 그놈이 이 근처에 접근하면 수십 마리의 좀비가 덤벼들 테니까."

"오로런이시어, 밤이 되면서 좀비들이 나가려고 하는데요."

맨더스가 걱정스러운 얼굴로 사크라를 보았다. 그러자 사크라가 고개를 끄덕였다.

"나가게 둬라. 이곳을 중심으로 반경 1백 미터의 길목에 하나쉬를 뿌려 놓았으니까 그 밖으로는 나가지 못한다."

사크라의 두 눈이 번들거렸다.

"안으로 들어오는 인간은 좀비에게 물려 좀비가 되겠지."

그리고 밖으로는 나가지 못하는 것이다. 장천의 '기문둔갑진'보다 백 배는 효율적이다.

스나이퍼 저격총은 무용지물이 되었기 때문에 다시 골프가방에 넣고 근처 식당에다 맡겨 놓았다. 밤 9시 10분, 김승구가 다시 소주를 만났던 골목으로 들어섰다. 그때 골목 안쪽에서 기다리고 있던 소주가 다가왔다.

"주인님, 기다리고 있었습니다."

"그래. 보고할 필요 없다. 난 네 눈을 통해 다 보았으니까."

김승구가 소주를 내려다보며 말을 이었다.

"그것들이 모두 좀비가 된 거다. 내가 부두교가 좀비를 만든다는 자료를 이제 찾아보았다."

"좀비입니까?"

"너, 알아?"

"요즘은 개나 소나 다 좀비 영화, 좀비물을 내놓지 않습니까? 저도 마당에서 거실의 TV에 나오는 좀비 영화를 여러 번 봤습니다."

"젠장. 요즘은 개도 현대화되어서."

"어쩔 수 없지요. 신라시대의 개하고는 차원이 다를 수밖에 없지 않습니까?"

"너, 신라도 알아?"

"서당 개 3년이면 풍월을 읊는다는 말은 그냥 지어낸 말이 아닙니다, 주인님."

"시끄럽고."

정색한 김승구가 소주를 보았다.

"좀비들이 집 밖으로 나오기 시작했는데 멀리 나가지 못하는 건 길목에 하나쉬를 뿌려놓았기 때문이더군."

"그렇습니다."

소주가 고개를 끄덕였다.

"3층집을 중심으로 길이 4곳 뚫려있는데 모두 하나쉬로 막아놓았습니다. 좀비들은 그 안에서만 왔다 갔다 하지요."

"들어오는 사람은 바로 좀비가 되었지?"

"벌써 6명이 좀비가 되었는데 밖으로 못 나가고 빙빙 돌고 있습니다."

소주가 말을 이었다.

"밖으로 나올 수 있는 건 '우리들'뿐입니다."

'우리들'이란 개다.

"또 들어왔군."

사크라가 귀를 기울이며 말했을 때는 오후 10시 반, 좀비들은 먹이가 나타났을 때 '식식'거리는 입 바람 소리를 내는데 조금 날카로운 바람 소리다. 찢어진 문틈으로 바람이 스치는 소리 같아서 무심하게 흘려듣는다. 침입자의 냄새를 맡은 좀비가 신호를 보내고 있다.

'인간 하나. 북쪽 입구에서 진입함.'

그때 사크라가 고개를 조금 들고는 입으로 날카로운 바람 소리를 냈다.

'남자냐?'

'예, 남자.'

대답이 바로 왔다.

'어디로 가는데?'

'중심으로 갑니다.'

사크라가 있는 곳이 중심이다. 사크라가 다시 '좀비 신호'로 물었다.

'무기는?'

'모르겠습니다. 손에 가방을 들었습니다.'

'중심에서 50미터 지점에서 일제히 습격하도록.'

지시를 내린 사크라가 맨더스를 보았다.

"미심쩍지만 김승구 같다."

"뭐가 미심쩍습니까?"

맨더스가 묻자 사크라가 눈썹을 모았다.

"김승구라면 곧장 다가온다는 것이 대비책을 갖고 있다는 거야."

그러더니 어깨를 부풀렸다.

"좀비 20여 명이 사방에서 덮칠 테니 두고 보자고."

"제기랄."

투덜거린 유상수가 들고 있던 가방을 고쳐 쥐었다. 꽤 무겁다. 5킬로쯤 되는 것 같다. 택배 기사인 유상수는 밤늦게 배달 오더를 받았지만 불만은 없다. 마침 근처를 지나고 있었기 때문에 3백 미터도 안 되는 거리를 배달하는 데 기본요금 1만 원에 팁 1만 원까지 받았던 것이다. 늦은 시간이어서 할증료가 붙기는 했다.

"근데 이 동네, 조용하군."

일방통행로를 걸으면서 유상수가 투덜거렸다. 가끔 차가 한 대씩 옆으로 지나갈 뿐 인적이 없다. 가로등만 켜져 있을 뿐이어서 으스스하다. 진돗개 한 마리가 반대쪽에서 걸어오더니 유상수를 힐끗거리고 지나갔다.

"젠장, 개를 풀어놓았어."

손에 쥔 주소를 보면서 유상수가 서둘렀다. 50미터쯤 남았다. 3층 건물이라니 앞쪽에 보이는구나. 그 순간이다. 바로 옆쪽 주택의 대문이 열리더니 사내 하나가 나왔다. 뒤를 중년 여자가 따라 나온다. 이 동네에 들어와서 처음 만난 주민이라 유상수가 반가웠다. 그래서 걸음을 멈추고 다가온 사내에게 물었다.

"214번지가 저기 앞쪽이죠?"

사내와의 거리는 2미터쯤. 사내의 얼굴이 가로등 빛을 옆으로 받았는데 무표정하다. 눈동자의 초점도 흐리다. 그때 사내의 시선이 유상수의 가방으로 옮겨졌다. 코를 킁킁대는 것이 개 같다. 중년 여자도 다가와 머리를 내밀고는 가방 냄새를 맡는다. 거리는 이제 1미터 정도.

"이 사람들이."

갑자기 꺼림칙해진 유상수가 한 걸음 옆으로 물러났을 때다. 반대편 주택의 문이 열리더니 여자 둘이 나왔다. 그러고는 이쪽으로 다가왔는데 걸음걸이가 휘청거린다. 그런데 하나는 잠옷 차림으로 맨발이다. 고개를 든 유상수는 그 윗집 대문 밖으로 세 명이 나오는 것을 보았다. 사내 하나는 노인이다. 두 손을 앞으로 내밀고 다가오는 것이 '괴상'하다.

"아니, 이게."

와락 겁이 난 유상수가 뒷걸음질을 치다가 옆집에서 나온 여자하고 부딪쳤다. 이제 10여 명이 몰려 나왔는데 모두 말이 없다. 그래서 더욱 으스스하다. 그때다. 차 한 대가 일방통행로를 내려오다가 주택에서 나온 사람 둘을 한꺼번에 받아버렸다. 그런데 차에 치인 남녀 둘은 비명도 지르지 않는다. 급정거한 차에서 사내 하나가 내렸는데 당황한 기색이 역력했다. 그때다. 몰려나온 사람들이 차에서 내린 사내에게 달려들었다.

"아앗!"

놀란 사내가 두 손을 휘저었는데 그 순간 유상수는 숨을 들이켰다. 모두 운전했던 사내를 물어뜯는 것이다.

"으악!"

넘어진 사내가 비명을 질렀고 그 위로 십여 명이 덤벼들었다.

"아악!"

그것을 본 유상수도 저절로 비명을 질렀다. 사내가 뜯어 먹히고 있는 것이다. 뜯어먹다가 이쪽을 본 사내의 입이 시뻘겋고 피가 떨어지고 있다.

"사람 살려!"

밑에 깔린 사내가 비명을 또 질렀을 때 유상수는 저도 모르게 들고 있던 가방을 그쪽으로 내던지고 도망을 쳤다. 가방이 사내 하나의 등에 맞으면서 지퍼가 열리고 내용물이 쏟아졌다. 그 순간 뭉쳐 있던 10여 명의 남녀가 일제히 흩어졌다. 쓰러진 사내가 몸을 비틀었다. 사내 옆에 열려진 가방에서 튕겨 나온 수백 개의 마늘과 물병, 번쩍이는 은제품이 드러났다. 그러나 유상수는 도망가느라고 그 장면을 보지 못했다.

"이런."

눈을 치켜뜬 사크라가 벌떡 일어섰다.

"모두 흩어졌어! 마늘이야!"

좀비들의 외침을 들은 것이다.

"은과 성수도 있어!"

사크라의 두 눈이 번들거렸다.

"김승구, 이놈이 좀비를 막는 비결을 아는군."

"좀비들을 날뛰게 만들고 오지요."

벌떡 일어선 맨더스가 탁자 위에 놓인 플라스틱 통을 집어 들었다. 통 안에는 닭 피가 가득 차 있다. 좀비의 흥분제다. 그때 사크라가 손에 쥔 인형에 검은 바늘을 꽂았다.

"으윽."

달려가던 유상수가 가슴을 움켜쥐었지만 속도를 늦추지는 않았다. 뜨끔한 충격이었고 심장이 바늘로 찔린 것 같은 느낌이었다. 그러나 곧 아픔이 가셨기 때문에 내리막길을 더 속력을 내었다. 이건 영화로나 보았던 좀비다.

소주가 달려왔을 때 김승구가 물었다.

"도망쳤지?"

"예, 가방을 내던지니까 마늘이 흩어지는 바람에."

지금 유상수를 묻는 것이다. 소주가 헐떡이며 말했다.

"차 운전사가 좀비한테 뜯겼지만 그 사람도 차를 타고 도망쳤습니다."

"일제히 달려든 건 신호를 받았기 때문이야. 사제 년이 지휘하고 있어."

그때 개 짖는 소리가 났다.

"나왔습니다."

소주가 말했을 때 김승구가 고개를 끄덕였다.

"나도 들었어."

동네에는 개가 7마리 있다. 개는 좀비의 감시 역으로 이곳저곳에 분산해 놓았는데 지금 신호가 온 것이다.

"이놈의 강아지들이."

맨더스가 옆을 지나는 강아지를 쫓았지만 어쩔 수 없다. 물통에 든 닭피를 길가에 뿌리면서 맨더스가 주위를 둘러보았다. 좀비들의 분위기가 달아오르고 있는 것이 느껴졌다.

깊은 밤, 날이 밝을 때까지 이곳은 좀비 세상이다. 해가 뜨면 좀비들은 인간이 된다. 시체로 만든 좀비는 심장이나 머리가 다 없어질 때까지 좀비로 살지만 인간에게 독약을 바르고 공기로 전염시킨 좀비는 다음날이면 다시 인간이 된다. 피 맛을 보면 좀비가 된다는 말은 거짓말이다. 시체로 만든 좀비가 영양제로 피를 마시는 것이다. 좀비가 인간에게 달려들어 피를 마시는 것은 본능일 뿐이다.

아래쪽 10여 미터 지점에 조금 전 좀비들이 싸웠던 흔적이 있다. 마늘이 길바닥에 하얗게 뿌려졌고 은 조각, 플라스틱 병에 담긴 생수가 흩어졌다. 좀비 퇴치법이다. 김승구가 뿌렸을 것이다. 그때다.

"아이고!"

맨더스가 비명을 질렀다. 순식간에 일어난 일이라 물체를 보기도 전에 발뒤꿈치에 고통이 왔기 때문이다. 비명을 지르고 나서 고개를 돌렸더니 진돗개가 뒤꿈치를 물어뜯고 있다.

"으악!"

놀란 맨더스가 물통을 떨어뜨렸고 닭 피가 쏟아졌다. 그 순간 이번에는 엄청나게 큰 시베리안 허스키 한 마리가 덤벼들었다. 맨더스의 팔목을 덥석 문 허스키가 냅다 당겼기 때문에 중심을 잃고 비틀거렸을 때 잡종 개 한 마리가 덤벼들었다.

"으왁!"

다시 맨더스의 비명이 울렸다. 개들의 습격을 받은 적은 처음이다. 그때 개 한 마리가 넘어진 맨더스의 목덜미를 물어뜯었다. 서너 마리다, 아니 더 된다.

"헤앨프!"

맨더스의 비명이 동네를 울렸다. 좀비를 부르는 소리가 아니라 사람을 부르는 것이다.

소주가 뒤꿈치를 물었을 때부터 김승구는 다 보고 있었다. 왜냐? 소주의 눈이 김승구의 CCTV였기 때문에. 위치는 3층집 아래쪽 50미터, 맨더스는 내려오다가 당했다. 좀비들은 아직 집 안에 머물고 있다. 맨더스가 떨어뜨린 플라스틱 통에서 닭 피가 쏟아져 나오고 있다. 그때 소주의 눈에 길 좌우 주택의 문이 열리면서 좀비들이 쏟아져 나오는 것이 보였다.

"헤앨프!"

다시 맨더스가 소리쳤을 때 김승구가 소주에게 지시했다.

"도망가!"

그 소리를 들은 개들이 일제히 사방으로 흩어져 달아났다. 그다음 순간 길바닥에 쏟아지는 닭 피 냄새에 흥분한 좀비들이 맨더스에게 덤벼들었다.

"으와악!"

이제는 10여 명의 좀비가 맨더스의 몸 위로 덮쳤다.

"이런 망할."

맨더스의 비명이 처음 울렸을 때부터 사크라는 상황을 짐작하고 있었다. 보이지는 않았지만 맨더스가 공격을 받은 것이다. '개'들인지는 짐작하지 못했다. 그러나 '좀비 떼'가 몰려 나왔을 때는 알았다. '좀비'의 외침이 다 들렸기 때문이다. 단조로운 외침이었지만 '좀비'가 인간 목표를 향해 덤비고 있는 것이다. 그 목표가 맨더스다.

'멈춰라!'

사크라가 긴 휘파람 소리 같은 외침으로 좀비를 막았지만 '닭 피'에 흥분한 좀비들은 더 몰려들었다. 사크라는 털썩 소파에 앉았다. 일어나 있었던 것이다.

"헤애앨프!"

맨더스의 외침이 이제는 조금 약해졌다.

김승구가 발밑에 서 있는 두 마리의 개에게 말했다.

"너희들은 내 옆에 꽉 붙어 있어."

"예, 주인님."

두 마리는 마르치스와 포메다. 작은 개여서 위쪽 '전투'는 큰 놈들한테 맡기고 김승구 옆에 있었던 것이다. 호위역이다.

"가자."

골목 입구로 나가면서 김승구가 말하자 둘은 각각 좌우로 붙었다. 둘은 김승구의 위장막이나 같다. 그래서 호위역이라고 한 것이다. 개들이 왔다 갔다 해도 부두교 사제들의 촉각에는 잡히지 않았다. 인간과 달리 개들은 부두교 사제들의 탐지 장치에 걸리지 않는 것이다. 그래서 두 마리를 좌우에 붙였다. 개 '위장막'을 입은 꼴이다.

서둘러 중심 지역으로 다가갔더니 좀비에게 물어뜯기고 있는 맨더스가 보였다. 깊은 밤, 인적이 딱 끊긴 일차선 도로 복판에서 좀비들의 파티가 일어나고 있다. 맨더스의 비명은 약해졌고 좀비들의 씨근대는 소리가 더 컸다. 김승구가 손에 쥔 베레타의 총구를 똑바로 겨누었다. 파티 현장 아래쪽 10미터 지점의 길모퉁이에 몸을 숨긴 김승구는 총구를 내렸다.

너는 개에게 맡기겠다.

다음 날 오전 11시 반, 하바로프스크 공항에 인천공항을 출발한 아에로플로트 144편이 착륙했다. 곧 입국심사대 앞으로 탑승객들이 다가갈 때 정장 차림의 사내 두 명이 김승구에게 다가왔다.

"빅토르 김 씨지요?"

김승구가 고개만 끄덕이자 하나가 앞장을 서면서 말했다.

"따라오시지요."

하나는 김승구의 가방을 받아들더니 옆쪽 비어 있는 출구로 거침없이 다가가더니 입국장을 빠져나왔다. 입국장 관리들은 모두 모른 척한다. 사내들은 공항 FSB 요원들이다. 김승구는 빅토르 김이라는 이름의 러시아 여권을 갖고 있는 것이다. FSB 국장 우르펜스키의 배려다.

"킴스코러시아는 기반이 굳혀지고 있는 중이야."

오후 2시, 시내 킴스코러시아 사장실에서 마주앉은 클라크가 말했다.

"팩스코에서 배신감을 느끼겠지만 경쟁 사회는 다 그런 거 아닌가? 팩스코도 다른 회사 몫을 수없이 가로채왔으니까."

"내가 당신들을 다치지 않게 하려고 이리저리 전장(戰場)을 옮겨 다녔는데."

김승구가 웃음 띤 얼굴로 클라크를 보았다.

"서울로 끌려갔던 놈들이 내 의도를 알아차리고 이번에는 나를 다시 이곳으로 끌었어."

"무슨 말이야?"

"아무래도 이곳이 나와 연관된 사람과 사업체가 많으니까."

김승구가 대림사 무리가 이곳에 왔다는 것을 말해 주었다. 운관은 10명의 부하와 함께 어젯밤에 도착한 것이다. 김승구가 말을 이었다.

"난 러시아 여권으로 왔으니까 이놈들이 아직 눈치채지 못했을 거야. FSB에 부탁해서 CCTV도 없는 비밀출구로 나왔으니까."

"긴장의 연속이군."

클라크가 혀를 찼다.

"긴장해야 발전하는 거야."

"토머스와 제이슨한테도 연락해야겠네."

김승구가 킴스코러시아를 실제로 운영하고 있는 클라크를 바라보았다.

"클라크, 고마워."

"천만에."

정색한 클라크가 김승구를 쏘아보았다.

"무슨 말을 하는 거야? 내가 내 회사 일을 하는 건데?"

버니 웨스트우드와 퍼트 이바노프는 시베리아건설의 사장실에서 만났다. 김승구는 스보르카가 죽은 후에 시베리아건설까지 매입했기 때문이다. 그러고 나서 퍼트 이바노프를 시켜 조직원들을 흡수했고 버니 웨스트우드에게 관리를 맡긴 것이다. 김승구는 하바로프스크 마피아 2대(大) 조직의 수장까지 겸했다.

"사장님, 그동안에 마약 경기가 다시 살아났습니다."

버니가 활기 띤 얼굴로 김승구에게 보고했다.

"마리온클럽 사건으로 표도르 조직이 폭망하고 검거 선풍이 불었지만 마약 자금이 끊기면 기계에 기름칠을 안 한 현상이 되거든요."

김승구가 고개만 끄덕였다. 지금 퍼트는 이르쿠츠크의 치차코프 가문으로부터 마약 공급을 받고 있는 것이다. 지금까지 스보르카와 표도르 가문에 마약을 공급했던 삼합회와는 거래가 단절되었다. 공급책 로체프와 왕태, 강무는 잠적한 상태다. 그때 김승구가 말했다.

"중국 대림사 놈들이 왔어."

김승구가 대림사 이야기를 하자 버니와 퍼트가 서로의 얼굴을 보았다. 둘의 눈이 번들거리고 있다. 클라크하고는 다른 분위기다.

"쏴 죽이지요."

퍼트가 금방 말했다.

"난 중국 무술 영화를 보면 손가락이 근질거립니다. 그냥 쏴 재끼고

싫어서요. 손발을 휘저으면서 지랄발광을 하는 꼴을 보면 화가 납니다.”

아마 ‘총잡이’들은 다 그럴 것이다.

임하경은 만나지 않을 생각이다. 인연이 많아질수록 전쟁이 어려워진다. 악랄한 적은 인연을 인질로 이용하는 것이다. 비밀을 지키기 위해서는 아는 사람이 적어야만 한다는 간단한 원칙.

김승구가 버니 웨스트우드를 차에 태우고 도착한 곳은 아무르 강 북쪽의 수산물 공장 단지다. 이곳은 30년 전만 해도 밀집된 수산물 가공공장, 시장, 그리고 어민과 공장 종사자들이 살던 공장단지였지만 지금은 유령 도시가 되었다. 건물들이 다 부서진 데다 위쪽 삼림지역이 없어지는 바람에 기온이 10도나 뚝 떨어져서 짐승도 접근하지 않는다.

“사장님, 여긴 무슨 일입니까?”

마침내 버니가 참지 못하고 물었을 때 김승구가 차를 단지 위쪽으로 전진하면서 말했다.

“이곳을 아는 사람은 토머스, 제이슨, 클라크 그리고 배기남이었어.”

그 순간 버니가 숨을 들이켰다. 무슨 일인지를 안 것이다. 김승구가 말을 이었다.

“배기남이 죽었으니까 셋 남았다.”

“…”

“너한테도 알려주려고 한다.”

“사장님, 그러시지 않으셔도…”

“너한테 부담을 주는 일이기도 하지. 부담 받기 싫으냐?”

“그런 건 아닙니다.”

버니가 고개를 저었다.

"제가 그럴 자격이 있는지 부담이 되어서 그럽니다."

"그건 내가 결정한다."

"감사합니다, 사장님."

차가 대문도 떨어진 공장의 마당으로 들어가더니 창고 안에서 멈췄다. 이곳 지하실에 킹스턴의 비자금이 쌓여 있는 것이다. 김승구는 버니에게 비자금 은닉처를 알려주려고 온 것이다. 차에서 내린 김승구가 어두운 안쪽으로 앞장서 가면서 말했다. 목소리가 창고 안을 울렸다.

"이곳 지하실에 2억 불 정도가 쌓여 있어. 여기가 제1창고야."

비밀을 아는 사람이 적어야 지키는 데 유리하다. 그러나 책임을 나눠 갖는다는 의미는 더 중요하다. 그것은 신임을 받는다는 자부심이 충성심을 유발하기 때문이다. 비밀 유지는 그다음이다.

"자, 우리가 왔다는 신호를 하지."

운관이 말하고는 자리에서 일어섰다. 이곳은 시 남쪽의 주택가 안. 중국계가 모여 사는 차이나타운이다. 오후 7시 반, 이미 도시는 어둠에 덮여 있다. 저택 마당으로 나온 운관이 뒤를 따르는 부하들에게 말을 이었다.

"부두교 남사제가 개에 물어 뜯겨 중상을 입었다는군. 살다보니 별일도 다 많다."

사크라가 어쩔 수 없이 푸시킨한테 말을 해준 것이다.

"저거 태워."

장천이 말하자 장복이 숨을 들이켰다.

"태울까요?"

"지금 당장."

장천의 표정을 본 장복이 벌떡 일어섰다.

"예, 사형."

크리스탈호텔 안, 이곳은 오후 6시 반이다. 장천의 방을 나온 장복이 소리쳐 부하를 불렀다. 지하 3층의 차를 태우려는 것이다. 그것은 차 트렁크에 있는 황준을 태우라는 말이나 같다. 사크라의 사제 맨더스가 '개'에 물렸다는 이야기를 듣고는 장천이 내린 결정이다. 사크라의 눈치를 볼 필요가 없다는 결심. 그것은 맨더스의 불상사가 이유다. '개'에게 물렸다니, 그 말을 믿는다면 '개'가 웃을 일 아닌가?

현재 김승구, 장천, 사크라 3각 구도에서 가장 황당한 입장이 사크라일 것이다. 지금 맨더스는 중태 이상이다. 사경을 헤매고 있다. 닭 피에 흥분한 좀비들이 맨더스를 수십 군데 뜯어먹었던 것이다.

"이런 개 같은."

사크라가 벽시계를 올려다보면서 잇새로 말했다. 방금 푸시킨한테서 대림사의 1개 팀이 러시아로 떠났다는 말을 들은 것이다.

이제 동네는 정상으로 돌아왔다. 좀비가 되었던 주민들은 날이 밝으면서 인간으로 돌아온 것이다. 어젯밤 재수 없게 차를 타고 왔다가 물어뜯겼던 운전사도 전신에 '타박상'을 입었지만 살았다. 동네의 '좀비 반경' 내에 들어왔다가 좀비가 되어서 왔다 갔다 하던 사람들도 날이 밝자 '하나쉬 라인' 밖으로 나갔다.

다만 사크라가 어깨를 부풀렸다가 내렸다. 맨더스가 저 꼴이 되었다. 문제는 '개'다. '개'가 김승구의 동맹군 노릇을 했던 것이다. 김승구가 '개'를 부렸다.

"사장님께 경호대를 붙이는 게 낫지 않겠습니까?"

퍼트가 묻자 버니는 금세 고개를 끄덕였다.

"그렇지. 내가 그 생각을 못 했다."

"저택 경호로 6명, 측근 경호로 3명 배치하지요. 인원은 얼마든지 있으니까요."

"좋아. 지금 당장."

"알겠습니다."

퍼트가 몸을 돌리자 버니는 그 생각을 못한 자신을 속으로 질책했다. 조직 생활을 오래한 퍼트가 낫다. 밤 8시 반, 사장은 지금 클럽 순찰 중인데 9시 반에 마젤란클럽에서 만나기로 했다. 시베리아건설의 부사장실 안이다. 퍼트의 전화벨이 울렸기 때문에 둘의 시선이 모였다. 퍼트가 발신자를 보더니 귀에 붙였다. 소냐클럽의 지배인이다.

"응, 뭐냐?"

"전무님, 유세프, 가가노프가 죽었습니다."

지배인이 서두르듯 말했다.

"창고 앞에서 칼에 찔렸습니다."

"칼에 찔려?"

"예. 조금 전에…."

"누가 그런 거야?"

"중국 놈들이 뛰어 달아나는 것을 봤다는 겁니다."

"중국 놈들이?"

"예, 바라크하고 몰트가 봤다고 합니다!"

"알았다."

이미 핸드폰을 스피커로 돌려놓았기 때문에 옆자리의 버니도 같이 들었다. 버니의 시선을 받은 퍼트가 어깨를 부풀리며 물었다.

"중국 놈들이 왜 습격했을까요?"

버니의 연락을 받았을 때 김승구는 마젤란클럽으로 가는 중이었다. 오후 9시, 이반이 운전하는 차 안에서 김승구가 휴대폰에 대고 말했다.

"중국 대림사 도인들의 짓이야. 나한테 러시아로 왔다는 신호를 보내는 거다."

금세 알아들은 버니가 되물었다.

"소냐클럽에서 사장님이 오시기를 기다리고 있을까요? 그놈들이 말입니다."

"그럴지도 모르지만 끌려들어갈 생각은 없어. 그냥 마젤란에서 보자."

통화를 끝낸 김승구가 길어지는 전쟁을 마무리하겠다는 결심을 한다.

"비자금은 이곳에 숨겨져 있어."

운관이 둘러선 부하들에게 말했다.

"모두 현금인데 부피가 커서 컨테이너에 실려 왔다가 빼앗겼다."

쓴웃음을 지은 운관이 말을 이었다.

"이제 소냐클럽의 사고가 보고되면 김승구는 나타나게 될 거다."

"벌써 와 있는지도 모릅니다."

참모 격인 방원이 대답했다.

"신출귀몰하는 놈이니까요."

고개를 끄덕인 운관이 부하들을 둘러보았다.

"곧 부두교 여사제가 올 거다. 남사제가 개에 물려서 중상이라지만 여사제 능력이 출중해. 여사제보다 우리가 먼저 손을 써야 돼."

오후 9시 20분, 운관 일행은 소냐클럽에서 3백 미터쯤 떨어진 환전소 골방에 모여 있었는데 중국인이 운영하는 이곳이 연락사무소 중 하나다. 중국계 식당, 가게, 환전소, 중국인 주택까지 운관은 이용하고 있다. 그때 방원이 쥐고 있던 핸드폰이 울렸다. 서둘러 핸드폰을 귀에 붙인 방원이 응답하더니 곧 운관을 보았다.

"소냐클럽에서 경찰들이 돌아갔다네요. 지금 클럽 안에 간부들만 모여 있답니다."

살인사건 조사를 마친 경찰이 철수한 것이다. 클럽 안팎으로 정보원을 배치해 놓아서 스보르카파의 동향은 수시로 보고를 받는다. 운관이 고개를 들고 방원을 보았다.

"김승구가 와 있다면 숨어 있지는 못해."

마젤란클럽 안, 김승구와 버니가 밀실에서 대화 중이다. 오후 9시 35분, 김승구가 입을 열었다.

"소냐클럽으로 끝나지 않을 거야. 다시 이어진다."

버니가 고개를 끄덕였다.

"중국계 해결사 중 일부가 먼저 온 것 아닙니까? 다 몰려오기 전에 그놈들부터 찾아내야겠는데요."

"아마 내 동선이 지금쯤 알려졌을 거야. 내가 오후에 이곳저곳 돌아다녔으니까."

김승구의 얼굴에 웃음기가 떠올랐다.

"여기 들어올 때도 정문으로 들어왔어."

일부러 노출시킨 것이다. 김승구가 말을 이었다.

"지금쯤 정보가 전해졌을 거다."

버니가 잠깐 방을 나갔을 때 김승구는 귀를 기울였다. 천이통(天耳通). 오랜만에 오신통(五神通)을 '찾는'다. 그러나 귀가 '막힌' 것처럼 이명만 울릴 뿐이다. 쓴웃음을 지은 김승구가 아직도 하고 있는 왼쪽 손목의 은팔찌를 보았다. 팔찌 위에 검정색 밴드를 씌워놓았다. 오신통 능력이 사라지자 임시변통으로 은팔찌를 구한 것이다.

지금 남아 있는 능력은 타심통(他心通)뿐인가? 신족통(神足通), 천이통(天耳通), 천안통(天眼通), 숙명통(宿命通)은 다 사라졌는가? 순간 김승구가 저절로 고개를 끄덕였다. 그러고 보니 부처와 악마가 나타나지 않은 지 오래되었다. 부두교와 대림사 무리와 대결하고 있는 지금, 타심통 하나의 능력만으로 버티고 있지 않은가?

10분쯤 후에 버니와 함께 사내 하나가 방으로 들어섰다. FSB 지사장 프로쇼프다. 자리에 앉은 프로쇼프가 김승구를 보았다. 김승구가 부른 것이다.

"조금 전 소냐클럽 사고 들으셨지요?"

김승구가 묻자 프로쇼프는 긴장했다. 프로쇼프는 FSB 하바로프스크 지사장 레비탄의 보좌관이었다가 승진했다. FSB 국장 우르펜스키가 인사 조치를 한 것이다.

"보고 받았습니다."

"그 범인을 내가 압니다."

긴장한 프로쇼프에게 김승구가 말을 이었다.

"중국계 해결사들입니다. 대림사 도인들인데 어제 입국했을 겁니다."

이만하면 FSB는 파악할 수 있을 것이다.

"그런데 그놈들이 왜…."

프로쇼프가 김승구에게 물었다.

"사장님께 무슨 원한이라도…."

"팩스코의 킹스턴 회장이 보낸 해결사들이죠. 팩스코는 내가 킴스코로 분리되어 나간 것에 원한을 품은 겁니다."

"아하."

"그리고 내가 비자금을 가로챘다고 이를 갈고 있지요."

"비자금이라니요?"

"팩스코 회장 킹스턴은 마약을 판 대금을 팩스코 상품으로 위장해서 제3국으로 보내 돈세탁을 한 겁니다. 연간 수억 불씩 돈세탁을 했지요."

"…."

"그 비자금을 내가 가져갔다고 하는 겁니다."

"왜 그럴까요?"

"의심이 가기 때문이겠지요."

"아하."

"그래서 해결사를 보내 내 주변을 건드리는 것이지요."

"곧 조처하지요."

정보를 받은 터라 프로쇼프가 서두르듯 자리에서 일어섰다.

프로쇼프가 방을 나갔을 때 김승구가 버니에게 말했다.

"곧 대림사 본진(本陣)과 부두교 여사제까지 이곳에 올 거야. 그놈들부터 처리하고 나서 사업 진행을 하지."

"예, 사장님."

자리에 앉은 버니가 한숨을 뱉었다.

"프로쇼프한테 비자금 말씀을 하실 때 간이 졸아드는 것 같았습니다."

"내가 비자금을 가로챘다고 생각할 거야."

"그럴 것입니다."

"러시아 측에서는 상관이 없는 돈이야."

"곧 푸틴한테까지 보고가 되겠지요."

"나한테 불안감을 느끼던 푸틴이 배후의 자금을 확인하게 될 테니까."

"그것을 염두에 두셨군요."

"내 이용가치가 있다는 것을 심어준 것이지."

버니가 커다랗게 고개를 끄덕였다. 그때 김승구가 손목시계를 보았다. 밤 10시 반이 되어가고 있다.

"클럽에 들어간 지 30분쯤 되었다고 합니다."

사윤이 말하자 방원이 눈을 좁혀 뜨고 마젤란클럽의 현관을 보았다. 현관으로 10여 명의 남녀가 다가가고 있다. 마젤란호텔 지하 1, 2층을 차지하고 있는 마젤란클럽은 스보르카 조직의 황금매장 중 하나다. 5백 평 규모의 클럽이라 하룻밤에 평균 1천 명 이상의 손님을 맞는 것이다.

방원의 시선이 호텔 옆쪽의 주차장으로 옮겨졌다. 주차장에도 차가 가득 주차되어 있다. 주차장을 응시하던 방원의 머릿속이 분주해졌다. 주차장에는 CCTV도 설치되지 않았다. 천운(天運)인가?

운관은 지금도 환전소에 앉아 있었는데 잔뜩 열을 받은 상태, 김승구가 마젤란클럽에 들어간 것을 확인하자마자 서울의 장천에게 보고를 한 것이다. 김승구가 러시아로 돌아왔다. 운관은 지금 사냥감을 맨 처음에 본 사냥꾼 같은 분위기가 되어 있다.

'신중하게.'

운관이 스스로에게 다짐했다.

'그놈은 초능력자다. 무지막지하지만 교활한 놈이야.'

고개를 든 운관이 옆에 선 부하에게 말했다.

"방원한테 김승구를 놓치지 말라고 해. 미행을 들키면 안 된다고."

"예, 사숙."

부하가 핸드폰의 버튼을 눌렀다. 사부, 사숙, 사형을 찾고 36계, 18도를 쓰며 단검을 날리면서 둔갑진을 펼치지만 지금은 21세기. 인터넷에 SNS 시대인 것이다. 축지법의 신공(神功)을 쓴다고 해도 오토바이로 냅다 달리면 '쪽' 팔린다. 핸드폰을 귀에 붙였던 부하가 고개를 기울였다가 다시 버튼을 눌러보더니 이윽고 운관에게 말했다.

"전원이 끊겼는데요? 방원 사형과 사윤도 그렇습니다."

"자, 흩어져."

방원이 낮게 지시하자 사윤과 공만, 백구천이 소리 없이 어둠 속으로 흩어졌다. 주차장 입구, 폭이 1백여 미터쯤 되는 주차장에는 빈자리가 거의 없었기 때문에 차들은 입장하지 못하고 있다. 차단막이 내려져 있는 것이다. 더구나 황금시간대여서 나가는 차도 없다.

넷이 주차장 구석으로 흩어졌지만 목표는 안쪽 VIP석에 주차된 검정색 링컨, 김승구의 차다. 김승구가 이 차를 타고 클럽에 온 것이다. 차에는 운전사도 없었기 때문에 방원과 세 부하는 링컨을 중심으로 흩어져 매복했다.

사방(四方)을 막고 덮치는 이 진법은 1천년도 더 전(前)에 대림사에서 외적을 막는 수단으로 고안되었다. 방원은 서열 8위의 법사 운관의 수제자로 서열 36위의 고수이기도 하다. 20보쯤 왼쪽 차 밑에 납작 엎드린 방원이 이번 기습이 성공하면 방중 서열이 10위는 상승할 것이라고 생각했다. 방원의 주머니에 넣은 핸드폰은 먹통이 되어 있다. 전원을 꺼놓았기 때문이다.

"이런 빌어먹을."

운관은 방원과 그 조(組)의 부조장 격인 사윤의 핸드폰까지 전원이 끊긴 것을 확인한 순간, 사태를 알아차렸다. 방원이 김승구를 기습하려는 것이든지, 아니면 당했든지 둘 중 하나다.

"가자."

마침내 운관은 장천이 오기 전에 오늘 밤 결행을 하기로 마음먹었다. 그러면 서둘러야 한다. 운관이 환전소를 뛰어나갔고 뒤를 부하 넷이 따른다.

"여기 있습니다."

버니가 권총을 내밀었다. 브라우닝이다. 장탄 수 14발, 오래된 총이지만 그만큼 정확도, 신뢰도가 좋은 권총. 버니가 주머니에서 소음기까지 꺼내 테이블 위에 놓았다. 김승구가 익숙한 솜씨로 탄창을 빼내 실탄을 확인하고 다시 장전했다. 그러고는 소음기를 끼우고는 주머니에 넣었다. 그것을 보던 버니가 고개를 들고 물었다.

"직접 처리하실 일이 있습니까?"

"버니, 내가 이곳에 있다는 것을 알았을 때 날 죽이려는 놈들이 어떻게 할 것 같나?"

그때 버니가 빙그레 웃었다. 버니가 바로 해결사 출신인 것이다.

"클럽 안에서는 어렵겠지요. 어려운 곳부터 빼겠습니다."

김승구도 레인저 출신이다. 고개만 끄덕인 김승구에게 버니가 말을 이었다.

"이곳은 주위에 큰 건물이 없어서 저격도 힘듭니다."

"클럽 현관 앞이나 주차장이 좋겠군."

"주차장이 적당하지만 도주로가 마땅치 않습니다."

"주차장이겠군."

"왜 그렇게 확신하십니까?"

"내가 그놈들 입장이 되었을 때 그렇게 할 것이니까."

이제 타심통(他心通)으로 보이지 않는 상대의 마음을 읽을 수 없는 터라 그렇게 말할 수밖에.

11시 15분, 기다린 지 20분쯤이 지났을까? 방원은 10번도 더 기습방법을 머릿속에 그렸다. 링컨의 위치와 운전석, 뒷좌석의 각도. 먼저 공격을 시작하는 것은 방원이다. 방원이 시작하면 나머지 셋은 이어진 기계처럼 움직이게 될 것이다.

방원이 손에 쥔 CZ75 권총을 들어 뒷좌석을 겨누었다. 장탄 수 16발, 소음기까지 끼워져서 길이 20센티짜리 권총이 30센티로 늘어나 있다. 사윤과 공만, 백구천도 마찬가지. 사숙인 법사 운관이 검법의 명인이며 단검 던지기의 고수지만 대림사 도인들도 시대에 맞춰간다. 하바로프스크에 도착하자마자 차이나타운에서 권총을 구입해놓은 것이다. 차이나타운에는 없는 것이 없다. 하루 반나절만 여유를 주면 기관포도 가져올 수 있다고 했다.

주차장 기온이 영하 30도로 내려가 있었지만 견딜 만했다. 방한코트로 단단히 무장하고 있었기 때문이다. 그때다.

"펑!"

폭음과 함께 주차장 오른쪽 구석의 차가 불기둥을 일으키며 폭발했다. 방원과 직선거리로 30미터 정도. 그러나 차가 폭발하면서 일으킨 불기둥으로 주위는 대낮같이 밝아졌다. 불이 붙은 차에서 튀어 나온 파편이 사방으로 흩어졌다.

"앗!"

저도 모르게 신음을 뱉은 방원이 차 밑에서 3초쯤 망설였다. 그 3초 동안 목숨이 3번 왔다 갔다 할 수도 있다는 것을 알면서도 어쩔 수 없다. 이것은 함정이다. 차가 폭발하는 순간에 바로 알아차렸다. 그렇다면 뛰어나갈 것이냐? 아니면 이대로 차 밑에 숨어 있어야 할 것이냐? 지금 방원은 그것을 망설이고 있는 것이다.

김승구는 링컨이 정면으로 보이는 주차장 오른쪽 끝의 승용차 뒤쪽 벽에 몸을 붙이고 서 있었다. 링컨 뒤쪽의 대각선으로 20미터 지점에서 차가 불타오르고 있다. 김승구가 소이탄을 던진 것이다. 이제 링컨을 중심으로 숨어있는 대림사 '기습병'들이 나타나야 할 차례다. 아마 링컨을 중심으로 차량 밑바닥에 숨어있을 것이다.

지금은 오신통(五神通)의 도움을 아무것도 받지 않은 상태의 김승구가 되어 있다. '본래의' 김승구다. 김승구는 손에 쥔 브라우닝을 치켜들었다. 이 총으로 20미터 거리 안이면 백발백중이다. 아직 솜씨는 녹슬지 않았을 것이다.

그때 링컨의 좌측으로 15미터쯤 거리의 벤츠 밑바닥에서 사내 하나가 그림자처럼 솟아올랐다. 하도 자연스럽게 솟아올라서 벤츠의 일부분처럼 보일 정도였다. 그것을 신호로 또 하나, 링컨 우측의 SUV 차체 밑에서 또 하나가 솟아올랐다, 이어서 위쪽에서 하나. 김승구의 얼굴에 쓴웃음이 떠올랐다. 사내들의 손에도 총이 쥐어져 있는 것이다. 거리는 각각 20미터 정도, 먼 곳이 30미터쯤 된다.

"퍽. 퍽. 퍽. 퍽."

이제는 레인저 출신 김승구로 돌아왔다. 엎드린 채 발사한 네 발의 총탄은 발사하는 데 2초도 걸리지 않았다. 셋은 각각 머리와 가슴을 맞았고 그중 하나가 어깨에 맞고 비틀거리고 있다.

"퍽."

하나 남은 사내의 가슴을 다시 맞힌 김승구가 몸을 일으켰다. 침입자 넷은 몰살했다. 기다리고 있던 암살자들이라고 해야 맞다.

폭음은 멀리서도 들렸다. 운관은 폭음을 들은 순간 사태를 직감했다. 이것은 방원의 소행이 아니다. 방원이 폭탄을 터뜨릴 이유가 없는 것이다. 김승구가 유인했다. 운관 일행은 차 2대에 나눠 타고 마젤란으로 달려가는 중이다.

"속력을 늦춰!"

화염이 보이는 마젤란클럽 2백 미터쯤 지점에서 운관이 소리쳤다.

"내려서 간다!"

운관의 말뜻을 알아차린 부하들이 잠자코 멈춘 차에서 내린다. 이곳은 시내 중심가다. 밤하늘에 앞쪽의 불길이 선명하게 드러났고 구경꾼들이 그쪽으로 몰려가고 있다. 운관과 부하들도 구경꾼 사이에 끼었다.

김승구는 현장에서 50미터쯤 떨어진 클럽 현관 왼쪽의 벽에 붙어 서 있다. 이곳에도 구경꾼들이 수십 명이나 모여 있어서 숨기에 적당했다.

슈바에 털모자, 방한 마스크까지 끼고 있어서 눈만 내놓은 차림.

그때 경찰차와 사이렌 소리가 들려왔다. 사건 발생 10분도 안 되었다. 주차장의 불길은 조금 사그라진 대신 사람들이 많이 모였다. 시체를 발견하고 떠들썩한 상태. 김승구의 시선이 주차장 주변을 천천히 훑기 시작했다. 넷 외의 동조자를 찾으려는 것이다. 운관의 팀은 넷뿐이 아니다.

주차장을 주시하는 수백 쌍의 시선을 다 체크할 경황은 없다. 그 사이에 이쪽이 체크당할 수도 있으니까. 주차장에 4구의 시체가 있다는 것은 인파들 사이에 섞여 확인했다. 방원이 데려간 '탐색조'는 기습을 하려다가 '몰사'했다. 운관은 형세가 불리하다는 것을 깨달았다. 이미 선수는 빼앗겼다. 김승구는 지금 기다리는 입장이다.

"돌아가자."

운관의 옆에 선 청공이 소리 없이 몸을 돌렸다. 부하들에게 연락하려는 것이다.

"결국 김승구가 가져간 킹스턴의 비자금 때문에 전쟁이 일어난 것이군."

푸틴이 말했는데 웃음 띤 얼굴이다. 이곳은 크렘린의 대통령 전용 휴게실 안, 푸틴은 이곳에서 새벽까지 일을 한다. 그러고는 다음 날 오후에 얼굴을 비추는 경우가 많다. 앞쪽에 앉은 FSB 국장 우르펜스키가 대답했다.

"김승구가 프로쇼프한테 털어놓은 이유는 비자금의 실체가 있다는 것을 밝히려는 의도 같습니다."

"그렇지. 푸틴월드의 계획도 차질이 없을 것이라는 암시 같군."

"따라서 러시아 정부의 협조를 바라는 것 같습니다, 각하."

"협조해주도록."

마침내 러시아의 뉴 차르 푸틴이 지시했다.

임시 숙소로 삼은 시내의 아파트로 돌아왔을 때는 오전 5시 반이다. 침대와 TV 한 개만 달랑 놓인 방 3개짜리 아파트다. 그러나 김승구에게는 이곳이 대저택보다 아늑했고 마음에 들었다.

씻고 침대에 쓰러지듯 누운 김승구가 깨었을 때는 오전 8시 반, 3시간을 잤는데도 몸이 가벼워진 느낌이 든다. 핸드폰을 켠 김승구가 통신 상태를 확인했다. 토머스, 제이슨, 클라크의 안부 메시지, 그리고 발신자 불명의 메시지가 하나. 김승구가 메시지를 읽었다.

"네가 내 제자들을 죽인 것이 이미 십여 명. 네 간악한 소행의 대가를 받으리라. 신통력을 이용하여 수십, 수백 명의 인명을 벌레처럼 살상했으니 네 죄업은 후생 수백 생(生)에서 네가 죽인 영혼으로부터 죽임을 당할 것이다."

길었기 때문에 끊어졌다가 이어졌다.

"네 현생에서의 운도 이제 얼마 남지 않았다. 점괘에 의하면 네 운명은 앞으로 이틀, 길어야 사흘이다. 너는 내 손에 죽는다."

숨을 들이켠 김승구가 고개를 들었다. 이것은 대림사의 수괴일 것이다. 올 것이 왔다.

수괴 장천에 천이통(天耳通)을 대었지만 이미 고장 난 전화기. 신족통, 천안통, 숙명통 다 안 된다, 오직 실물이 눈앞에 있을 때 타심통(他心通)만 겨우 작동할 뿐.

허투루 쓴 오신통(五神通)의 업보를 지금부터 받으려나? 창가로 다가가 선 김승구가 문득 쓴웃음을 지었다. 난 어렸을 때부터 어머니를 잃고 고아로 자랐지 않느냐? 모두 원점으로 돌아가는 것이다. 아쉬울 것도 없다.

사크라가 앞에 선 이반한테서 시선을 떼었다. 오전 9시 반, 시선이 떼어졌을 때 이반이 숨을 내려 쉬면서 어깨를 늘어뜨렸다.

이곳은 시베리아건설 빌딩의 지하 1층, 주차장 대기실 안이다. 사크라가 자리에서 일어나 대기실을 나갔어도 이반은 움직이지 않았다. 대기실에 있던 이반은 사크라에게 머릿속을 읽혔지만 김승구의 행적을 말해주지 못했다. 몰랐기 때문이다.

엘리베이터로 1층 로비로 나온 사크라에게 사람들의 시선이 모였다. 사크라는 놀랄 만한 미인이다. 약간 그을린 피부의 라틴계지만 러시아인이라고 해도 다 믿는다. 사크라는 어젯밤에 하바로프스크에 도착했기 때문에 마젤란클럽의 사건도 다 들었다. 그래서 김승구의 '종적'을 찾으려고 아침 일찍 저택을 '정찰'하고 나서 이곳에 온 것이다.

"이번에 여기서 끝내야 돼."

푸시킨이 장천에게 다짐했다.

"사크라도 여기 와 있으니까 이젠 호흡을 맞춰서."

"알았수다."

송화구에서 장천의 퉁명스러운 목소리가 울렸다.

"그렇지 않아도 우린 이미 작전을 시작했어."

"어, 어떻게 말인가?"

푸시킨이 핸드폰을 고쳐 쥐었다. 오전 10시, 지금 푸시킨은 팩스코러시아 사장실에서 전화를 한다. 그때 장천이 대답했다.

"그놈이 내 사제들을 벌레처럼 죽이니 나도 그 대가를 주려고."

"그래서 어쨌단 말인가?"

"덫을 놓고 있지."

그 순간 통화가 끊겼다. 푸시킨이 핸드폰을 귀에서 떼었을 때 머피가 물었다.

"무슨 일이오?"

머피는 팩스코러시아 인력 대부분이 킴스코러시아로 빠져나간 후에 흰머리가 늘어났고 체중이 줄었다. 직원을 데려나간 원흉이 김승구와 클라크였지만 어쩌지도 못하고 속만 끓이는 중이다.

"당신은 알 필요 없고."

자리에서 일어난 푸시킨이 말을 이었다.

"모르고 있는 것이 나아."

지하 1층 주차장으로 내려온 푸시킨 앞에 벤츠가 멈춰 섰다. 미리 연락을 했기 때문에 1초도 어긋나지 않는다. 운전석 옆자리의 피어스가 서둘러 나와 뒷좌석 문을 열었고 푸시킨이 들어갔다. 그때 뒷좌석 반대편 문으로 사내 하나가 들어와 푸시킨 옆에 앉는다. 피어스가 앞좌석에 오르자 운전사 로튼이 차를 발진시켰다.

"억!"

옆에 앉은 사내를 본 푸시킨이 비명 같은 외침을 뱉었다. 김승구였기 때문이다. 그때 김승구가 푸시킨을 응시하며 말했다.

"입 다물고 같이 가자, 푸시킨."

"예, 선생님."

금세 대답한 푸시킨이 어깨를 늘어뜨렸을 때 김승구가 고개를 돌려 앞쪽에 대고 말했다.

"곧장 서북쪽 고속도로로 가도록."

"예, 선생님."

로튼과 피어스가 동시에 대답했고 벤츠는 지하 차고를 빠져나와 호텔 옆쪽의 출구로 나왔다. 그 순간이다.

"번쩍!"

흰 섬광이 눈앞에 펼쳐지더니 김승구는 온몸이 허공에 뜬 것을 느꼈다. 아직 충격은 느껴지지 않는다. 시각과 청각이 빠른 것 같다. 그다음 순간 온몸에 격렬한 충격을 느끼면서 김승구의 의식이 끊겼다. 무엇 때문인지를 생각할 겨를도 없다.

10분 후, FSB 하바로프스크 지부장 프로쇼프가 보고를 받는다.

"팩스코 지하 주차장 출구에서 나오던 팩스코 본사 비서실장 푸시킨이 탄 차가 충돌사고를 일으켰습니다. 현장에서 경호원, 운전사와 함께 푸시킨까지 셋이 사망했습니다."

부하의 사무적인 보고가 이어진다.

"호텔 옆을 지나던 제설차가 푸시킨의 벤츠와 충돌한 것입니다."

프로쇼프가 물었다.

"제설차는?"

"현장에서 사고를 일으키고 나서 운전사가 도주했습니다."

"…"

"경찰이 찾고 있습니다."

"팩스코가 망해가고 있군."

프로쇼프는 문득 김승구를 떠올렸지만 이 사건과 연결하지는 않았다. 김승구는 이미 킴스코 사장이다.

김승구가 눈을 떴을 때 먼저 눈앞이 환해서 사물 분간이 안 되었다. 다음 순간 사내의 웃음소리, 눅눅한 습기를 띤 냄새, 이어서 온몸의 통증이 느껴졌다. 특히 가슴이 무너진 것 같은 느낌, 갈비뼈가 여러 개 부러진 것 같다.

그러고 나서야 앞쪽 사물 윤곽이 드러났다. 동양인 사내들, 하나가 정면에 앉아 있고 그 좌우에 둘, 뒤쪽 벽에 넷이 붙어 서 있다. 김승구 뒤쪽에도 인기척이 났으니 두어 명이 또 있는 것 같다. 대림사(大林寺), 의식이 돌아온 순간부터 예상하고 있었기 때문에 놀랍지는 않다.

그때 김승구의 눈동자와 시선을 맞춘 정면의 사내가 다시 웃었다. 이 사내가 조금 전에 웃었다.

"옳지, 타심통(他心通)을 쓰는구나. 내가 예상하고 있었지."

김승구는 사내의 눈 안에 철벽이 막혀 있는 느낌을 받는다. 이자에게는 타심통이 통하지 않는다. 그 순간 눈알이 뽑히는 느낌이 왔기 때문에 김승구는 눈에 힘을 주었다. 생각을 빼앗기지 않으려는 것이다. 그때 사내가 다시 웃었다.

"역시 빼앗지는 못하겠군. 그럼 다른 방법이 있지."

김승구는 옆에 선 사내들을 둘러보았다. 좌우의 두 사내는 보좌역이다. 그리고 뒤쪽의 사내들은 그 부하들. 그런데 이놈들이 나를 기다리고 있었다니. 푸시킨부터 잡아서 놈들의 지휘부를 흔들려고 했던 김승구다. 그때 사내가 입을 열었다.

"타심통이 통하지 않으니 내 소개를 해줘야겠군. 난 대림사 수석법사

장천이다. 이쪽은 법사 운관, 장복이고."

장천의 얼굴에 표정이 없어졌다.

"내가 널 살려서 잡은 이유를 알 거다."

장천이 옆에 놓인 탁자 위를 눈으로 가리켰다. 탁자 위에는 여러 종류의 단검과 기구, 젓가락 같은 침도 10여 개나 놓여 있다.

"이건 우리 대림사에서 1천년 가깝게 내려온 고문기구야. 넌 곧 사지가 잘려나가는 고통을 받게 될 것이다."

장천이 손을 뻗어 단검 하나를 집어 들었다.

"이건 네 살을 생선회처럼 떼어내는 기구지. 물고기 비늘만큼 엷게 떼어내는 것인데 두꺼울 때보다 수십 배 더 고통이 오지."

"그놈 참 말이 많군."

김승구가 혀를 찼다.

"시간만 다 잡아먹고 있어, 병신 같은 놈이. 빨리 시작해, 이 원숭이 놈아."

그때 고개를 끄덕인 장천이 소매를 걷으면서 말했다.

"욕심은 다 부질없는 것이야. 어차피 넌 죽을 목숨. 모진 고문을 참고 버티다가 죽는 것도 욕심이다. 난 가능하면 네가 오래 견디면서 내 온갖 고문을 다 견디어 주었으면 해, 그것이 내 공부에도 도움이 될 테니까."

"참 더럽게 말이 많은 놈이군."

"비자금을 감춰둔 곳만 말해주면 순식간에 목숨을 끊어주마."

"우리 시리즈 영화를 보기로 하지."

그때 장천이 바짝 다가앉았다.

김승구는 이번에는 냄새 때문에 깨어났다. 다시 의식을 잃었다가 깨어난 것이다. 이제 김승구의 몸은 두 팔이 쇠사슬에 묶여 천장에 매달렸고 목과 다리도 묶여 있다. 몸이 벌거벗겨진 채 허공에 큰대(大)자로 매달려 있는 것이다.

차가 충돌하면서 입은 상처로 머리 왼쪽이 깨지고 오른팔 관절뼈가 부러진 데다 갈비뼈는 양쪽으로 다섯 개가 부러졌다. 왼쪽 다리가 부러져서 덜렁거리고 있었지만 쇠사슬로 발목을 묶어 당긴 바람에 10센티쯤은 다리가 길어졌다.

그 상태에서 장천이 중국 회칼로 온몸의 살을 떼어냈다. 어깨, 팔목, 옆구리, 허벅지 안쪽, 종아리, 목덜미, 엉덩이 쪽은 신경이 적다고 칼을 대지 않았다. 떼어낸 살코기가 2근 가깝게 되었고 지금 장천과 운관, 장복이 그 고기를 구어 먹고 있는 것이다. 술안주로 굽고 있어서 술 냄새도 맡아졌다. 김승구가 눈을 뜬 것을 본 장천이 웃었다.

"어. 배고프면 말해, 고기는 구워줄 테니까."

살점 한 점을 떼어낼 때마다 온몸에 경련이 일어났고 마침내 고통을 참지 못한 비명이 뱉어졌다. 비명을 뱉는 순간에는 고통이 가셔지는 것 같아서 나중에는 악을 썼다. '고기'를 200점도 더 떼어냈을 것이다. 마침내 기절하고 깨어났더니 놈들은 고기 파티를 하고 있는 중이다. 그때 김승구가 고개를 끄덕였다.

"한 점 다오."

"어, 그래?"

눈을 가늘게 떴던 장천이 마침 젓가락으로 고기를 집었던 장복에게 말했다.

"그 고기를 저놈한테 먹여라."

"그러지요."

장복이 고기를 들고 일어섰다. 고기는 잘 익어 있었다.

장복이 웃음 띤 얼굴로 다가와 젓가락에 낀 고기를 내밀었다. 모두의 시선이 김승구에게 옮겨지면서 지하실 안이 조용해졌다. 고기는 잘 익었다. 고기 끝에서 기름방울이 뚝뚝 떨어지고 있다. 흰 지방질이 조금 섞인 것이 허벅지 안쪽 살인 것 같다.

그때 김승구가 입을 딱 벌렸다. 그것을 본 장복의 얼굴에 웃음기가 지워지더니 젓가락을 더 내밀었다. 그때 김승구의 머리가 조금 뒤로 젖혀져 있는 것을 장천조차 모르고 있었다. 김승구의 입이 고기에 닿으려는 순간이다. 입이 와락 더 앞쪽으로 숙여진 것은 여유가 있기 때문이지. 김승구의 입이 젓가락을 쥔 장복의 팔목을 물었다.

"아!"

놀란 외침은 주위에 서 있던 부하들의 입에서 터졌다. 화들짝 놀란 장복은 외침도 뱉지 못하고 물린 오른팔을 뒤로 빼는 한편 왼손 주먹으로 김승구의 얼굴을 쳤다. 그러나 김승구가 장복의 팔을 물고 당기는 바람에 주먹이 빗나갔다. 대신 장복의 몸이 헛주먹질에 비틀거리면서 앞으로 쏠렸다.

그 순간이다. 김승구가 팔목을 문 입을 떼면서 옆으로 닥쳐온 장복의 목울대를 물었다. 사자가 물소의 목을 물었을 때와 똑같다.

"아앗!"

그때는 운관과 장천까지 일어나 달려왔지만 다음 순간.

"왁!"

부하들의 비명이 일제히 터졌다. 그야말로 눈 깜빡하는 순간이다. 김승구가 장복의 목울대를 가득 입에 물자마자 꽉 물고 고개를 힘껏 흔들어버린 것이다. 그러고는 입을 떼고 고개를 들었으니 그 모습이 흉악했다. 입에 가득 피 범벅이 된 장복의 목살을 물고 있는 것이다. 그러고는 그것을 씹었다.

"악!"

보라, 장복의 목에 주먹만 한 구멍이 뚫렸고 그곳에서 피가 뿜어졌다. 마침 장복의 몸과 부딪친 운관의 얼굴에 피가 쏟아졌다. 그때 장천이 주먹을 휘둘러 김승구의 머리를 쳤다. 그 순간 김승구가 머리를 꺾고 기절했다.

죽지 않았다. 주먹으로 맞은 머리 한쪽이 부서졌지만 살았다. 김승구가 가물가물한 의식을 회복했을 때는 방 안에 혼자 남겨졌을 때다. 방 안은 비었지만 김승구는 여전히 쇠사슬에 묶인 채 매달려 있다. 방 안은 치우지 않은 피와 고기 냄새로 가득 찼다. 고기를 굽던 석쇠 위에 아직도 대여섯 점의 고기가 놓였고 시멘트 바닥에는 김승구가 먹다 뱉은 장복의 목살이 떨어져 있다.

김승구는 고개를 들 힘도 없었기 때문에 머리를 꺾고 가는 숨만 뱉었다. 이제는 고통도 희미해졌다. 숨은 이어졌다 끊겼다 한다. 눈을 여러 번 깜빡여 보았지만 눈앞 사물은 흐리다. 보였다가 안 보였다가 한다. 입에서는 숨을 뱉을 때마다 피가 흘러내렸다.

'이렇게 죽는구나.'

김승구의 머릿속 생각이다.

'좋아, 현생(現生)에 미련은 없다. 떠나자.'

생각이 이어졌다.

'후생이 있으면 어떻고 없으면 또 어떠냐? 업보를 받고 말고 할 것도

없다. 열심히 살았으니 그것으로 됐다.'

김승구의 얼굴에 웃음이 떠올랐다. 그때 김승구는 몸이 가벼워지는 느낌이 들면서 눈앞이 선명해졌다. 그래서 소리 내어 말했다.

"다 필요 없다. 나는 내 능력으로 만족한다."

그러고는 김승구가 힘껏 숨을 들이켰다가 뱉었다. 그러나 미처 다 뱉지 못하고 숨이 막혔다. 숨이 끊어졌다고 해야 맞으려나?

"앗."

지하실로 들어선 부하 하나가 소리쳤다. 뒤를 따라온 운관이 숨을 들이켰다. 김승구가 늘어져 있다. 한눈에 보아도 김승구는 죽었다. 서둘러 다가온 운관이 김승구의 머리칼을 움켜쥐고 머리를 치켜 올렸다. 시체다. 온몸이 늘어져 있다. 그것도 미심쩍은 운관이 김승구의 목에 손바닥을 대고 혈관 박동을 확인했다. 끊겼다. 이건 시체다.

"빌어먹을."

운관이 어깨를 부풀렸다. 비자금 은닉처를 털어놓게 만들지 못한 것이다.

"이 지독한 놈."

머리칼을 움켜 쥔 운관이 김승구를 노려보다가 손을 떼었다.

"이렇게 지독한 놈은 처음 보았다."

김승구는 죽어가면서 대림사의 법사 장복을 죽였다. 목을 한 주먹이나 물어뜯긴 장복은 장천이 기를 썼지만 병원으로 옮기지도 못했다. 물린 지 얼마 되지 않아서 죽었기 때문이다. 참으로 기가 막힐 일이다. 무공(武功)을 닦은 지 30년 가까운 고수(高手)가 목을 물어 뜯겨 죽었다. 그것도 한 입에 한 근이나 되는 목의 살점이 뜯겨져 나갔고 반은 씹어 삼켜졌다.

운관이 김승구의 늘어진 몸을 보았다. 이놈은 살인귀다. 마귀 중에서도 가장 극악무도한 놈이다. 이렇게 고문을 당하고 나서도 죽는 순간까지 덤비는 놈은 들어본 적도 없다.

"응? 죽었어?"

늦게 지하실로 들어온 장천이 놀랐지만 운관 정도는 아니다. 김승구의 머리를 쳤을 적에 살수(殺手)를 썼기 때문이다. 김승구는 장천한테 맞은 머리 한쪽이 부서져서 뇌수까지 흘러나왔다. 처참한 몰골이다. 머리를 맞기 전에도 이미 생자(生者)의 육신이 아니었다, 몸이 부서지고 깨지고 찢어진 데다 온몸을 조각조각 떼어냈기 때문에. 이렇게 잔혹한 고문을 당한 인간은 없을 것이다. 그런 상황에서 장복의 목을 뜯어 먹었다.

장천이 살수를 쓴 것도 '엉겁결'이었다. 자신도 '놀라서' 김승구의 머리를 부숴버린 것이다. 장천이 다시 김승구의 머리칼을 젖히고 손바닥을 가슴과 목에 붙여 '죽음'을 확인했다. 시체다. 장천이 김승구의 머리칼을 놓으면서 쓴웃음을 지었다.

"부두교 여사제를 불러서 좀비로 만들어 버리는 게 낫겠군."

그냥 한 말이다. 시체라도 부두교에게 넘겨줄 생각은 없다. 서울에서 황준을 좀비로 만들었다가 차까지 불태워 없앤 기억이 있는 장천이다. 그때 운관이 물었다.

"사형, 이 시체를 어떻게 합니까?"

"우선 먹다 만 고기를 먹으면서 상의할까?"

장천이 김승구의 시체를 흘겨보면서 되물었다. 아직도 화가 덜 풀린 것 같다. 어깨를 부풀렸다가 내린 장천이 몸을 돌리면서 말했다.

"놔두고 조금 생각해보자."

지하실이 다시 비워졌다. 피비린내, 고기 구운 냄새가 아직도 배어있는 지하실 복판에 김승구의 처참한 시체가 매달려 있다. 벌거벗겨진 시체는 피로 범벅이 되었고 온몸의 살점이 뜯어졌다. 머리는 반쪽이 부숴진 데다 팔, 다리, 몸통이 비틀리고 늘어지고 부러졌다. 정육점의 고기가 이보다 더 깨끗할 것이다.

김승구가 묶여 있는 자신의 몸을 내려다보았다. 그렇다. 내려다본다. 지금 자신은 허공에 떠 있다. 몸은 멀쩡했고 셔츠에 바지 차림이다. 맨발, 이 셔츠, 바지는 레인저 시절에 입었던 것이네. 쇠사슬에 묶인 김승구는 죽었다. 처참한 모습이다. 조금 전에 지하실에 왔다 간 장천, 운관의 이야기도 다 들었다. 허공에 떠 있는 자신을 그들이 보지 못했기 때문에 느긋하게 듣고 보았다.

그러나 김승구는 언제 어떻게 자신이 이렇게 되었는지 모른다, 문득 떠 있는 자신을 발견했을 뿐. 앞으로 어떻게 되는지도 알 리 없다. 그러나 전혀 걱정도 기대도 일어나지 않는다. 편안하다.

문득 '죽으면 이렇게 되는 모양이다.'라는 생각이 떠올랐다. '지옥' '극락' 간다는 말은 '개뻘'인 것 같다. 그때 옆에서 '기척'이 났다. 고개를 돌린 김승구는 역시 떠 있는 부처를 보았다. 부처는 '수박장수' 아저씨 행색이었지만 '척' 보면 안다.

"간만입니다."

김승구가 먼저 인사를 했다. 이제 여유가 있었기 때문에 얼굴에 웃음이 떠올랐다.

"하긴 나타나실 때가 되었지요."

"그런가?"

따라 웃은 부처가 힐끗 죽은 김승구를 내려다보았다.

"너, 살점이 몇 조각 떼어졌는지 아니?"

"그걸 내가 어떻게 압니까?"

쓴웃음을 지은 김승구가 부처를 흘겨보았다.

"아저씨 농담도 심하시네. 정신없는데 그걸 어떻게 셉니까?"

"213조각이다."

"많네요."

김승구가 어깨를 치켰다 내리면서 진저리를 치는 시늉을 했다.

"끔찍했지요. 한 조각을 떼어낼 때마다 죽는 것이 낫다는 생각이 들었지요."

"저놈들은 가장 고통을 주는 방법을 아니까."

"저놈들이 내 고기를 먹었습니다."

"너도 전생에서 저놈들을 먹었으니까."

"무슨 말입니까?"

"저놈들이 제각기 닭과 돼지였다."

"어떤 놈이 닭이었습니까?"

"운관이 닭, 장천이 돼지였지."

"내가 목을 뜯어먹은 놈은 뭐였습니까?"

"그놈은 여우였어."

부처가 말을 이었다.

"그놈이 오리였던 너를 물어 죽였지."

"내가 오리였다고요?"

"214,720생(生) 전(前)에 일어난 일이야."

"이십일만 사천 생(生)이라고 했습니까?"

"거기다 칠백이십 생을 더 보태."

"지기미."

"컨디션 어떠냐?"

"좋습니다. 이제 가십시다."

"어디로 말이냐?"

"아니. 그걸 나한테 물으면 어떻게 합니까?"

김승구가 이맛살을 찌푸렸다.

"다음 생(生)으로 가든지 아니면 극락으로라도…."

"안 되겠다."

"뭐가 안 돼요?"

"네가 저질러놓은 일들을 정리해놓고 가야겠어."

"아니."

눈을 부릅뜬 김승구가 턱으로 아래쪽 시체를 가리켰다.

"저 뜯어 먹히다 만 몸으로 다시 살라는 말이오? 사양할랍니다."

김승구가 고개까지 저었다.

"지금까지 가만있다가 무슨 짓이오? 한 점씩 뜯기면서 현생에서의 죄업 대가를 하나씩 받는다는 생각이 듭디다. 그래서 끝까지 버티었던 거요."

"그래서 내가 온 거야."

이제는 부처도 정색했다.

"다시 살아라."

"꽝!"

엄청난 폭음과 함께 김승구의 몸이 떠오르는 느낌을 받는다.

"윽!"

차체에 머리를 부딪친 김승구가 정신을 차리기도 전에 또다시 충격.

"꾸꽝!"

이번에는 등에 충격을 받으면서 김승구는 차체와 함께 땅바닥에 내동댕이쳐졌다. 다음 순간 김승구의 몸이 부서져 떨어져나간 문짝과 함께 밖으로 날아갔다. 그러고는 벽에 부딪치면서 다시 땅바닥에 뒹굴었다. 김승구의 옆에 차의 파편이 무수히 떨어지면서 요란한 소리를 내었다.

"젠장."

김승구가 무의식중에 몸을 굴렸다가 벽에 부딪쳤다. 고개를 들었더니 호텔 주차장의 벽이다. 주차장에서 빠져나왔던 차가 도로에 진입하자마자 충돌한 것이다. 고개를 들었더니 앞부분이 찌그러진 제설차가 멈춰서 있다. 그리고 차에 충돌한 푸시킨의 승용차는 거의 형체를 알아볼 수 없을 만큼 부서졌다.

이게 어떻게 된 일인가? 몸을 일으킨 김승구가 일단 발을 떼어보았다. 10여 미터나 날아와 벽에 부딪쳤지만 문짝이 먼저 부딪치면서 완충 작용을 해준 것 같다. 김승구는 비틀거리며 반대쪽으로 발을 떼었다. 열 걸음쯤 걸어갔을 때 다리에 통증은 왔지만 탄력이 일어났다. 그래서 호텔 옆면을 돌아 뒤쪽 길로 달렸다.

달리면서 생각이 일어났다. 그럼 어떻게 된 일이냐? 장천은? 내 살점은? 뛰면서 손, 발, 몸을 보았더니 푸시킨의 차에 탔을 때 그대로다, 이번 충돌의 충격으로 옷이 구겨졌을 뿐. 사거리에서 꺾은 김승구가 멈춰 서서 숨을 골랐다.

어떻게 된 것인가? 가쁜 숨을 뱉던 김승구가 갑자기 머릿속이 하얗게 비어진 느낌을 받으면서 길바닥에 쓰러졌다. 오전 11시 반, 지나던 행인들이 갑자기 쓰러지는 김승구를 보더니 놀라 제각기 핸드폰을 꺼내 신고를 한다. 몇 명은 달려와 김승구를 흔들어 깨우다가 인공호흡까지 해 주었다.

김승구가 깨어났을 때 먼저 병원 냄새를 맡았다. 병원 입원실 냄새는 독특하다. 세탁제, 알코올, 소독제 등이 섞인 냄새다. 간호사 제복 냄새라고 표현해도 되겠다. 눈동자의 초점을 잡았을 때 앞에서 어른거리는 간호사가 멈춰 서더니 김승구를 보았다. 러시아인 간호사다.

"깨어나셨네요."

다가선 간호사가 말을 이었다.

"어디 아프신 데 없어요?"

"아니, 별로."

"다섯 시간 동안이나 주무셨어요."

"아, 그래요? 지금 몇 시죠?"

"오후 4시 반."

김승구는 머릿속에 생생한, 살점 뜯어냈을 때의 고통을 기억하고 팔을 들었다. 멀쩡하다. 충돌했을 때의 기억도 생생하다. 그럼 다섯 시간 동안 내가 여기 누워있었단 말인가? 지하실에서 고문당했던 나는? 그때 간호사가 말을 이었다.

"길에서 쓰러지셨어요."

그것도 기억이 난다. 김승구가 물었다.

"팩스코러시아 주차장 입구에서 교통사고가 나지 않았나요?"

"아. 그래요. 들었어요. 제설차가 승용차와 충돌해서 둘이 사망했다는

데. 부상자는 마리아 병원에 실려갔다네요."

사고가 나긴 났다. 누가 죽었나?

"잠깐 화장실에 좀."

김승구가 자리에서 몸을 일으켰더니 간호사가 겨드랑이에 팔을 끼었다. 부드럽고 따뜻한 몸, 상큼한 향기.

"괜찮겠어요?"

"아, 조금."

순간 갈비뼈가 5개나 부러졌고 살점이 213조각이나 저며졌던 기억이 생생하게 떠올랐다. 그 고통이 지금도 느껴진다. 간호사의 부축을 받고 다섯 걸음을 떼는 동안 김승구는 몸 상태를 체크했다. 멀쩡하다, 뛸 수도 있겠다. 화장실 문 앞에서 김승구가 간호사의 얼굴을 보았다. 간호사가 김승구의 시선을 받는 순간 고개를 끄덕였다.

"그래요, 뒷문으로 나가세요."

타심통(他心通). 김승구의 뜻을 받아들인 간호사가 말을 이었다.

"내가 여긴 다 수습할게요."

김승구가 고맙다는 표시로 고개를 끄덕여보였다.

"앗."

지하실로 들어선 부하 하나가 놀란 외침을 뱉더니 주위를 둘러보았다. 김승구가 사라졌다. 김승구의 시체를 확인하고 나서 모두 방을 나갔다가 지하실 정리를 하려고 온 것이다. 뒤를 따라 들어선 부하들도 놀라서 두리번거렸다.

"이거, 어떻게 된 거야?"

지하실 바닥에는 쇠사슬만 늘어져 있다. 천장에도 쇠사슬이 어지럽게 늘어져서 을씨년스럽다.

"큰일 났다!"

소리친 부하 하나가 달려 나가더니 금세 장천과 운관을 데려왔다.

"아니, 이것이."

쇠사슬을 집어 든 운관이 아연한 표정으로 장천을 보았다. 쇠사슬은 끊기지도 묶음이 풀리지도 않았다. 손목, 발목이 묶였을 때의 고리는 그대로 남았다. 손목, 발목, 머리가 쏙 빠져나간 것이다.

"귀신이 곡할 노릇이군."

쇠사슬을 들어보던 운관이 장천에게 물었다.

"사형, 어찌된 일입니까?"

"CCTV도 없으니 알 수가 있나?"

장천이 물끄러미 석쇠 위에 놓인 '고기'를 보면서 말했다.

"귀신이 되어서 나갔다고밖에 할 말이 없구나."

"누가 빼내가지는 않았을까요?"

"누가 말이냐?"

석쇠로 다가간 장천이 떨어진 젓가락으로 '고기'를 뒤적였다. '고기'는 식었지만 대여섯 점이나 남았다. 굳어진 얼굴.

"귀신이 말입니다."

"글쎄."

장천이 팔짱을 끼고는 방 안을 둘러보았다. 방에는 소문을 듣고 부하들이 10여 명이나 몰려와 있었지만 숨소리도 나지 않았다. 장천이 말을 이었다.

"이런 일을 할 수 있는 존재는 딱 하나 있지."

"누굽니까?"

"부처다."

숨을 들이켠 운관을 향해 장천이 한마디씩 말을 이었다.

"부처만이 시공(時空)을 바꿀 수 있지."

"그, 그렇다면."

"우리는 엄청난 존재와 마주치게 된 거다, 부처에 의해서 시공이 바뀌었다면 말이야."

운관은 입을 다물었다. 대림사(大林寺)의 본당 중앙에 '부처'가 모셔져 있는 것이다.

푸시킨이 바보가 아닌 이상 주차장 입구의 충돌 사건을 '단순한 교통사고'로 믿겠는가? 오후 9시 45분, 저택 안.

"나를 미끼로 삼아서 김승구를 잡으려고 했던 거야."

푸시킨이 어깨를 부풀리며 말했다. 앞에 앉은 사내는 푸시킨의 경호대장 요한슨, 요한슨이 고개를 들고 푸시킨을 보았다.

"그렇다면 어떤 놈들이 제설차를 보냈단 말씀입니까?"

"그렇다."

푸시킨이 어깨를 부풀렸다가 내렸다.

"그러다가 김승구가 날 잡는 것을 보고 그냥 받아버린 거다."

"아니, 그럴 수가…."

"지하주차장에서 김승구가 날 기다렸다가 내 차에 탔어. 놈들은 내 주변을 감시하면 김승구가 나타날 것으로 예상했어."

요한슨이 숨을 죽였다. 푸시킨은 찰과상만 입고 살아남았지만 앞좌석에 앉았던 로튼과 피어스는 사망했다. 요한슨은 김승구가 푸시킨을 납치했다는 사실까지 모르고 있었던 것이다. 그때 핸드폰의 벨이 울렸다, 푸시킨의 핸드폰. 발신자를 본 푸시킨이 핸드폰을 귀에 붙였다. 사크라다. 부두교의 오로런인 사크라.

"여보세요."

푸시킨이 응답하자 사크라가 짧게 웃었다.

"푸시킨 씨, 구사일생하셨네."

"무슨 말이야?"

화가 난 푸시킨이 소리쳤다.

"어디 있다가 지금 튀어나와서 약 올리는 거야?"

"푸시킨 씨, 그 제설차를 운전한 놈이 대림사 도인이라는 건 아시지요? 설마 나라고 생각하실 리는 없고."

푸시킨이 숨만 쉬었고, 사크라의 말이 이어졌다.

"김승구가 당신을 찾아올 줄 알고 기다렸던 거죠. 그 제설차는 어제부터 주차장 입구 근처에서 대기하고 있더군요."

"그렇다면 사크라, 당신도 그것을 알고 놔두었다는 말이군."

"내가 대림사 놈들의 작전을 방해할 수는 없죠."

"그놈들이 나하고 김승구를 함께 죽이려고 했다는 거야?"

"김승구는 어떻게 되었죠? 난 그것이 알고 싶어서 전화를 한 겁니다."

사크라의 목소리가 굳어졌다.

"차가 충돌했을 때 빠져 나갔나요?"

"맞아."

푸시킨이 한숨을 쉬었다.

"당신 말대로 구사일생으로 빠져 나간 것 같아. 나처럼 말이야."

"장천 전번을 알려주세요."

사크라가 말을 이었다.

"당신 말대로 합동작전을 해야겠어요."

'사크라 아만다, 26세, 미국 루이지애나 거주.'

김승구가 모니터에 뜬 사크라의 '신상명세'를 보고 있다. FSB 지부장 프로쇼프가 보내준 사크라의 '내역'이다. FSB는 외국인 입국자의 신상자료는 모두 확보하고 있다.

사크라가 '귀신'이 아닌 이상 여권을 소지하고 세관을 통과해야만 한다. 그 자료가 바로 FSB로 넘겨진다. 사크라는 입국 시에 '러시아호텔'에 투숙한다고 입국카드에 기재했지만 호텔에 체크한 결과 투숙하지 않았다. 흔히 있는 일이다. 장천, 운관도 마찬가지. 입국자 명단에는 등록되어 있지만 현 주소는 불명(不明).

김승구가 고개를 들고 물끄러미 벽을 보았다. 그 지하실, 주택가 안일 것이다. 불고기 파티를 했던 그 지하실을 찾을 수 없을까? 그놈들은 내 시체가 사라진 것을 보고 어떤 표정을 지었을까?

거처를 옮겼다. 이곳은 하바로프스크 북동쪽의 러시아인 거주지. 옆쪽에 아무르 강이 흐르고 있어서 수산물 시장도 근처에 있다.

장천은 김승구가 증발하고 나서 극도로 조심했다. 증발한 지 한 시간도 안 되어서 거처를 옮기고 나서 부하들을 단속했다. 외부 출입을 일절 금지하고 저택 안팎으로 '귀사벽'을 만들었다. 대림사 2천년 역사상 한 번도 뚫린 적이 없는 방어벽이다. '벽' 안으로 들어온 존재는 '귀신'도 잡아 죽인다는 귀사벽(鬼死壁)인 것이다.

"사형, 이렇게 기다립니까?"

오후 10시 반, 답답해진 운관이 묻자 장천이 피식 웃었다.

"인내심을 길러. 서둘면 당한다."

"찾아올까요?"

"온다."

장천의 두 눈이 번들거렸다.

"내 평생에 그렇게 독한 놈은 처음 겪었다. 그만큼 놈도 사무쳤을 터, 인간이라면 기어코 찾아올 것이다."

"복수하려고 말입니까?"

"복수보다 승부야."

장천의 얼굴에 웃음이 떠올랐다.

"김승구 정도의 괴물쯤 되면 복수심 따위는 하찮을 거다. 승부를 내려고 하겠지."

"승부에 초연할 수도 있지 않겠습니까?"

"승부는 일을 끝낸다는 의미도 돼. 그냥 넘어가지 않는다는 말이다."

"사형도 그놈에게 부처의 힘이 작용했다고 하지 않았습니까?"

운관의 시선을 받은 장천이 짧게 웃었다.

"사제, 불안한 모양이구나."

"예, 사형. 불안합니다."

솔직하게 말한 운관이 주위를 둘러보는 시늉을 했다.

"그놈에게 귀사벽이 무용지물이 될지도 모릅니다."

"두고 보자."

장천이 눈을 감았다 장천은 신족통(神足通) 유형인 둔갑술, 타심통(他心通)을 단련하여 독심술의 고수가 되어 있다. 또한 대림사 정통 무공인 36도(道), 18계에 정통한 법사인 것이다.

오후 10시 45분, 김승구가 손목에 차고 있던 밴드를 풀고 은팔찌를 빼내 방구석으로 던졌다. 그러고는 결연한 얼굴로 혼잣말을 했다.

"내 능력만으로 버티겠다."

그것은 현재의 능력만을 의미한다. 더 이상 무엇을 기대하지 않겠다는 뜻이다.

같은 시간, 사크라 아만다가 거처에서 하나쉬 향에 묻힌 채 생각에 잠겨 있다. 하나쉬 향은 사크라 주위를 감싼 채 고체처럼 움직이지 않는다. 사크라의 몸이 조금 흔들릴 때마다 따라서 움직일 뿐이다. 집 안은 조용하다. 하인들도 기척이 없다.

그때 핸드폰 벨소리가 울렸다. 탁자 위에 놓인 사크라의 핸드폰이다. 핸드폰을 든 사크라가 발신자를 보았지만 모르는 번호다. 그러나 사크라가 핸드폰을 귀에 붙였다.

"전화 올 때가 되었다고 생각하고 있었어."

"넌 7살 때 부모를 잃었구나."

김승구가 대뜸 말했다. 사크라가 숨만 들이켰을 때 김승구가 말을 이었다.

"8살 때 부두교 교주 자골타에게 양녀로 가서 부두교 원리를 배우기 시작했어."

"그만 해둬."

사크라가 웃음 섞인 목소리로 말했다.

"그건 내 부두교 신상자료에 다 나와 있다, 내가 자골타의 후계자 겸 딸이라고."

"네가 두 번이나 자살 기도를 했다가 살아났다는 것은 신상자료에 없을 텐데."

사크라는 숨만 쉬었고 김승구의 말이 이어졌다.

"그리고 결국 너를 학대했던 네 양부 자골타를 독약을 먹여 죽였지. 그렇지 않느냐, 청산가리로?"

그 순간 사크라의 주위를 감싸고 있던 하나쉬 연기가 흩어지고 있다. 사크라의 몸에서 뻗쳐 나오는 열기 때문이다.

김승구는 하나쉬 향이 사방으로 흩어지는 것을 보았다. 사크라가 핸드폰을 귀에 붙인 채 자리에서 일어서고 있다. 보인다. 전에는 눈을 통해 보았는데 지금은 통화를 하면서 상대방은 물론 주변까지 눈앞에 펼쳐지고 있다. 이것은 또 무엇인가? 타심통(他心通)의 변형인가?

집중했더니 사크라와 그 주변까지 다 보인다. 이것은 새로 주어진 능력이 아니다. 기존 세포가 번식하는 것처럼 기존의 타심통에서 뻗어 나온 것 같다.

"그놈의 영기(靈氣)가 느껴졌어."

사크라가 인형을 움켜쥐고 말했다. 다른 손에는 길고 검은 바늘을 쥐고 있다.

"망할 자식이 여길 찾아낼 거야."

숨을 길게 내뿜은 사크라는 문득 피부에 찬 기운이 덮이는 느낌을 받는다. 김승구의 말은 맞다.

4년 전, 사크라는 양부 자골타가 마시는 성수에 청산가리를 타 넣어 독살했던 것이다. 교주이며 최상급인 오로런(Olorun)이었던 자골타도 잠에서 깨어났을 때 잠깐 무방비 상태가 된다. 자골타도 허점이 많은 인간이기 때문이다. 사크라는 성수에 치사량의 50배가 넘는 청산가리를 넣어 자골타를 독살했다. 숨 한 번 뱉지도 못하고 즉사했기 때문에 자골타는 회생법을 쓰지도 못했다.

사크라는 호흡을 가누고 기다렸다. 김승구하고 정면으로 마주칠 시기가 온 것이다. 대림사의 장천은 팩스코 주차장 입구에서 습격을 했다가 푸시킨의 부하들만 죽인 셈이다.

'이제는 내가 김승구하고 부딪칠 차례다. 김승구가 나를 먼저 찾아냈지만 무슨 상관이냐? 서울에서 좀비들을 풀었다가 오히려 맨더스가 '개떼'에 중상을 입었지만 전적으로 보면 아직도 내가 우세다. 난 이미 김승구의 애인 나타샤와 부하 배기남을 처치했지 않은가?'

12시 25분, 오전이다. 통나무집 앞에 선 김승구가 호흡을 골랐다. 주위는 짙은 어둠에 덮여 있는 데다 영하 40도 가까운 추위다. 방한복 차림으로 눈만 내놓고 있었지만 춥다. 이곳까지는 이반이 운전하는 차를 타고 숲 끝에서 내린 다음 저택까지 3백 미터 가까운 눈길을 걸어왔던 것이다. 혼자다.

통나무집이지만 2층 구조에 단단하고 넓다. 안에서 불빛이 비치었고 굴뚝에서는 흰 연기가 나온다. 이 안에 부두교의 살인마 사크라가 도사리고 있다. 좋아했던 정인(情人)과 친구를 죽인 원수다. 김승구가 방한복 주머니에 넣은 베레타 92F를 꺼내 손에 쥐었다. 사크라는 지금 인형과 바늘을 쥐고 있겠지만 이쪽은 아니다. 부처한테서 오신통(五神通)을 받았다가 지금은 타심통(他心通)만 남았지만 살수(殺手)는 받지 못했다.

김승구는 1미터 정도 높이의 담장을 넘어 저택으로 다가갔다. 정원에 눈이 쌓여 있지만 얼어서 빙판 같다. 장천에게 잡혀 죽었다가 부활한 후에 첫 싸움이다. 부처는 나를 왜 다시 살렸는가? 한 걸음씩 저택으로 다가가던 김승구의 머리에 문득 떠오른 생각이다. 부처는 그 이유를 말해 주지는 않았다. 내 스스로 찾으라는 뜻인가?

그때다. 김승구는 가슴에 격렬한 통증을 느끼고는 땅바닥에 뒹굴었다.

<끝>